Zum Buch:

Das alte Muschelhaus am Deich soll ihr gehören? Kinka kommt aus dem Staunen nicht heraus. Früher war es das Paradies ihrer Kindheit. Jetzt ist der Garten verwildert, die Möbel sind verstaubt und das Fahrrad im Schuppen längst platt. Doch Kinka muss dringend aufhören, an ihre gescheiterte Tennis-Karriere zu denken – also krempelt sie die Ärmel hoch und macht sich ans Werk. Als sie ihre alten Schulfreundinnen Kirsten und Jenni empfängt, scheint ein Urlaubstraum in Erfüllung zu gehen. Doch bald wird klar: Sie alle müssen eine Krise bewältigen, die ihnen selbst im schönsten Küstenort schwer auf dem Herzen liegt. Nur wäre die Nordsee nicht die Nordsee, wenn sie ihren Besuchern nicht so einige neue Aussichten eröffnen würde.

Zur Autorin:

Tanja Janz wollte schon als Kind Bücher schreiben und malte ihre ersten Geschichten auf ein Blatt Papier. Heute ist sie Schriftstellerin und lebt mit ihrer Familie und zwei Katzen im Ruhrgebiet. Neben der Schreiberei und der Liebe zum heimischen Fußballverein schwärmt sie für St. Peter-Ording, den einzigartigen Ort an der Nordseeküste.

Lieferbare Titel:

Strandperlen
Krabbe mit Rettungsring
Friesenherzen und Winterzauber
Mit dir auf Düne sieben
Strandrosensommer
Dünenwinter und Lichterglanz
Dünentraumsommer
Wintermeer und Dünenzauber
Leuchtturmträume
Friesenwinterzauber
Dünenleuchten

Tanja Janz

Das Muschelhaus am Deich
Ein St.-Peter-Ording-Roman

1. Auflage 2022
© 2019 by Tanja Janz
Neuausgabe
© 2022 by HarperCollins in der
Verlagsgruppe HarperCollins Deutschland GmbH, Hamburg
Dieses Werk wurde vermittelt durch die
Literarische Agentur Thomas Schlück GmbH, 30161 Hannover
Umschlaggestaltung von bürosüd, München
Umschlagabbildung von www.buerosued.de
Gesetzt aus der Stempel Garamond
von GGP Media GmbH, Pößneck
Druck und Bindung von GGP Media GmbH, Pößneck
Printed in Germany
ISBN 978-3-365-00305-3
www.harpercollins.de

Für Peggy

Das Leben ist kurz,
nimm dir Zeit für das Meer!

Prolog

St. Peter-Ording, an einem warmen Tag im Juni 1999

Kinka lief barfuß den sandigen Weg durch die Dünen entlang. Bis zum Deich war es nicht mehr weit. Mit der rechten Hand hob sie den Stoff ihres langen Kleides an, um nicht darüberzufallen, in der anderen balancierte sie ein halb gefülltes Sektglas, dessen Inhalt gefährlich nahe an den Rand schwappte. Die Luft roch nach Salz, und die Nachmittagssonne schien ihr warm ins Gesicht. Eine sanfte Brise strich über ihre nackten Arme, wobei sich die feinen Härchen aufstellten. Der leichte Wind wiegte Strandhafer leise raschelnd hin und her. Hinter sich hörte sie die Stimmen ihrer besten Freundinnen Kirsten und Jenni. Sie hatten sich nach dem offiziellen Teil der Abiturfeier aus der Aula des Nordsee-Internats gestohlen und waren mit dem Ortsbus nach Ording gefahren. Die Freundinnen wollten noch ein letztes Mal für sich allein sein, an ihrem Lieblingsort, der nördlichsten Spitze von St. Peter-Ording, wo sie so viel zusammen erlebt hatten.

»Erste!«, rief Kinka den anderen vom Deich aus zu und reckte ihr Sektglas wie eine Siegestrophäe in die Luft.

»Mit dir Sportskanone kann doch kein normaler Mensch

mithalten«, keuchte Jenni außer Atem, die den Seedamm nach ihr erreichte und die halb volle Sektflasche schwenkte.

»Die Letzten werden die Ersten sein«, befand Kirsten und hakte sich kichernd bei Jenni unter. Ihre Wangen waren leicht gerötet und ihr Blick glasig. Normalerweise trank sie keinen Alkohol, doch am heutigen Tag hatte sie eine Ausnahme gemacht. Das Abitur bekam man schließlich nur einmal im Leben.

»Das sagt diejenige mit dem besten Abi-Schnitt des Jahrgangs«, merkte Kinka an. »Kommt weiter! Ich will noch einmal zum Muschelhaus mit euch!«

Die Mädchen verließen im Laufschritt den Deich und folgten dem Sandweg weiter nordwärts. Am Ende des Weges lag ein reetgedecktes, rotes Haus. Der Holzzaun, der das Grundstück eingrenzte, war fast gänzlich von Sanddorn- und Rosensträuchern überwuchert. Das gesamte Anwesen machte einen verwilderten Eindruck. Die Fensterscheiben hätten längst geputzt werden müssen, und das Gras reichte Kinka bis zu den Knien. Sie öffnete das Tor zum Garten. Über einen schmalen Steinweg gelangten die jungen Frauen zum Eingang des Hauses. Für Kinka war die bunt bemalte und mit Ornamenten verzierte Flügeltür die schönste in ganz St. Peter-Ording. Mit ihren aufwendigen Schnitzereien, den Segelschiffen im unteren Teil und den Muscheln im oberen, glich sie eher einem Kunstwerk als einem gewöhnlichen Eingang. Von ihrer Tante wusste Kinka, dass der Bauherr die besondere Haustür in Darß in Auftrag gegeben hatte. Ein Vorfahre von ihr, der fast sein gesamtes Leben auf See verbracht hatte. Damals war St. Peter-Ording noch ein armes Fischerdorf gewesen, und niemand wäre auf die Idee gekommen, eine lange Reise auf sich zu nehmen, um sich in dem nordfriesischen Küstenort zu erholen. Das war lange her. Seitdem war das Muschelhaus in Familienbesitz geblieben. Neben dem Eingang befand sich eine überdachte Terrasse, auf der eine Bank und ein Tisch standen. Hortensien blühten überall auf dem Grundstück in den verschiedensten Farben, und in der Luft lag ein Hauch von Lavendel, der gleich neben der Terrasse wuchs und unzählige Bienen anzog.

Kinka stellte ihr Sektglas geräuschvoll auf der Tischplatte ab und stieß einen zufriedenen Seufzer aus. »Wie gut es hier duftet!«

Jenni ließ ihren Blick durch den Garten schweifen. »Ist deine Tante Hedda mal wieder auf hoher See unterwegs?«

»Mal wieder ist gut. Das ist sie doch fast immer. In St. Peter hält sie es nie lange aus – wenn es sie denn überhaupt mal hierher verschlägt. So wie andere auf dem Meer seekrank werden, geht ihr es auf dem Land. Sie braucht das Wasser unter ihren Füßen. Als Kapitänin eines Kreuzfahrtdampfers muss man wohl so sein.«

Kirsten stakste mit dem Sektglas in der Hand durch das Gras. »Dabei ist es doch wunderschön hier. Eine richtige Oase.« Sie pflückte eine rote Mohnblume, roch daran und steckte sie sich ins Haar. »Das Muschelhaus ist viel zu schade, um es unbewohnt zu lassen.«

»Also, ich würde hier auch gerne leben. Ein Haus direkt

am Deich, bloß wenige Meter vom Strand entfernt ... und dann dieser traumhafte Blick auf den Westerhever Leuchtturm. Was will man mehr?« Jenni machte eine ausladende Geste mit einem Arm. »Und wenn ich hier nicht wohnen könnte, dann würde ich das Haus wenigstens vermieten, um es mit Leben zu füllen«, fügte sie versonnen hinzu.

Kinka musste grinsen. »Deinem Blick nach zu urteilen, siehst du dich schon als Tante Heddas neue Mieterin.«

»Ach was«, winkte Jenni ab.

»Apropos Blick, habt ihr eigentlich vorhin den von Miriam gesehen?«, fragte Kirsten.

»Du meinst, als dich der Direx offiziell zum fleißigsten Lieschen der Stufe ernannt hat und nicht sie?« Kinka griff nach ihrem Glas. »Miriam schien ziemlich überrascht zu sein.«

»Der von Dirk war aber auch nicht schlecht. Der hätte vor Schreck fast sein neues Handy fallen gelassen. Wofür braucht er das eigentlich?«

Kinka hob die Augenbrauen. »Passend zum Aktenkoffer vermutlich.«

Jenni schüttelte den Kopf. »Ich kann es immer noch nicht glauben ...«

»Was kannst du nicht glauben?«

»Na ja ...« Sie zuckte die Achseln. »Dass in ein paar Stunden alles vorbei sein wird und wir dann in alle Himmelsrichtungen verstreut sein werden.« Sie seufzte und setzte sich auf die Bank, die an der Hauswand stand. »Die letzten drei Jahre sind wie im Zeitraffer vergangen.« Sie schnipste mit den Fingern und schaute einer Möwe nach, die Richtung Meer flog.

Aus Kirstens Gesicht wich mit einem Mal jede Fröhlichkeit. »Stimmt. Ich habe mich so an St. Peter-Ording gewöhnt. Ich kann mir gar nicht vorstellen, nach den Sommerferien nicht mehr zurückzukommen. Du machst es richtig, Kinka. Du bleibst nach dem Abi einfach hier.«

Kinka winkte ab. »Ich werde bestimmt auch nicht alt hier. St. Peter-Ording ist mein Geburtsort, und ich kenne jeden Winkel. Mir ist es viel zu klein und beschaulich. Ich möchte endlich mal was anderes sehen, neue Leute kennenlernen, raus in die weite Welt. Ich werde mich ganz auf das Tennisspielen konzentrieren und dabei viele neue Orte sehen. Wer weiß, wohin es mich verschlägt.«

»Und in ein paar Jahren gewinnst du in Wimbledon wie Steffi Graf.« Jenni zwinkerte Kinka zu.

»Und bis dahin bist du eine Staranwältin oder eine berühmte Pianistin«, stimmte sie ihrer Freundin zu.

»Vermutlich eher Anwältin als Musikerin. Da gibt es talentiertere Leute als mich. Die Uni in Hannover soll für Jura ganz gut sein. Vielleicht bringe ich es sogar bis zur Richterin. Und du, Kirsten?«

Kirsten zuckte mit den Schultern. »Mathe war schon immer mein Ding. Ich schreib mich in Düsseldorf für BWL ein und schau dann mal, was sich ergibt. Alex studiert in Köln Medizin. Das ist Gott sei Dank nicht weit entfernt. So können wir uns endlich wieder außerhalb der Ferien sehen.«

»Oder du ziehst gleich zu ihm nach Köln, dann siehst du ihn jeden Tag«, schlug Jenni vor.

»Lieber nicht. Er wohnt doch in einer WG. Fürs Erste bleibe ich bei meinen Eltern in Neuss und pendele zur Uni und zu Alex. Mit BWL kann ich nach dem Studium überall arbeiten. In Düsseldorf und Köln gibt es viele Banken und große Unternehmen. Und wer weiß, wo Alex später eine Anstellung als Arzt bekommt. Vielleicht gehen wir sogar zusammen ins Ausland. Keiner weiß, was kommen wird.«

Kinka trank einen Schluck aus ihrem Glas und zog nachdenklich die Augenbrauen hoch. »Früher habe ich gedacht, dass wir einmal zu viert hier stehen würden. Mit Miriam.«

»Mit Miriam? Wieso denn mit der?«, wunderte sich Kirsten.

»Dein Früher muss aber verdammt lange her sein. Ich kann mich nicht daran erinnern, dass Miriam auch nur einmal nett zu uns gewesen wäre«, merkte Jenni an.

»Sie war sogar mal sehr nett und meine beste Freundin obendrein. Damals hat kein Blatt zwischen uns gepasst«, sagte Kinka nachdenklich.

Kirsten zog die Stirn in Falten. »Muss vor meiner Zeit gewesen sein. Bis wann wart ihr denn beste Freundinnen?«

»Bis zu Miriams zwölftem Geburtstag«, antwortete Kinka wie aus der Pistole geschossen. »Das weiß ich noch ganz genau. Danach war sie plötzlich völlig verändert. Als hätte sich ein Schalter in ihrem Kopf umgelegt.«

»Kein Wunder, dass wir uns nicht an die nette Ausgabe von Miriam erinnern können. Das war vor meiner Zeit am

Internat. Ich kenne bloß die Miriam, die immer die Beste und Schönste sein will. Miriam die Streberin. Miriam die Petze«, zählte Jenni auf. »Und bevor ich es vergesse, Miriam, die dir den Freund ausgespannt hat und jetzt mit ihm auf der Abi-Feier tanzt.«

Kinka verzog den Mund. »Danke für die Erinnerung.« Bei dem Gedanken an René kam Wut in ihr auf. Sie wusste nur nicht, auf wen sie wütender war. Auf Miriam, deren Glück mit René sie nicht mit ansehen konnte. Oder auf René, weil es mit seiner angeblichen großen Liebe nicht weit her gewesen war, da er sie, ohne mit der Wimper zu zucken, für Miriam abserviert hatte. Oder sollte sie eher auf sich selbst wütend sein, weil sie vor Liebe blind gewesen war und nicht erkannt hatte, was für eine Pfeife René in Wirklichkeit war?

Kinka zuckte mit den Schultern. »Eine Enttäuschung ist das Ende einer Täuschung, sagt meine Mutter immer. Und bei vielen kommt das Ende erst zehn Jahre nach der Hochzeit. Das ist mir ja Gott sei Dank mit René erspart geblieben.«

»Und den teuren Scheidungsanwalt hast du auch gespart. Obwohl Jenni dir bestimmt einen Sonderpreis gemacht hätte.«

Kinka musste lachen. »Danke, liebe Kirsten. Positiv wie eh und je.«

»Wie dem auch sei!« Jenni erhob sich von der Bank und schaute ihre Freundinnen eindringlich an. »Eins müssen wir uns hier und jetzt fest versprechen. Egal, wohin es uns auf der Welt verschlagen wird, wir werden nie den Kontakt zueinander verlieren. Selbst dann nicht, wenn du Wimbledon gewinnst, Kinka.«

»Oder Kirsten einen Weltkonzern am Rhein oder in einer anderen Weltmetropole leitet«, fügte Kinka hinzu.

»Oder Jenni ein hohes Tier beim Bundesgerichtshof ist«, sagte Kirsten und nickte.

Die Freundinnen blickten sich eine Weile schweigend an. Jede von ihnen schien in ihre eigenen Erinnerungen an die gemeinsame Schulzeit am Nordsee-Internat vertieft zu sein. Kinka schwankte zwischen Wehmut und Aufbruchsstimmung. Jenni schaute ins Leere, als machte sich ein Gefühl von Ungewissheit in ihr breit. Was würde nach ihrer Schulzeit auf sie zukommen? Würden sie ihre Pläne verwirklichen können? Nur Kirsten wirkte dank ihres Schwipses leicht und beschwingt, was Kinka erleichtert zur Kenntnis nahm.

Lautes Möwengeschrei über ihnen riss die Mädchen aus ihren Gedanken.

»Darauf sollten wir anstoßen.« Kinka hob ihr Glas. »Beste Freundinnen für immer.«

»Beste Freundinnen für immer«, wiederholten Jenni und Kirsten.

Ihre Gläser stießen klirrend aneinander.

Einladung

1999 – Es war das letzte Jahr des alten Jahrtausends und die Berliner Mauer seit zehn Jahren Geschichte. Wir tanzten zu Mambo No 5 und sangen Du trägst keine Liebe in dir. Gerhard Schröder war unser neuer Bundeskanzler, und im Fernsehen lief Wetten, dass...? mit Thomas Gottschalk.
Seit unserem Abi ist viel passiert ...
Nach zwanzig Jahren ist es höchste Zeit für ein Wiedersehen!

Du bist herzlich eingeladen zum zwanzigjährigen Abiturtreffen des Nordsee-Internats.

Wann?
10. August 2019 ab 18 Uhr

Wo?
In der Aula vom Nordsee-Internat in St. Peter-Ording

Um eure Vorschläge und rege Beteiligung am Abendprogramm wird gebeten. Ob musikalische Darbietungen, schauspielerische Einlagen oder Animation – wir freuen uns auf eure Beiträge!

Ihr könnt euch bis zum 15. Juli verbindlich für das Abi-Treffen anmelden. Bitte schickt uns E-Mails mit eurer aktuellen Adresse an:

Miriam Hein
Miriam.Hein@beauty-hair.de

oder

Dirk Hagemann
Dirkman05@nordnet.de

Die neuesten Infos zu unserem Abi-Treffen findet ihr in der Facebook-Gruppe des Nordsee-Internats.

Wir freuen uns, von euch zu hören, und auf ein baldiges Wiedersehen!

Viele Grüße von Miri und Dirk

1. Kapitel

Frankfurt am Main an einem Hochsommertag im Juli 2019

Der Sommer schien in diesem Jahr einen neuen Rekord aufstellen zu wollen. Die Sonne strahlte seit Wochen täglich ohne Unterlass von einem wolkenlosen Himmel, und die Temperaturen hatten sich bei 38 Grad festgesetzt. Die Meteorologen sprachen von einer außergewöhnlichen Wetterlage, die Jahrhundertsommer-Potenzial hatte. Mal wieder. Für hartgesottene Sonnenanbeter war das Wetterphänomen ein Segen. Für die Pflanzenwelt und hitzeempfindliche Leute wie Kinka hingegen eine Herausforderung.

In dem Autohaus roch es nach Bratwürstchen und Reibekuchen. Der fettige Geruch zog durch die geöffnete Eingangstür vom Parkplatz herein. In dem Geschäft herrschten saunaähnliche Verhältnisse. Durch das Flachdach und die großen Glasfronten an den Seiten des Gebäudes hatte sich der Verkaufsraum zusätzlich aufgeheizt. Kinka tupfte sich mit einem Taschentuch den Schweiß von der Stirn und griff wieder nach dem Stift.

»Wegen Ihnen hat meine Tochter damals mit dem Tennisspielen angefangen.« Eine Seniorin guckte sie freundlich durch die leicht beschlagenen Gläser einer rot eingefassten Brille an.

Kinka lächelte. »Das freut mich zu hören. Ist das Autogramm denn auch für Ihre Tochter?«

»Ja. Es soll eine Überraschung sein. Sie hat bald Geburtstag«, erklärte die Frau eifrig und neigte ihren Oberkörper leicht über den Tisch, hinter dem Kinka saß.

Kinka lächelte sie wieder an. »Wie heißt Ihre Tochter denn?«

»Cathrin. Mit C und th.«

Kinka schrieb eine persönliche Widmung auf eine Karte mit ihrem Konterfei. Insgeheim hatte sie sich heute bei jedem Autogramm gefragt, aus welchem Grund die Leute in Wirklichkeit zu dem Sommerfest gekommen waren. Waren es die kostenlosen Bratwürste und Reibeplätzchen, oder hatte sie durch ihr Kommen tatsächlich Publikum angezogen? In letzter Zeit quälten sie häufig Fragen dieser Art, die zu keinem Ergebnis führten, sondern ihrem angekratzten Ego noch einen weiteren Stoß versetzten. Wenigstens war die Seniorin ihretwegen gekommen. Kinka verstand ohnehin nicht, wie jemand bei der Hitze Bratwurst und Reibeplätzchen essen konnte. Allein der fettige Geruch verursachte ihr leichte Kopfschmerzen. Gut, dass das Autohaus sie bloß für zwei Stunden gebucht hatte und sie nicht bis abends in Frankfurt durchhalten musste. Je älter sie wurde, umso schlechter vertrug sie die Hitze in der Großstadt. Immerhin war sie fast vierzig. Früher hatten sie hochsommerliche Temperaturen nicht gestört. In solchen Momenten sehnte sie sich nach ihrer alten Heimat. Nach dem Strand von St. Peter-Ording, der salzigen Luft, dem Meeresrauschen und der kühlen Brise, die selbst den heißesten Sommertag erträglich machte.

Sie überreichte der Dame die Autogrammkarte. »Viele Grüße an Ihre Tochter. Schön, dass Sie gekommen sind.«

»Vielen Dank! Darüber wird sich Cathrin sehr freuen.«

»Richten Sie Ihrer Tochter herzliche Glückwünsche von mir aus.«

»Das werde ich machen.« Die Seniorin schüttelte ihr zum Abschied die Hand.

Nach der Autogrammstunde fuhr Kinka mit ihrem Auto nach Hause. Sie wohnte in einem kleinen Ort bei Köln. Die angebotene Hotelübernachtung hatte sie dankend abgelehnt, da die Rückfahrt keine zwei Stunden in Anspruch nahm und sie in fremden Bettenburgen schlecht schlief. Auf dem Beifahrersitz lag ihr Handy und daneben ein bunter Blumenstrauß, den sie als Dankeschön vom Team des Autohauses erhalten hatte. Die Blüten verströmten einen intensiven, süßlichen Duft. Kinka spürte ein leichtes Pochen an ihrer rechten Schläfe. Mit einem Blick auf das Navigationssystem stellte sie fest, dass es noch knapp 120 Kilometer bis zu ihrer Wohnung waren. Zu Hause würde sie als Erstes eine Kopfschmerztablette nehmen, damit sich das Pochen nicht zu einer Migräne steigern konnte. Sie griff nach der Sonnenbrille im Handschuhfach und drehte die Klimaanlage höher. Ihr Handy klingelte.

Kinka drehte das Radio leiser und drückte auf die Taste an ihrem Lenkrad, um das Gespräch anzunehmen. »Hallo, Jochen.«

»Hallo, Kinka. Bist du mit deinem Termin fertig?«, erklang die Stimme ihres Managers aus dem Lautsprecher.

»Ja, ich bin schon auf dem Heimweg.«

»Waren viele Leute da?«, erkundigte er sich.

»Einige. Es gab Würstchen und Reibekuchen. Umsonst.« Kinka setzte den Blinker und überholte einen LKW.

Jochen lachte. »Bei dem Wetter? Deswegen ist bestimmt niemand gekommen. Da wäre ein Eiswagen passender gewesen.«

»Wem sagst du das?« Jochens Anmerkung war Balsam auf ihrer Seele. Er kannte sie und rückte stets ihre Gedanken wieder gerade, wenn sie mal in Schieflage gerieten. Das schätzte sie sehr an ihm. »Hast du schon was wegen dieses neuen Auftrags gehört?«

»Deswegen rufe ich an.«

»Und?«, fragte Kinka gespannt. Eine große Kosmetikfirma suchte ein bekanntes Gesicht zur Einführung einer Anti-Falten-Creme für die Frau ab 40. In Kinkas Augen war dies der ideale Job, um sie wieder ins Licht der Öffentlichkeit zu rücken.

»Sorry, der Auftrag ist leider an die Konkurrenz gegangen.«

»Oh nein! Das Profil der Kampagne war wie geschaffen für mich«, sagte Kinka enttäuscht.

»Ich war auch fest davon überzeugt, dass wir den Zuschlag bekommen. Aber du weißt ja, wie das ist ... da steckt man nicht drin.«

»Ist schon bekannt, für wen sie sich entschieden haben?«

»Lena Winter hat den Auftrag bekommen.«

Kinka zog geräuschvoll Luft durch die Zähne ein. »Lena Winter? Die Schwimmerin? Aber sie ist doch noch keine 40, geschweige denn 30. Höchstens Mitte zwanzig. Warum will die Firma ausgerechnet so eine junge Frau für die Kampagne einer Anti-Falten-Creme? Ich meine, sie hat doch keine einzige Falte.«

»Das wird vermutlich der Grund für ihre Wahl gewesen sein«, schlussfolgerte ihr Manager in sachlichem Ton.

»Bin ich denen etwa zu alt? Obwohl ich zur Zielgruppe gehöre?«, überlegte Kinka laut und zog dabei die Stirn in Falten.

»Das glaube ich nicht«, wiegelte ihr Manager ab. »Aber Lena Winter ist seit ihrem Sieg bei der Europameisterschaft unheimlich prominent und fast wöchentlich in irgendwelchen TV-Sendungen zu Gast. Ihr Marktwert ist dementsprechend hoch. Mit ihrem Gesicht lässt sich vermutlich auch eine Creme ab 40 gut verkaufen, selbst dann, wenn sie noch keine 30 ist. Über das Thema Logik brauchen wir uns in diesem Fall gar nicht unterhalten.«

Kinka schüttelte immer noch mit dem Kopf, als sie das Gespräch mit ihrem Manager längst beendet hatte. Die Werbeindustrie wurde immer verrückter. Wahrscheinlich würde es in ein paar Jahren Anti-Falten-Cremes für

Teenager geben – als Special Edition für Einsteiger. Frei nach dem Motto: Früh übt sich, wer ein Meister werden will.

Als sie zurück in ihrer Wohnung war, führte sie ihr erster Weg in die Küche, die in smaragdblauer Farbe gehalten war und deren Schränke mit hochwertigen Glasfronten ausgestattet waren. Sie nahm ein Glas aus einem Hängeschrank und füllte es mit Wasser. In einer Schublade fand sie die Packung mit dem gesuchten Schmerzmittel und gab zwei Brausetabletten ins Wasser.

Nebenan hörte sie den Signalton ihres Handys. Kinka nahm das Glas mit ins Wohnzimmer, stellte es auf der gläsernen Tischplatte ab und griff nach dem Mobiltelefon, das darauf lag. Sie wischte über die glatte Oberfläche des Displays. Eine Textnachricht von Jochen, ihrem Manager.

Hallo, Kinka! Der Job mit der Creme hat zwar nicht geklappt, aber die Sportkette Beautyfit macht in Köln einen neuen Laden auf. Sie möchten dich als Star-Gast für die Eröffnung im Herbst buchen. Hast du Lust auf den Job? Melde dich einfach bei mir, wenn du dich entschieden hast. Liebe Grüße und einen schönen Abend! Jochen

Kinka ließ das Telefon sinken. Eine Sportladeneröffnung war nicht wirklich ihr Traumjob – aber besser als nichts. Wenigstens lag der Laden gewissermaßen in ihrer Nachbarschaft, und sie musste keine lange Anreise dafür planen.

Sie griff nach dem Glas und trank die bitter schmeckende Flüssigkeit in einem Zug aus. Vielleicht lag es doch an ihrem Alter, dass der Deal mit der Kosmetikfirma nicht geklappt hatte. Gedanklich überschlug sie ihre bisherigen Jobs in diesem Jahr. Es bestand kein Zweifel daran, dass ihre Auftragslage in der letzten Zeit übersichtlicher geworden war. Das konnte sie sich nicht schönreden. Die Zeiten, in denen sie Termine absagen musste, weil es zu viele Anfragen gab, gehörten längst der Vergangenheit an.

Sie ging zu der Vitrine, die neben einem Sideboard stand, und öffnete die gläserne Tür. In dem Glasschrank bewahrte sie ihre Medaillen und Preise auf. Kinka nahm einen der Pokale in die Hand und strich leicht über die Gravur. *Gerry Weber Open 2004, 3. Platz*, stand auf dem Gravurschild des Pokals. Sie erinnerte sich daran zurück, wie glücklich sie über die Platzierung gewesen war, wie motiviert und voller Energie sie sich danach ins Training gestürzt hatte. Immer das nächste Turnier und den großen Traum im Blick, eines Tages auf dem »heiligen« Rasen in Wimbledon spielen zu können, wo es schon Steffi Graf zu Weltruhm gebracht hatte. Zu dem Zeitpunkt hatte Kinka noch nicht ahnen können, dass ihre Träume bald platzen würden und das Tennis-Turnier in Halle ihr letztes gewesen sein sollte. Damals war sie 25 Jahre alt gewesen und glaubte eine lange Karriere als Profi-Sportlerin vor sich zu haben. Alles schien möglich zu sein, wenn sie nur ihr Bestes gab. Wenige Wochen später war es dann passiert. Bei einem Trainings-Match mit einer befreundeten Profi-Spielerin hatte sie sich durch eine abrupte Bewegung einen Meniskusriss im Kniegelenk zugezogen. Es folgten mehrere Operationen und eine langwierige Rehabilitationsmaßnahme. Danach hatte sie nicht mehr zur alten Form zurückgefunden, und bis heute spürte sie die Spätfolgen der Verletzung.

Normalerweise war ein vorzeitiges Karriere-Aus das Schlimmste, was einem Profi-Sportler passieren konnte – aber Kinka hatte Glück im Unglück gehabt. Sie hatte sich kurze Zeit später bei einer Sport-Gala in ihren Tennis-Kollegen Christian Swoboda verliebt und saß fortan bei jedem Match im Publikum, um ihm die Daumen zu drücken. Es hatte nicht lange gedauert, bis die Medien Wind von der Romanze zwischen ihr und Christian bekommen hatten und »das neue Traumpaar der Nation«, wie einige Blätter sie nannten, auf Schritt und Tritt verfolgten. Kinka konnte sich plötzlich vor Interviewanfragen und Fernsehauftritten nicht mehr retten. Kurz vor ihrer Hochzeit mit dem Tennisspieler hatte ihr eine Modefirma angeboten, das Werbegesicht für eine Sport-Kollektion zu sein. Danach folgten weitere lukrative Jobs in der Werbebranche. Das änderte sich auch nicht, als sie sich nach drei turbulenten Ehejahren wieder von Christian scheiden ließ, weil er sein Training nicht bloß auf dem Spielfeld absolvierte, sondern immer häufiger auch in Hotelzimmern in Gesellschaft diverser Mitspielerinnen.

Durch die vielen Aufträge hatte sie allerdings kaum Zeit gehabt, wegen der Scheidung Trübsal zu blasen. Sie jettete für Fotoaufträge rund um den Globus, und wenn sie mal in Deutschland war, standen Termine bei Preisverleihungen oder TV-Sendungen an. Das ging all die Jahre gut, bis die Aufträge vor ein paar Monaten plötzlich ausblieben. Selbst Jochen hatte sie nicht wie gewohnt im Fernsehen platzieren können. Gott sei Dank hatte sie durch die Jobs der vergangenen Jahre finanzielle Rücklagen gebildet und musste sich in den nächsten Monaten um das Thema Geld keine Gedanken machen. Doch im Herbst würde es höchste Eisenbahn für neue Aufträge sein. Von einem Auftritt bei einer Ladeneröffnung konnte sie nicht lange existieren. Nachdenklich stellte Kinka den Pokal wieder zurück in die Vitrine und setzte sich an den Esstisch. Sie schrieb Jochen eine Nachricht und sagte die Buchung der Sportfirma zu. Gezwungenermaßen. Bis zum Herbst dauerte es noch über zwei Monate. Und im Sommer herrschte jedes Jahr eine regelrechte Job-Flaute. Eine Auszeit für den Rest des Sommers würde ihr bestimmt guttun, um ihre Gedanken zu sortieren und neue Pläne schmieden zu können. Sie musste herausfinden, wie ihr Leben in Zukunft weitergehen sollte, und dafür war ein wenig Zerstreuung nicht schlecht.

Nun musste sie nur noch eine Idee haben, wo sie diese Auszeit verbringen sollte. Sie klappte ihr Notebook auf, das ebenfalls auf dem Esstisch lag, und rief spontan die Seite eines Reiseveranstalters auf. Bei einem Angebot für eine Rundreise durch Island blieb sie hängen. Der Preis war erschwinglich. Das Land der Elfen und Trolle wollte sie schon längst gesehen haben. Dorthin hatte sie noch nie ein Auftrag geführt. Kinka wollte schon die möglichen Reisetermine aufrufen, hielt dann jedoch kurz inne. Allein? Spontan fiel ihr niemand ein, der sie begleiten konnte. Ohne Begleitung machte die schönste Reise nur halb so viel Spaß. In ihr meldeten sich zusätzliche Zweifel. Sie dachte an das ungestüme Wetter und die schlechten Straßenverhältnisse auf der Insel. Nein, nach Island reiste sie besser nicht allein. Selbst mit dem preiswertesten Angebot nicht.

Das Klingeln ihres Handys unterbrach ihre Überlegungen.

Kinka nahm das Gespräch entgegen. »Hallo, Mama.«

»Gut, dass ich dich erreiche!«, meldete sich die aufgeregte Stimme ihrer Mutter.

»Ist was passiert?«, fragte Kinka alarmiert.

»Ja.«

Kinka setzte sich gerade hin. »Ist was mit Papa? Ist er etwa krank?«

»Nein. So was ist doch nicht passiert ...«, sagte Kinkas Mutter in beschwichtigendem Ton.

»Dann ist ja gut«, antwortete Kinka und entspannte sich wieder.

»Auf was für Gedanken du immer gleich kommst.«

Kinka lehnte sich zurück an die Stuhllehne. »Na, hör mal, du rufst hier an und sagst, es ist was passiert ...«

»Schon gut. Es ist ja auch was passiert. Aber was Gutes.« Sie machte eine kleine Pause, bevor sie fortfuhr. »Tante Hedda hat mich vorhin angerufen. Sie möchte sich endgültig vom Muschelhaus trennen.«

»Was? Warum denn das? Und wieso ist das gut?«, fragte Kinka erstaunt.

»Wie du weißt, war sie eigentlich die kürzeste Zeit ihres Lebens in St. Peter-Ording. Und seitdem sie John kennengelernt hat, kommt sie noch viel seltener hierher.«

»Schon, aber sie kann doch nicht einfach das Muschelhaus abgeben. Ich meine … es ist doch ihr Zuhause.« Kinka dachte daran zurück, wie sie sich als Mädchen während Tante Heddas Abwesenheit um das Muschelhaus gekümmert hatte. Wie sie den Rasen gemäht, die Pflanzen gegossen, die reifen Äpfel unter dem Apfelbaum behutsam aufgesammelt und in einen Weidekorb gelegt hatte. Und mit 15 hatte sie an einem lauen Sommerabend im Garten, neben dem blühenden Hibiskus, ihren ersten Kuss von ihrer damaligen großen Liebe bekommen. Das Muschelhaus war mit vielen schönen Erinnerungen verknüpft. Und nun wollte ihre Tante es einfach aufgeben? Das gefiel ihr gar nicht.

»Sie und John haben sich in Kalifornien ein Hausboot gekauft. Hedda ist ganz sicher, dass sie nie wieder im Muschelhaus dauerhaft wohnen wird. Du kennst deine Tante ja, so richtig zu Hause fühlt sie sich erst, wenn unter ihren Füßen Wasser plätschert.«

»Das schon, aber trotzdem finde ich es schade … was passiert denn nun mit dem Haus?«

»Du bekommst es …«

»Ich?«, fragte Kinka verdattert. »Ich dachte, Tante Hedda wird das Haus verkaufen …«

»Das Haus ist doch unverkäuflich. Hast du das etwa vergessen?«

Kinka erinnerte sich an ein Gespräch mit ihrer Tante, als sie noch ein kleines Mädchen gewesen war. »Daran habe ich wirklich lange nicht mehr gedacht. Tante Hedda hat mir mal von einer Regel erzählt, aber genau kann ich mich nicht mehr erinnern.«

»Nun, das ist ganz einfach. Der Bauherr hat verfügt, dass das Muschelhaus niemals verkauft oder vermietet werden darf, sondern immer an ein Familienmitglied weitergegeben werden muss, das in St. Peter kein Eigentum hat. Damit wollte er sicherstellen, dass die Familie für immer in St. Peter-Ording vertreten sein wird.«

»Hat Tante Hedda gesagt, warum ausgerechnet ich das Haus bekommen soll?«, wollte Kinka wissen.

»Überlege doch mal. Papa und ich haben unser Haus. Deine Schwester hat ebenfalls ein Eigenheim in Böhl. Bleibst also nur du übrig.«

»Das ist ja ein Ding. Damit habe ich überhaupt nicht gerechnet.« Kinka strich sich eine blonde Haarsträhne hinters Ohr, die ihr vor die Augen gerutscht war.

»Glaubst du, ich? Ich war mindestens genauso überrascht wie du, als sie mir vorhin davon erzählt hat, dass sie dir ihr Haus vermachen will. Sie hatte übrigens deine aktuelle Telefonnummer nicht. Sonst hätte sie sich direkt bei dir gemeldet.«

»Ab wann soll ich es denn übernehmen?« Kinka stützte ihr Kinn auf einer Hand ab.

»So schnell wie möglich. Die Papiere liegen in St. Peter-Ording beim Notar. Sobald du dein Okay gibst, lässt sie den Grundbucheintrag ändern. Hast du denn Zeit, demnächst mal nach St. Peter zu kommen?«

Kinka schaute einen Moment auf den Bildschirm ihres Notebooks, auf dem immer noch das Angebot für die Rundreise zu sehen war. So schnell würde das jetzt nichts mit Island werden. St. Peter-Ording war ohnehin viel besser, weil sie dort nicht allein, sondern zu Hause war. Sie spürte eine große Sehnsucht nach ihren Eltern, ihrer Schwester, den scheinbar unendlichen Salzwiesen und dem Rauschen des Meeres, dessen Klang sie fast vergessen hatte. Viel zu lange war sie nicht mehr in Nordfriesland gewesen.

»Zufällig habe ich gerade Zeit. Ich könnte gleich Montag nach St. Peter-Ording kommen.«

»Prima! Ich freue mich. Wird auch höchste Zeit, dass du mal wieder nach Hause kommst. Du hast dich ja fast so lange nicht blicken lassen wie Tante Hedda«, sagte Kinkas Mutter mit einem leicht vorwurfsvollen Unterton. »Außerdem hast du Post bekommen. Von deiner Schule.«

»Von meiner Schule?« Kinka musste lachen. »Was wollen die denn? Mir mein Abitur nach 20 Jahren aberkennen?«

»Das wirst du am Montag herausfinden, wenn du hier bist.«

»Alles klar. Ich fange gleich an zu packen.«

»Und ich gebe Tante Hedda Bescheid, dass die Familientradition gerettet ist«, sagte Kinkas Mutter gut gelaunt.

»Mach das.«

»Ach, Kinka?«

»Ja?«

»Ich freue mich wirklich, dass du endlich wieder nach Hause kommst. Sehr sogar. Und Papa auch!«

»Ich mich auch, Mama. Ich mich auch«, sagte Kinka und meinte es aus tiefstem Herzen. »Sag Papa einen lieben Gruß von mir.« Sie beendete das Gespräch und konnte es immer noch nicht fassen. Den Auftrag der Kosmetikfirma hatte sie zwar nicht bekommen, dafür wurde sie unverhofft Hausbesitzerin. Kinka öffnete das Sideboard und holte einen Karton daraus hervor. In der Kiste befanden sich unsortierte Fotos, die sie großflächig auf der Tischplatte verteilte. Zwischen Fotos von Turnieren, Familienfeiern, vergangenen Kindergeburtstagen und professionellen Werbeaufnahmen fand sie auch einige Schnappschüsse, die vor und im Muschelhaus entstanden waren. Wie hübsch das rote Reetdachhaus mit der bunten Haustür doch war. Fast wie gemalt. Und das würde bald wirklich ihr gehören? So richtig konnte sie es noch nicht glauben, und trotzdem überkam sie eine unglaubliche Freude darüber. Ihr Blick blieb an einem Foto hängen, das sie und ihre Schwester Anke als kleine Mädchen beim Strandschaukeln zeigte. Kinka nahm das Foto in die Hand, um es besser betrachten zu können. Sie konnte sich an den Tag erinnern, an dem das Foto entstanden war. Wie so oft hatte sie mit ihrer großen Schwester gewettet, dass sie höher schaukeln konnte als sie. *Bis zum Himmel!* Unwillkürlich musste sie lächeln. Sie hatte eine wunderschöne Kindheit in St. Peter-Ording verlebt, die sie mit nichts anderem tauschen wollte. In diesem Moment spürte sie wieder eine große Sehnsucht in ihrem Herzen. Es fühlte sich für sie richtig an, endlich in ihre Heimat nach St. Peter-Ording zurückzukehren. An den Ort, aus dem sie damals unbedingt wegwollte und an den sie in letzter Zeit immer öfter denken musste. Sie klappte das Notebook zu und ging ins Schlafzimmer, um zu packen.

2. Kapitel

Amtsgericht Bielefeld am Montag

»Ich kann Ihnen gar nicht sagen, wie dankbar ich Ihnen bin, Frau Lichtblau. Endlich hat der jahrelange Albtraum ein Ende!«, sagte die Frau mit dem modischen Kurzhaarschnitt. Sie trug einen gestreiften sommerlichen Overall. Ihre Wangen waren gerötet, und mit ihren Händen bearbeitete sie nervös ein Papiertaschentuch. Jenni musterte die Frau und wusste, dass sie selbst mit ihren zu einem strengen Knoten festgesteckten Haaren, ihrer schwarzen Aktentasche und ihrer Juristenrobe ein ganz anderes Bild abgeben musste.

»Ich hoffe, dass Sie und Ihr Sohn nun endlich zur Ruhe kommen können«, antwortete sie ruhig. »Das alleinige Sorgerecht kann Ihr Ex-Mann nicht mehr anfechten. Sie können sich nun entspannen, Frau Sellmann.«

»Nochmals vielen Dank! Für alles!« Ihre Klientin zerknüllte das Taschentuch in einer Hand und streckte ihr die andere entgegen.

Jenni ergriff Frau Sellmanns Hand und lächelte sie an. »Das habe ich gerne gemacht.« Sie linste zu einer Uhr, die an der Wand des Gerichtsgebäudes befestigt war. »Ich muss mich leider von Ihnen verabschieden, da ich noch einen wichtigen Termin habe. Falls noch mal etwas sein sollte, dann wissen Sie ja, wo Sie mich finden.«

Jenni suchte eine öffentliche Toilette im Gerichtsgebäude auf, um sich die Juristenrobe auszuziehen, die sie über eine weiße Bluse und eine beige Leinenhose gezogen hatte. Prüfend schaute sie in den Spiegel, der über einem Waschtisch angebracht war, wobei sie eine leicht nach vorne gebeugte Haltung einnahm. Ihr Gesicht war schmal und ihre braunen Augen ein wenig zu groß geraten. Sie war auch körperlich schon immer größer als alle anderen in ihrem Alter gewesen und hatte während der Schulzeit meistens die Jungs aus ihrer Klasse überragt. Das hatte dazu geführt, dass sie sich eine schlechte Haltung angewöhnt hatte, wobei sie sich krümmte, um auf Augenhöhe mit ihren Mitschülern reden zu können und bloß nicht aus der Gruppe ihrer Klassenkameraden hervorzustechen. Ihre dünne und schlaksige Statur hatte sie hinter weiten Klamotten verborgen. Jenni konnte so viel essen, wie sie wollte. Da kam ihr die zelthafte Juristenrobe in ihrem Beruf als Rechtsanwältin gerade recht. Sie ließ den Kopf kreisen, um ihre Verspannungen im Nackenbereich zu lösen. Die viele Arbeit am Schreibtisch forderte einen hohen Tribut.

Jenni griff in ihre Tasche und beförderte ein Eau de Toilette hervor, mit dem sie sparsam ihre Handgelenke benetzte. Es roch erfrischend nach Zitrone. Sie war erleichtert, dass der Prozess zugunsten ihrer Klientin ausgegangen war. Die Gegenseite hatte ihnen nichts geschenkt, aber sie hatte den Fall mit Leidenschaft vertreten und war ein kleines bisschen stolz auf ihre Erfolgsquote, die bei über 90 Prozent gewonnener Fälle im Familienrecht lag. Sie richtete den Hemdkragen ihrer Bluse und packte das Eau de Toilette wieder zurück in ihre Tasche. Sie musste sich wirklich sputen, wenn sie pünktlich zu ihrem Arzttermin sein wollte. Schließlich ging es dabei auch um das Thema Familie, wenngleich in privater Angelegenheit. Jenni legte die schwarze Robe über einen Arm, griff nach ihrer Tasche und eilte nach draußen.

Trotz voller Straßen erreichte sie die Praxis noch rechtzeitig. Vor ihr fuhr gerade ein roter PKW aus einem Parkplatz auf dem Seitenstreifen heraus. Sie setzte den Blinker und belegte ihn mit ihrem Wagen. Vielleicht war heute ihr Glückstag?

Schon kurz darauf betrat sie das Foyer des medizinischen Versorgungszentrums und nahm direkt den Fahrstuhl in den vierten Stock. Normalerweise hätte sie die Treppen genommen, doch sie wollte nicht verschwitzt vor ihrer Ärztin erscheinen. Bisher hatte sie sich ruhig gefühlt, nahezu entspannt. Dies änderte sich jedoch, als sie im Wartezimmer der Endokrinologie Platz nahm. Jenni spürte, wie sich ihr Herzschlag beschleunigte. Sie rieb ihre schwitzigen Hände aneinander. Hoffentlich gab es dieses Mal gute Nachrichten! Peter bezeichnete sie gerne als Kontrollfreak. Ganz unrecht hatte ihr Lebensgefährte damit nicht. Sie wurde nervös, wenn sie Dinge nicht kontrollieren konnte. Und die Ergebnisse, die sie gleich mitgeteilt bekommen würde, lagen definitiv außerhalb ihres Einflussbereichs.

»Frau Lichtblau?«, rief sie eine junge Frau auf, die zum Praxis-Team gehörte. Jenni folgte der Arzthelferin, die sie in ein Behandlungszimmer brachte.

»Sie können schon mal Platz nehmen. Frau Doktor Schlüter kommt gleich zu Ihnen.«

»Danke.« Jenni setzte sich auf den Stuhl, der vor dem Tisch der Ärztin stand. An den Wänden standen Regale mit unzähligen medizinischen Büchern, und auf einem kleinen Beistelltisch lagen Patientenakten. Vermutlich von Frauen wie ihr, die in dieser Praxis ihre letzte Hoffnung sahen. Jenni schwankte zwischen Zuversicht und Bangen. Einerseits brannte sie darauf, endlich das Ergebnis zu erfahren. Andererseits fürchtete sie nichts mehr als das.

Die Tür öffnete sich, und Frau Schlüter betrat in einem weißen Kittel und passender Hose den Raum. »Guten Morgen, Frau Lichtblau.«

»Guten Morgen, Frau Schlüter«, erwiderte sie den Gruß der Ärztin.

»So, dann wollen wir mal.« Sie klappte Jennis Patientenakte auf und überflog die Ergebnisse. »Leider wieder kein zufriedenstellendes Ergebnis.« Sie schüttelte bedauernd den Kopf. »Es tut mir leid.«

Jenni spürte, wie ihr gleichzeitig heiß und kalt wurde. »Aber was läuft denn bei mir schief? Mein Lebensgefährte und ich haben uns doch genau an meine fruchtbaren Tage gehalten.«

»Nun ja.« Frau Doktor Schlüter faltete ihre Hände auf der Tischplatte. »Abgesehen davon, dass es ab 40 generell schwieriger ist, überhaupt schwanger zu werden, kommt bei Ihnen noch ein weiterer Faktor hinzu. Genauer gesagt, Sie haben eine Überfunktion der Schilddrüse, eine Hormonstörung.«

Jenni hob reflexartig eine Hand an den Hals. »Was heißt das genau? Muss ich operiert werden?«

»Nein, nein. Keine Operation. Aber solange wir Ihre Schilddrüsenwerte nicht in den Griff bekommen, können Sie vermutlich nicht schwanger werden.«

»Ich kann keine Kinder bekommen?«

»Zum jetzigen Zeitpunkt schließe ich es wegen der schlechten Werte eher aus. Es kann sich aber noch ändern.«

Jenni musste schlucken. Unruhe stieg in ihr auf. »Wie lange kann das dauern?«

»Die Schilddrüse ist ein äußerst empfindliches und hochkomplexes Organ, das viele Prozesse im Körper steuert. Sie werden Geduld aufbringen müssen. Es kann unter Umständen zwei Jahre dauern, bis wir Ihre Hormone wieder richtig eingestellt haben. Das ist bei jedem Patienten anders. Doch ganz sicher spielen die Werte eine wesentliche Rolle für die geistige und körperliche Entwicklung Ihres Babys.«

»Zwei Jahre? So lange?«, fragte Jenni entgeistert. »Dann bin ich 42.«

»Ja, es gibt Risiken, aber auch eine ganze Reihe möglicher Vorsorgeuntersuchungen. Machen Sie sich keine Sorgen. Es sind auch schon Frauen mit 50 schwanger geworden. Heute sind Schwangerschaften in den 40ern keine Seltenheit mehr«, sprach Frau Doktor Schlüter ihr Mut zu. »Ich stelle Ihnen ein Rezept aus, und dann sehen wir uns nach sechs Wochen zur Blutabnahme.«

Als Jenni wieder in ihrem Auto saß, fühlte sie sich wie betäubt. Nach außen hin sagte sie stets, dass sie durch ihren Job keine Zeit für Nachwuchs hatte, wenn sie auf das Thema Kinder angesprochen wurde. In Wirklichkeit versuchten Peter und sie schon seit Jahren ein Baby zu bekommen, was in ihrer Beziehung immer wieder zu Konflikten führte. Plan B wäre eine künstliche Befruchtung gewesen, die jedoch nun auch ausschied. Sie umklammerte das Lenkrad. Wie sollte sie das bloß Peter beibringen? Er wünschte sich doch so sehr ein Baby, und die Aussicht auf zwei weitere Jahre Abwarten und Teetrinken würde die angespannte Lage noch verschlimmern.

Jenni fuhr zur nächsten Apotheke, um das Rezept einzulösen, und danach auf direktem Weg nach Hause. Sie hatte heute ohnehin keine weiteren Termine und außerdem keine Lust darauf, Peter in ihrer gemeinsamen Kanzlei über den Weg zu laufen. Sie brauchte eine Weile für sich.

Doch daraus wurde nichts.

Jenni war gerade dabei, einen Stapel Altpapier durchzusehen, das sie in einem Korb in ihrem Arbeitszimmer gesammelt hatte, als Peter anrief.

»Ach, du bist zu Hause. Ich habe mir schon Sorgen gemacht, dass dir etwas passiert sein könnte«, sagte er, nachdem sie sich gemeldet hatte.

»Nein, mir ist nichts passiert«, antwortete sie ausweichend. Natürlich war ihr klar, weswegen Peter anrief. Er wusste, dass sie heute einen Termin bei Frau Doktor Schlüter gehabt hatte.

»Kommst du gleich in die Kanzlei?«, fragte er.

»Nein. Ich muss zu Hause mein Arbeitszimmer aufräumen. Das ist längst überfällig.« Jenni hoffte inständig, Peter abwimmeln und das Gespräch auf den Abend verschieben zu können. Bis dahin würden ihr die passenden Worte einfallen, um ihm die Neuigkeiten schonend beizubringen. Für den Augenblick hatte sie genug von Hiobsbotschaften.

»Verstehe ... Weißt du was? Ich mache jetzt auch Feierabend und komme nach Hause. Die drei Akten auf meinem Schreibtisch können auch noch bis morgen warten«, eröffnete er ihr.

Mist. Jenni kniff die Augen zu. »Gut, dann bis gleich.«

Sie legte auf und blickte auf die Tischuhr, deren digitale Anzeige bedrohlich die Sekunden heraufzählte. Von der Kanzlei bis zu ihrem Haus brauchte Peter keine Viertelstunde. Sie brauchte unbedingt eine zündende Idee, wie sie Peter die Wahrheit möglichst schonend beibringen konnte. Eine Wahrheit light sozusagen. Jenni hievte den Korb mit dem Altpapier auf ihren Schreibtisch und bildete zwei Stapel. Den rechten für Kataloge von Versandhäusern und den linken für ungeöffnete Briefe, die hauptsächlich Werbung enthielten. Vielleicht konnte sie von ihrer Schilddrüsenerkrankung erzählen, ohne allzu sehr in Details zu gehen. Eventuell gab sich Peter damit zufrieden, wenn sie sagte, dass es noch nicht mit der Schwangerschaft geklappt hatte, und ihm dann einen romantischen Abend mit selbst gekochtem Essen bei Kerzenschein in Aussicht stellte. Sie würde sein Lieblingsparfum auflegen, ihm die Hand auf die Schulter legen, ihn anlächeln und sagen, dass sie nur am Ball bleiben müssten. Jenni wusste, wie sehr er solche Abende mochte, und bis jetzt konnte sie dadurch jedes Mal die Stimmung aufhellen, sogar ihre eigene. Dies schien ihr ein guter Plan zu sein. Ihre schlechten Schilddrüsenwerte würden ihn vermutlich mehr belasten, als es die Sache eigentlich wert war.

Eine gute Viertelstunde später vernahm Jenni das Geräusch eines Schlüssels im Schloss.

»Bin zu Hause«, rief Peter von unten.

Sie schlüpfte ins Bad im ersten Stock und drehte das Wasser auf. »Unter der Dusche«, antwortete Jenni unter lautem Wasserprasseln.

»Was hat denn die Ärztin gesagt?«, hörte sie Peter nach einer Weile vor der Badezimmertür fragen.

Sie kniff die Augen unter dem Wasserstrahl der Brause zusammen und griff nach dem Duschgel. »Was soll sie gesagt haben? Schwanger bin ich nicht.« Jenni versuchte möglichst belanglos und dabei fröhlich zu klingen. »Sonst hätte ich dich sofort angerufen.«

»Davon gehe ich aus. Hast du sie nach der Kinderwunschklinik gefragt?«, bohrte er weiter.

Jenni verdrehte die Augen und schäumte mit den Händen Shampoo in ihren Haaren auf. Manchmal war es ziemlich anstrengend, mit einem Rechtsanwalt liiert zu sein. Sein Gegenüber mit Fragen zu löchern, war eine unheilbare Berufskrankheit von Juristen. »Das würde im Moment keinen Sinn machen«, drückte sie sich vage aus.

»Was heißt das?« Peters Stimme hörte sich ungeduldig an.

»Der Zeitpunkt für eine Schwangerschaft ist gerade mehr als ungünstig.«

»Was ist denn los? Komm auf den Punkt!«, forderte er sie jetzt in leicht gereiztem Tonfall auf.

Genau das hatte Jenni befürchtet. Im Laufe der Zeit war Peter immer dünnhäutiger geworden, wenn es um das Baby-Thema ging. Sie seufzte. Sie kam nicht um die Wahrheit herum. »Meine Schilddrüsenwerte sind nicht gut. Wir müssen noch eine Weile warten, bis meine Hormone wieder im Normbereich sind«, versuchte sie ihn zu beschwichtigen.

»Jetzt lass dir bitte nicht alles aus der Nase ziehen. Von welchem Zeitraum sprechen wir hier?«

»Konnte mir die Ärztin nicht genau sagen«, antwortete Jenni ausweichend. Sie drehte das Wasser weiter auf, um das Shampoo besser aus ihrem Haar waschen zu können.

»Wie lange wird es dauern?«, fragte Peter beharrlich.

»Moment.« Jetzt wurde es ernst. Jenni war bewusst, dass Peter sich dieses Mal nicht abwimmeln lassen würde. Sie stellte das Wasser aus und schlang sich ein Badetuch um den Körper. Um ihre Haare wickelte sie ebenfalls ein Handtuch. Barfuß taperte sie zur Badezimmertür und öffnete sie einen Spalt. Peter lehnte mit verschränkten Armen an der gegenüberliegenden Korridorwand und blickte sie mit gerunzelter Stirn an. »Wie lange?«, wiederholte er leise seine Frage. Das tat er immer, wenn seine Nerven zum Zerreißen angespannt waren.

Jenni zuckte mit den Schultern. »Sie wusste es wirklich nicht genau. Ich habe ein Rezept bekommen und soll in sechs Wochen wieder zur Blutabnahme vorbeikommen. Vielleicht geht es schnell. Vielleicht dauert es auch zwei Jahre, bis bei mir wieder alles im Lot ist.«

»Zwei Jahre?«, fragte Peter fassungslos und fuhr sich durch die Haare.

»Die Zeit geht auch vorbei. Außerdem hat sie gesagt, dass heutzutage sogar Frauen mit 50 Kinder bekommen.« Im gleichen Moment biss sie sich auf die Lippe. Ihr war klar, dass die eventuelle Aussicht, bis zu ihrem 50. Geburtstag auf eine Schwangerschaft warten zu müssen, keine Jubelrufe bei Peter auslösen würde. Sie ging auf ihn zu und berührte ihn an der Schulter. »Das ist gar kein Problem«, schob sie hinterher.

Peter hob abwehrend die Hände. »Ja, klar. Und die ersten Wörter unserer Kinder sind dann Oma und Opa.«

Jetzt verschränkte auch Jenni die Arme. »Das ist echt fies von dir. Weißt du das?«

»Nenn es von mir aus fies, ich nenne es realistisch. Überleg doch mal. In zwei Jahren bist du 42. Falls es sofort mit der Schwangerschaft klappen sollte, wirst du im besten Fall frühestens mit 43 Mutter und ich mit 46 Vater«, rechnete Peter ihr vor. »Wenn unser Kind in die Grundschule kommt, werden alle denken, es ist unser Enkel. Und an seinem 18. Geburtstag können wir schon mal die Anträge fürs Altersheim ausfüllen.«

Jenni musste lachen. Das war typisch Peter. Ein Schwarzmaler, wie er im Buche stand. »Du übertreibst mal wieder komplett!«

»Lach du nur. Mir ist das Lachen vergangen.« Er griff nach seinen Autoschlüsseln, die auf einer Kommode neben dem Badezimmer lagen.

Jenni zog das Badetuch höher. »Wo willst du hin?«

»Ich fahre noch mal in die Kanzlei. Arbeiten.«

»Wann kommst du wieder?«, rief sie ihm hinterher.

»Warte nicht auf mich. Kann spät werden«, antwortete er bloß und ging dann die Treppen ins Erdgeschoss hinunter.

Jenni lief zurück ins Badezimmer, wischte über das von Wasserdampf beschlagene Fenster und schaute nach unten. Peters Auto stand auf dem Parkplatz vor dem Haus. Wenig später tauchte er mit seinem Mountainbike auf der Auffahrt auf. Er schwang sich auf das Rad und düste in zügigem Tempo die kleine Anliegerstraße entlang. Das Fahrradfahren war seine Strategie, wenn er nachdenken oder sich abreagieren musste. Jenni seufzte wieder. Sie hätte ihm so gerne freudigere Nachrichten überbracht. Aber was sollte sie tun? Es war so, wie es war.

Nachdem sie sich abgetrocknet und angezogen hatte, ging sie wieder zurück in ihr Arbeitszimmer. Die noch feuchten Haare hatte sie sich mit zwei Spangen aus dem Gesicht hochgesteckt. Sie setzte ihre Aufräumaktion fort und sortierte das Altpapier. Während der Stapel mit den Katalogen wuchs, sammelte sich auf der anderen Seite eine beachtliche Anzahl an ungeöffneten Briefen. Jenni öffnete die Post. Ein Brief vom Nordsee-Internat aus St. Peter-Ording war darunter. Seit ihrem Abitur war Jenni Mitglied im Förderverein der Schule und bekam in regelmäßigen Abständen Post, in der sie über die neuesten Entwicklungen im Internat auf dem Laufenden gehalten wurde. Sie zog das bedruckte Blatt Papier aus dem Umschlag.

Es war eine Einladung zum 20-jährigen Abi-Jubiläum.

Der Brief lag mindestens schon zwei Monate bei ihr herum. Warum hatte sie ihn nicht eher geöffnet? Das Fest war sicherlich schon längst vorbei. Dabei wäre sie so gerne wieder nach St. Peter-Ording gefahren und hätte ihre alten Schulfreunde getroffen. Besonders Kinka und Kirsten. Ihre besten Freundinnen.

In den ersten Jahren nach dem Abitur hatten sie noch regelmäßig telefoniert und sogar Briefe geschrieben. Doch irgendwann war der Kontakt eingeschlafen. Jede war ihre eigenen Wege gegangen. Das war schon viele Jahre her, dachte sie bedauernd. Sie schaute auf das Datum der Einladung, und ihr fiel vor Erleichterung ein Stein vom Herzen. Das gesellige Zusammenkommen war erst im nächsten Monat geplant. Sie konnte sich sogar noch anmelden! Sie las weiter.

Ein Lächeln huschte über ihr Gesicht. Miriam und Dirk organisierten das Treffen. Natürlich. Wer auch sonst als der damalige Manager in spe zusammen mit der Schönheitskönigin der Stufe. Manche Dinge änderten sich scheinbar nie. Sie las weiter. Eine Facebook-Gruppe für die Veranstaltung gab es auch. Das war ja perfekt! Vielleicht konnte sie dort auch Kinka und Kirsten wiedertreffen, dachte sie aufgeregt. Jenni setzte sich an ihren Schreibtisch und schaltete ihr Notebook ein. Sie wollte sich sofort für das Jubiläumsfest anmelden. Die Einladung kam ihr gerade recht. Besonders nach der unschönen Diskussion mit Peter. Außerdem hatte sie sich seit Jahren keinen Urlaub mehr gegönnt und sich stattdessen in die Arbeit vergraben. Eine Reise nach St. Peter-Ording wäre eine willkommene Auszeit für sie. Sie spürte wieder ihre Verspannung im Nacken und massierte mit einer Hand die betroffene Stelle. Ehrlicherweise war ihr die viele Arbeit in letzter Zeit ganz gelegen gekommen. So kam sie gar nicht dazu, sich mit ihren persönlichen Problemen auseinanderzusetzen, und es war ihr leichtgefallen, die Sache zu verdrängen. Gelegentlich hatte sie sogar vergessen, wie sehr sie sich ein Kind wünschte. Mindestens so sehr wie Peter.

Jenni spürte, dass sie dringend etwas Abstand zu ihrer privaten und beruflichen Situation brauchte. Und St. Peter-Ording war der ideale Ort, den Kopf freizubekommen. Sie loggte sich in ihren E-Mail-Account ein und schrieb ihre Anmeldung für das Abi-Treffen sicherheitshalber an Miriam und Dirk. Doppelt hielt bekanntlich besser. Von ihrem Facebook-Profil aus schickte sie eine Beitrittsanfrage an die Gruppe für das Jubiläumstreffen. Versonnen dachte sie an ihre Schulzeit zurück, an unbeschwerte Sommertage am Strand, geheime Mitternachtspartys am Meer, das Geräusch, wenn der Wind durch den Strandhafer strich, und das stete Gekreische der Möwen, die zur Nordseeküste gehörten wie Krabbenbrötchen und Tee. Sie konnte förmlich die Sonne auf der Meeresoberfläche glitzern sehen.

Am liebsten hätte sie sofort die Koffer gepackt und sich auf den Weg gemacht. Ein sehnsuchtsvolles Gefühl breitete sich in ihr aus. In St. Peter-Ording war sie glücklich gewesen. Es wurde höchste Zeit, wieder in ihre zweite Heimat zurückzukehren.

3. Kapitel

Montagmittag in St. Peter-Ording bei strahlendem Sonnenschein

Kinka kam bloß im Schneckentempo vorwärts. Auf der Utholmer Straße war der Teufel los. Eine Blechlawine schob sich Stoßstange an Stoßstange in Zeitlupe vorwärts. Die Autos kamen von überallher aus Deutschland und hatten an diesem hochsommerlichen Tag alle das gleiche Ziel: die Strandauffahrt am Ordinger Deich. Dort lag der größte und beliebteste Strand von St. Peter-Ording. Zum Glück war sie schon um halb fünf Uhr in der Früh losgefahren, sodass ihr wenigstens die Staus auf dem Kölner Ring erspart geblieben waren. Nun waren es nur noch wenige Meter bis zum Haus ihrer Eltern.

Ein paar Minuten später setzte sie den rechten Blinker und bog in die Straße Everschop ein.

Kinka kannte den Trubel in den Sommermonaten, wenn St. Peter-Ording von unzähligen Touristen bevölkert wurde. Im Gegensatz zu einigen Einheimischen mochte sie dieses emsige Treiben, wenn der Ort nach einem langen Winter wieder zum Leben erwachte. In der Hauptsaison war St. Peter-Ording mittlerweile »*the place to be*« und konnte locker mit Sylt, Amrum und Föhr mithalten. Wobei: Nirgendwo auf der Welt gab es einen Strand wie diesen. Mit seinen zwölf Kilometern Länge und seiner Breite von bis zu zwei Kilometern war er einzigartig und so nur in St. Peter-Ording zu finden.

Am Ende der Sackgasse lag ihr Elternhaus, dessen Grundstück mit dem großen Garten direkt an den des Campingplatzes *Strandperle* grenzte. Die Stellplätze dort waren wegen der attraktiven Lage sehr beliebt und meistens ausgebucht. Gleich auf der anderen Straßenseite befand sich der Deich, und dahinter erstreckte sich der Strand.

Kinka parkte ihr Auto am Straßenrand direkt hinter dem roten Toyota ihrer Eltern, der schon achtzehn Jahre auf dem Buckel hatte und trotz seines Alters zuverlässig seine Dienste tat.

Sie stieg aus und schulterte ihre Tasche. Einen Moment blieb sie vor dem Haus stehen, in dem sie die meiste Zeit ihres Lebens gewohnt hatte.

Ihr Blick ging von der roten Hausmauer hoch bis in den zweiten Stock, wo sich das Fenster ihres Zimmers befand. Sie musste lächeln. Es hatte nie einen anderen Ort gegeben, an dem sie so tief und fest hatte schlafen können wie in ihrem alten Zimmer. Nach ihrem Auszug hatte sie ihre Eltern belächelt, weil sie sich stoisch geweigert hatten, ihr Kinderzimmer in einen Hobbyraum oder ein Lesezimmer zu verwandeln. »Dein Zimmer wird immer dein Zimmer bleiben. Auch in 50 Jahren noch«, hatte ihr Vater zu jener Zeit entschlossen verkündet.

Und dabei war es geblieben.

Heute war Kinka froh darüber. Sie freute sich auf die kommende Nacht in ihrem alten Bett und zog beschwingt den Haustürschlüssel aus ihrer Umhängetasche. Beim Versuch, den Schlüssel im Schloss zu drehen, hakte es. Daraufhin zog Kinka die Haustür am Knauf zu sich heran, und der Schlüssel ließ sich problemlos umdrehen. Früher hatte sie das automatisch getan, weil sich die Tür zu jeder Jahreszeit verzog. Beinahe hätte sie das vergessen – ein weiteres Zeichen dafür, dass sie viel zu lange nicht mehr zu Hause gewesen war.

Kinka drückte die Tür auf, und im nächsten Moment sprang ein leicht übergewichtiger Mops wild kläffend an ihr hoch. »Ist ja gut, Friedwart.« Kinka ging in die Hocke, um den Hund besser streicheln zu können. »Lange nicht gesehen und trotzdem wiedererkannt, was?«

»So kann man es auch nennen.« Eine Kinka sehr vertraute Frau mit sportlicher Figur und hellblondem schulterlangem Haar betrat die Diele. Sie trug einen sommerlichen Overall und passende Stoffschuhe.

Kinka richtete sich auf. »Mutti!«

Ihre Mutter breitete die Arme aus. »Schön, dass du endlich wieder da bist«, sagte sie und drückte Kinka fest an sich.

»Ich freue mich auch!«

Der Hund sprang aufgeregt an ihnen beiden hoch.

»Und Friedwart erst.«

»Willst du auch umarmt werden?«, fragte Kinka und tätschelte den Kopf des Hundes.

»Ich glaube, er möchte gerne Gassi gehen. Ist gerade seine Zeit«, erklärte Kinkas Mutter.

»Ich kann eben mit ihm gehen, wenn du willst«, bot Kinka an. »Davor lade ich noch schnell mein Gepäck aus.«

»Das kannst du auch nach einer Tasse Tee noch machen. Schließlich bist du gerade erst angekommen. Friedwart wird sich noch ein Viertelstündchen gedulden können, und dein Gepäck kannst du später noch reinholen.«

Kinka folgte ihrer Mutter in die Küche und setzte sich auf einen der Rattanstühle, die um einen passenden Tisch platziert waren. Friedwart legte sich in seinen Hundekorb, der neben dem Kachelofen stand. In der Mitte des Tischs stand eine prall gefüllte Obstschale mit Äpfeln, Bananen und Orangen, daneben lag die hiesige Tageszeitung und darauf die Lesebrille und die Pfeife ihres Vaters. Diese Gemütlichkeit hatte sie vermisst. »Ist Papa nicht da?«

»Er hat einen großen Restaurationsauftrag in Friedrichstadt. Es wird Abend, bis er nach Hause kommt.« Kinkas Mutter füllte Wasser in einen Kocher und bereitete eine Kanne mit Teefilter vor.

»Eigentlich könnte sich Papa doch langsam zur Ruhe setzen.«

Kinkas Mutter lachte auf und schaufelte Tee aus einer Dose mit einem Löffel in den Filter. »Dein Vater und in Rente gehen? Nie im Leben!«

»Das Alter hätte er.«

»Das Alter hat er schon, aber du weißt doch, er liebt seinen Job. Freiwillig gibt er den nicht dran. Vermutlich kraucht er noch mit 90 auf irgendwelchen Kirchtürmen herum. Für den Ruhestand ist dein Vater nicht gemacht.«

»Dann hat sich hier ja nicht viel geändert«, stellte Kinka fest.

»Fast hätte ich es vergessen. Tante Hedda hat vorhin angerufen«, sagte Kinkas Mutter unvermittelt und stellte Geschirr auf den Tisch. »Sie hat schon alles mit dem Notar wegen dem Muschelhaus geregelt. Du brauchst nur einen Termin bei ihm auszumachen.«

»Wow! Das ging ja fix.«

»So war deine Tante schon immer.«

»Sie scheint das Haus schnell loswerden zu wollen.« Kinka nahm mit einer Zange ein paar Kluntjes aus einer Dose und legte sie in ihre Tasse.

Ihre Mutter zuckte mit den Schultern. »Was heißt schnell loswerden? Das Haus steht seit vielen Jahren ständig leer.« Sie goss das sprudelnde Wasser in die Teekanne und stellte sie auf den Küchentisch. »Die Zeit, die deine Tante Hedda in St. Peter-Ording verbracht hat, kann man wohl als überschaubar bezeichnen. Und jetzt, wo sie sich in den USA niedergelassen hat, möchte sie natürlich das Haus in guten Händen wissen. Außerdem braucht es regelmäßig Pflege. Von innen wie von außen. Durch die Fensterscheiben wird man vermutlich nicht mehr durchgucken können, und der ungemähte Rasen würde bestimmt eine ganze Deichschafherde satt machen.«

»Das klingt nach einer Menge Arbeit«, schlussfolgerte Kinka.

»Ein eigenes Haus macht immer Arbeit. Aber wenn man dort gerne lebt, dann nimmt man es in Kauf. Du ziehst doch wieder zurück nach St. Peter, oder? Ich meine, jetzt, wo du das Haus erbst?« Ihre Mutter goss Tee in die Tassen, und die Kluntjes knisterten unter der heißen Flüssigkeit, dann setzte sie sich ihr gegenüber an den Tisch.

»Darüber habe ich ehrlich gesagt noch nicht nachgedacht.« Kinka nippte an ihrem Tee, den sie wie immer ohne Sahne trank. Die Kluntjes genügten ihr. »Den Sommer über kann ich aber auf jeden Fall bleiben.«

»Das sind immerhin ein paar Wochen. In der Zeit kannst du es dir in Ruhe durch den Kopf gehen lassen.« Kinkas Mutter stand auf und öffnete eine Schublade, in der sie allerlei Krimskrams aufbewahrte. »Hier hast du schon mal die Schlüssel.« Sie legte einen Schlüsselbund mit Muschelanhänger neben ihre Tasse.

Kinka nahm ihn in die Hand. »Es ist sogar noch der gleiche Schlüsselanhänger wie damals.«

Ihre Mutter lächelte sie an. »In St. Peter bleibt eben vieles beim Alten. Und das ist auch gut so.«

Nach der gemeinsamen Tasse Tee mit ihrer Mutter machte sich Kinka mit Friedwart zu einer Gassi-Runde auf. Sie liefen linker Hand an dem hübschen Strandhotel *Zweite Heimat* vorbei, vor dem es sich die Gäste in Strandkörben gemütlich gemacht hatten. An der *Strandperle* bogen sie rechts in den Norderdeich ein. Kinka wollte sich ein Bild davon machen, in welchem Zustand das Muschelhaus war.

Das Haus ihrer Tante lag gleich hinter dem Deich. Das Grundstück war von einem weißen Zaun eingegrenzt, der heute kaum noch zu erkennen war. Im Laufe der Zeit hatten dichte Rosenhecken ihn komplett überwuchert. Durch das kleine Eingangstor gelangte Kinka erst, nachdem sie einige Zweige vorsichtig beiseitegeschoben hatte, wobei sie höllisch aufpassen musste, damit sie sich nicht an den Dornen stach. Sie schloss das Tor hinter sich und ließ den Hund von der Leine, der ihr erst friedlich hinterhertrottete und sich dann entfernte, um am nächstbesten Busch gemächlich ein Bein zu heben.

Kinka hatte den Garten ihrer Tante Hedda immer ein bisschen verwildert in Erinnerung gehabt. Doch was sich nun vor ihr auftat, hatte mit einem Garten nicht mehr allzu viel gemein. Die Natur hatte sich auf dem Grundstück ungestört ausbreiten können und den sorgsam angelegten Garten in ein Biotop verwandelt. Kinka fuhr sich durch die Haare und schaute sich um. Da kam ja einiges an Arbeit auf sie zu. Wie lange würde es wohl dauern, bis sie die wild gewordene Landschaft wieder gezähmt und einen halbwegs nutzbaren Garten angelegt hatte? Und wäre sie dazu überhaupt in der Lage?

Mit großen Schritten bahnte sie sich einen Weg durch hüfthohe Gräser bis zu einem Schuppen, der mit einem verrosteten Schloss verriegelt war. Sie probierte den kleineren der zwei Schlüssel an ihrem Schlüsselbund, und tatsächlich passte er in das Schloss. Neugierig öffnete sie die Holztür und warf einen Blick ins Innere der Hütte.

Dort sah es noch so aus, wie sie es in Erinnerung hatte. Friedwart, der sich schwanzwedelnd an ihr vorbeidrängte, schnupperte interessiert an einem alten Reisstrohbesen, dessen Naturborsten verbogen waren und sich dunkel verfärbt hatten. Neben dem Besen stand Tante Heddas altes blaues Hollandrad, aus dessen Reifen längst die Luft gewichen war, daneben ein blauweiß gestreifter Strandkorb, der bei ihrer Tante im Sommer immer auf der Terrasse gestanden hatte, wenn sie mal zu Hause gewesen war. Weiter hinten konnte Kinka einen Rasenmäher und weiteres Werkzeug erkennen: Spaten, Eimer, Gartenwerkzeug, einige Fächerbesen in verschiedenen Größen. Eine Buchsbaumschere, eine Grabegabel sowie eine Handsäge waren auch vorhanden. Damit sollte sie die Wildnis bezwingen können, dachte sie zuversichtlich. Vorausgesetzt, die Geräte waren noch funktionstüchtig.

Mit Pfiffen lockte sie den Hund aus dem Schuppen, der nur schwerlich von dem Besen abließ, und zog die Tür wieder ins Schloss, um zum Wohnhaus zu gehen.

Einige Meter vor dem roten Backsteinhaus blieb sie stehen, legte den Kopf schräg und betrachtete es. Obwohl das Muschelhaus schon seit vielen Jahren unbewohnt und währenddessen sträflich vernachlässigt worden war, hatte es nichts von seinem einstigen Charme verloren. Kinka schaute zu dem Reetdach hoch, das so typisch für alte Friesenhäuser war, und stellte erleichtert fest, dass es auf den ersten Blick noch ganz gut in Schuss war. Auf dem Schornstein entdeckte sie ein verlassenes Storchennest. Wie gut, dass ihre Tante Hedda vor vielen Jahren Heizungen im Muschelhaus hatte einbauen lassen. So kam Kinka selbst im Winter nicht in die Verlegenheit, das Nest entfernen zu müssen. Was die Fenster anbelangte, hatte ihre Mutter nicht zu viel versprochen. Die Scheiben waren so verdreckt, dass sich kaum das Sonnenlicht in ihnen spiegelte. Friedwart flitzte laut bellend durch die Gegend. Für ihn schien der Garten ein wahres Paradies zu sein, in dem er sogar einige Hasen aufscheuchen konnte. Kinka bog mit ihren Füßen die Gräser zur Seite, die über den schmalen Steinweg gewachsen waren, der vom Schuppen zum Eingang des Muschelhauses führte.

Vor der bunt bemalten Tür blieb sie stehen. Obwohl eine dicke Schicht aus Staub und Dreck über den fein geschnitzten Ornamenten lag, war es für Kinka die hübscheste Eingangstür von St. Peter-Ording. Sie versuchte den Staub wegzupusten und bekam daraufhin einen Hustenanfall, den Friedwart mit aufgeregtem Bellen kommentierte. Dann räusperte sie sich und schloss die Tür auf.

In der Diele umfing sie der vertraute Geruch: eine Mischung aus Lavendel und Zitrusöl. Der Lavendelduft kam von den getrockneten Sträußchen, die Tante Hedda überall auf den Möbeln im Haus verteilt hatte, während der frische Hauch von Zitrone von den Seifenstücken aus der Küche und dem Gäste-WC in ihre Nase drang – wenngleich das Haus trotzdem ein wenig abgestanden roch, schließlich war es lange Zeit nicht gelüftet worden. Kinka warf einen Blick in die schöne alte blauweiße Friesenküche mit ihren wunder hübschen Delfter Kacheln, die neben Blumen, Schiffen und Meerestieren auch Motive von Mühlen und Leuchttürmen trugen.

Sie ging weiter ins Wohnzimmer, das mit weißen Holzmöbeln und einer geblümten Couch eingerichtet war, als sie hinter sich ein tapsendes Geräusch hörte und sich umdrehte. Gerade noch konnte sie sehen, wie Friedwart über die Holztreppe in den ersten Stock verschwand. Sie folgte ihm eine Etage höher und entdeckte ihn vor dem Kleiderschrank in Tante Heddas Schlafzimmer, wo er aufgeregt versuchte, die Schranktür mit seiner Schnauze aufzustoßen. Friedwart liebte Kleiderschränke und nutzte jeden unbeobachteten Moment, um sich darin zu verstecken und zwischen frisch gewaschener Wäsche ein Nickerchen zu halten. »Hier wirst du kein Glück haben, mein Lieber«, sagte Kinka zu dem Hund und öffnete den Schrank, der natürlich leer war. Friedwart steckte seinen Kopf in das Möbel, zog ihn aber sogleich wieder heraus und schaute Kinka aus seinen dunklen Augen an, als würde er überlegen. Sie zuckte mit den Schultern. »Alles leer, mein Freund. Vielleicht ein anderes Mal, wenn ich mich hier eingerichtet habe.« Friedwart machte auf seinen Pfötchen kehrt, als hätte er Kinka verstanden, und tapste über die Treppe zurück ins Erdgeschoss. Wahrscheinlich lief er zurück in den Garten zur Hasenjagd.

Kinka schritt durch das Schlafzimmer und öffnete das weiße Sprossenfenster, durch das nur schales Tageslicht fiel. Eine frische Meeresbrise schlug ihr entgegen. Das war der Duft ihrer Heimat. Sie schloss die Augen und atmete die

Luft tief in ihre Lungen ein. Herrlich! Hier oben konnte sie das Salz der Nordsee nicht nur riechen, sondern auch leicht auf ihrer Zunge schmecken. Kinka öffnete die Augen wieder und genoss die unbeschreibliche Aussicht, die sich ihr vom Schlafzimmerfenster ihrer Tante aus bot. Sie blickte über die Nordsee bis zum Westerhever Leuchtturm mit seinen zwei baugleichen Häuschen, dem vermutlich bekanntesten Leuchtfeuer an der gesamten Nordseeküste. Sie beobachtete Möwen am Himmel, die weit über das Meer flogen, und in einiger Entfernung erspähte sie einen Krabbenkutter, der um die Uhrzeit mit dem frischen Fang zurück zum Heimathafen fuhr. In diesem Augenblick wurde ihr bewusst, wie glücklich sie sich schätzen konnte, dass ihre Tante das Muschelhaus an sie weitergab. Sie würde es in Ehren halten und im alten Glanz erstrahlen lassen. Das bisschen Gartenarbeit und der Staub auf den Fenstern und Möbeln sollten doch in den Griff zu bekommen sein. Immerhin hatte sie den ganzen Sommer dafür Zeit. Vielleicht konnte sie sogar ein paar Malerarbeiten durchführen. Das Holzgeländer vom Treppenaufgang konnte einen neuen Anstrich vertragen, und auch das Weiß der Schlafzimmerwände war mit der Zeit nachgedunkelt. Um einen besseren Überblick zu bekommen, nahm sie sich vor, eine Liste zu erstellen und die Reihenfolge der Arbeitsschritte festzulegen. Doch zunächst musste sie alle Formalitäten mit dem Notar klären. Am besten rief sie ihn gleich von zu Hause aus an, um einen Termin auszumachen. Je früher, umso besser. Kinka schloss das Fenster und stieg die Treppen ins Erdgeschoss hinab.

Bevor sie mit Friedwart das Grundstück ihrer Tante wieder verließ, leinte sie den Hund an. In den Sommermonaten waren viele Touristen mit ihren Hunden in St. Peter-Ording unterwegs, und nicht jeder Vierbeiner verstand sich mit Friedwart. Als sie auf dem Rückweg zu ihrem Elternhaus auf der Höhe vom Campingplatz angelangt war, kam ihnen eine schlanke Frau, die sie ungefähr auf sechzig Jahre schätzte, mit einem Dackel entgegen. Die beiden Hunde rannten freudig aufeinander zu und beschnüffelten sich sogleich neugierig. Die beiden Frauen blieben stehen und beobachteten ihre Vierbeiner.

»Pukki ist ein ganz Lieber, er versteht sich eigentlich mit allen Hunden gut«, sagte die Dackel-Besitzerin.

»Da hat er Friedwart etwas voraus. Unser Hund kann manchmal ein ziemlich eingebildeter und zickiger Mops sein. Aber mit Ihrem Pukki scheint er sich ausgezeichnet zu verstehen.«

Die Dackel-Dame lachte auf. »Glücklicherweise ist uns bis jetzt kein eingebildeter oder zickiger Mops am Strand oder auf dem Campingplatz begegnet.«

»Machen Sie Campingurlaub in St. Peter?«, fragte Kinka und musterte die Frau unauffällig. Sie hatte rot gefärbte Haare und trug eine kurzärmelige Bluse und Shorts dazu. Beim genauen Hinsehen fiel Kinka auf, dass ihre Kleidung zwar ordentlich, doch etwas abgetragen wirkte. Das Blau ihrer Hose war vermutlich mal kräftiger gewesen, und an der Bluse fehlte der oberste Kopf.

Die Frau schüttelte den Kopf. »Nicht direkt Urlaub.

Meine Tochter und mein Enkel wohnen in St. Peter-Ording, und ich habe meinen Wohnwagen auf dem Campingplatz stehen. Ist eher ein Familienbesuch. Aber es fühlt sich ein bisschen an wie Urlaub. Und wer weiß ... vielleicht bleibe ich auch ganz hier.«

»Das Haus meiner Eltern liegt gleich neben dem Campingplatz. Ich kenne die Inhaber der *Strandperle*. Sehr nette Leute!« Kinka wunderte sich insgeheim, warum sie statt bei ihrer Tochter und ihrem Enkel auf einem Campingplatz übernachten musste, wollte aber keine neugierigen Fragen stellen. Es würde schon einen triftigen Grund dafür geben. Wahrscheinlich hatte ihre Tochter eine sehr kleine Wohnung und deswegen keinen Schlafplatz für ihre Mutter. Nicht jeder besaß so ein großes Haus wie ihre Familie. »Friedwart und ich müssen nun leider weiter.«

»Wir laufen uns mit den Hunden bestimmt mal wieder über den Weg. Wir sind ja jetzt quasi Nachbarn.« Die Dackel-Frau zwinkerte ihr zu.

»Ganz bestimmt, Frau ...«

»Elke Neumann.« Die Frau streckte ihr die Hand entgegen.

»Kinka Töns.« Sie schüttelten sich die Hände.

Frau Neumann zog die Augenbrauen hoch. »Deswegen kamen Sie mir gleich irgendwie bekannt vor. Sie haben doch mal Tennis gespielt!«

»Richtig. Tennis spiele ich immer noch, aber nicht mehr professionell.«

»Also, dann bis demnächst.« Frau Neumann hob zum Abschied die Hand und ging mit Pukki weiter Richtung Strand.

»Wie ist die Lage am Muschelhaus?« Ihre Mutter stand mit einem Besen bewaffnet vor der Garage, als Kinka mit Friedwart wieder am Haus ankam.

»Ziemlich staubig und botanisch betrachtet eine Herausforderung. Aber machbar«, gab Kinka ihre Einschätzung ab. »Kannst du mir die Telefonnummer des Notars geben? Ich möchte einen Termin ausmachen.«

»Du willst das Haus also ernsthaft übernehmen?« Sie nickte ihrer Tochter anerkennend zu.

»Na klar. Wie könnte ich so ein schönes Friesenhäuschen ablehnen?«

»Das finde ich gut!«

»Ich bringe es wieder auf Vordermann! Papa und du werdet es am Ende nicht mehr wiedererkennen«, versprach Kinka.

»Schön!«, freute sich ihre Mutter und streckte ihre freie Hand nach der Hundeleine aus. »Gib mir mal Friedwart. Dann kannst du dein Gepäck nach oben in dein Zimmer bringen.«

Mühsam drückte Kinka die Türklinke zu ihrem alten Zimmer runter. In ihren Händen hielt sie zwei Reisetaschen, und an ihrer linken Schulter hing eine Umhängetasche. Sie stellte das Gepäck neben ihrem Kleiderschrank ab und setzte sich auf ihr Bett. Nichts hatte sich verändert. Es erstaunte sie jedes Mal, wenn sie ihre Eltern besuchte. Sogar die gerahmte Fotocollage hing noch an der Wand. Auf den Abbildungen war sie als kleines Mädchen und als Teenager zu sehen. Einige Fotos waren bei Tennis-Turnieren entstanden, andere auf Geburtstagen, zur Einschulung und mit ihrer Schwester Anke am Strand. Auf einem Foto posierte sie in schicker Abendrobe zusammen mit ihren ehemals besten Freundinnen Jenni und Kirsten. Kinka konnte sich noch genau daran erinnern, wann das Foto gemacht wurde. Es war an dem Tag ihrer Abi-Feier gewesen. Ihr letzter Tag zusammen mit ihren Schulfreundinnen in St. Peter-Ording. Es war schon so lange her, dass es sich fast ein wenig unwirklich anfühlte.

Ihre Mutter kam ins Zimmer und übergab ihr eine Visitenkarte.

»Danke.« Kinka blickte auf die Karte: *Rasmus Hinrich, Notar.* »Ich rufe gleich mal an. Vielleicht habe ich Glück und erwische ihn noch in der Kanzlei.«

»Bestimmt. Ist ja noch keine 18 Uhr.«

Kinka beförderte ihr Handy aus der Umhängetasche. »Okay, dann klingele ich gleich durch.«

»Mach das. Und melde dich auch gleich bei deiner Schwester. Anke und die Kinder scharren schon mit den Hufen, dich endlich wiederzusehen.«

»Aye, aye, Kapitän. Ist Anke denn heute im Laden?«

»Nein, sie ist zu Hause. Heute ist unsere Aushilfe da. Ich gehe wieder runter in die Küche und bereite das Abendbrot vor. Dein Vater hat sich Bratkartoffeln mit Speck gewünscht.«

»Ich helfe dir beim Kartoffelschälen, sobald ich telefoniert und meine Klamotten ausgepackt habe.«

»Ist gut.« Ihre Mutter verließ das Zimmer.

Kinka erreichte eine Notar-Gehilfin in der Kanzlei und bekam gleich einen Termin für den nächsten Tag um 11 Uhr. Danach hätte sie noch genügend Zeit, um den Rasen vorm Muschelhaus zu mähen und Teile der Rosenhecke zu schneiden, überschlug sie im Kopf, während sie ihre Kleidung in den Kleiderschrank und in die Schubladen ihrer alten Kommode packte. Sie musste beim Abendbrot unbedingt ihren Vater fragen, ob er noch einen Eimer Farbe im Gartenschuppen hatte, den er ihr abtreten konnte.

Nachdem sie ihre Kleidung verstaut hatte, rief sie ihre Schwester an und verabredete sich mit ihr für ein Tennis-Match im hiesigen Tennisclub Blau-Weiß, in dem Anke nach wie vor Mitglied war. Früher hatten sie regelmäßig zusammen gespielt. Schließlich hatte Kinka den größten Teil ihrer Freizeit in dem Club verbracht. Jetzt freute sie sich darauf, die Tradition mit ihrer Schwester wieder aufleben zu lassen.

Kinka ging zu ihrem Schreibtisch, um aus der Schublade einen Block und einen Stift zu nehmen. Sie wollte sich einige Notizen zu den Dingen machen, die am Muschelhaus erledigt werden mussten. Doch mitten in der Bewegung hielt sie inne. Auf der Schreibtischunterlage lag ein Brief mit ihrem Namen.

Sie nahm ihn in die Hand, und als sie sah, wer der Absender war, erinnerte sie sich an das Telefongespräch mit ihrer Mutter. Natürlich, der Brief des Nordsee-Internats. Aber was wollte ihre alte Schule nach so vielen Jahren von ihr? Neugierig öffnete sie den Umschlag und zog einen Bogen Papier heraus. Sie faltete ihn auseinander. Eine Einladung zum Abi-Jubiläum am Nordsee-Internat. Wie aufregend! Und welch glücklicher Zufall es war, dass sie ausgerechnet diesen Sommer in St. Peter-Ording verbringen würde. Ob Jenni und Kirsten auch zu der Feier kommen würden?

Kinka schrieb auf ihrem Smartphone direkt eine E-Mail an Dirk, um sich für die Feier verbindlich anzumelden. Miriam wollte sie nicht anschreiben. Die Sache mit René stand auch zwanzig Jahre später noch ungeklärt zwischen ihnen. Erschwerend kam noch hinzu, dass sie vor einigen Jahren einfach grußlos an ihr vorbeigegangen war, ohne sie eines Blickes zu würdigen, als sie sich zufällig im Ortsteil Bad über den Weg gelaufen waren.

Beim Kartoffelschälen legte sie das Handy auf den Küchentisch, um keine Nachricht aus der Facebook-Gruppe zum Abi-Treffen zu verpassen, der sie beigetreten war.

»Also wird dir das Abitur doch nicht aberkannt«, scherzte ihre Mutter.

»Nein, ich habe noch mal Glück gehabt«, sagte Kinka und lachte. »Bloß eine Einladung zum Abi-Treffen.«

»Eine Jubiläums-Feier, wie nett«, fand ihre Mutter.

»Und ich hatte mich schon gefragt, was das Nordsee-Internat von mir will. Soll ich noch ein paar Kartoffeln schälen?«

»Nein, nein. Da sind genug Kartoffeln für fünf Personen im Topf.«

»Brauchst du meine Hilfe noch bei etwas anderem?« Kinka stand auf und wusch sich die Hände über der Spüle ab.

»Nein. Die Kartoffeln kochen von allein, und den Speck schneide ich eben klein. Aber du kannst Friedwart mitnehmen. Wenn er Speck riecht, jault er immer so herzzerreißend. Am Ende werde ich noch weich, und der Speck landet in seinem Magen statt in der Pfanne.«

»Na, komm, Friedwart.« Kinka griff nach ihrem Handy und machte sich auf den Weg in den Garten, wo sie es sich auf einer Bank unter einem Sonnenschirm gemütlich machte. Der Hund ließ sich zu ihren Füßen nieder. Mit den Fingern wischte Kinka über das Display ihres Handys. Aufgeregt schaute sie die Mitgliederliste der Facebook-Gruppe durch, klickte hier und da auf die Profile von ehemaligen Schulkollegen und wunderte sich darüber, dass sich einige überhaupt nicht verändert hatten und wiederum andere kaum wiederzuerkennen waren. Als sie ein aktuelles Foto von René sah, war sie fast erleichtert, dass ihr damals Miriam dazwischengefunkt war. Der einstige Stufenschwarm hatte einige seiner Qualitäten eingebüßt. Seine vollen Haare waren einer Glatze gewichen, und von der sportlichen Figur war er ungefähr dreißig Kilos entfernt. Dafür hatte sich Miriam kaum verändert, stellte Kinka mit einem Blick auf ihr Foto fest. Als Kinka Jennis Profil entdeckte, tat ihr Herz einen Hüpfer. Sie zögerte nicht lange und schrieb ihrer Freundin eine Privatnachricht.

Liebe Jenni,
jetzt sind seit unserem Abitur schon zwanzig Jahre vergangen, und wir haben uns irgendwann aus den Augen verloren. Ich kann es kaum glauben, dass ich dich nach so langer Zeit in dieser Gruppe wiedergefunden habe. Jetzt fehlt nur noch Kirsten. Doch ich konnte sie in der Mitgliederliste nicht finden. Weißt du eventuell etwas über sie oder hast du sogar mit ihr Kontakt? Und das Wichtigste: Kommst du zum Jubiläum? Ich wäre überglücklich, wenn wir uns auf der Feier zu dritt wiedersehen würden.
Aber erzähl mal, wie ist es dir in den letzten Jahren ergangen? Was gibt es Neues? Bist du verheiratet? Hast du Kinder? Ich habe nicht geheiratet und bin Single. Zurzeit bin ich übrigens bei meinen Eltern in St. Peter. Meine Tante Hedda hat mir das Muschelhaus vermacht. Das muss ich dir unbedingt mal in Ruhe erzählen.
Ich freue mich ganz doll über eine Nachricht von dir!
Ganz liebe Grüße,
Kinka

Kinka drückte auf Senden und konnte es kaum erwarten, von Jenni zu hören.

4. Kapitel

Am nächsten Morgen in einem Reihenhaus in Bonn bei leichter Bewölkung und drückenden Temperaturen

»Mama!«

»Mamaaaaaa!«

Kinderstimmen hallten durch das Haus.

»Gleich!«, rief Kirsten aus dem Keller nach oben. Sie stellte den Trockner aus und nahm T-Shirts von der Leine, die sie in einen Wäschekorb legte. In den Schulferien merkte sie besonders, wie anstrengend ein Leben als Mutter von vier Kindern war. Kirsten rieb sich die Augen. Um fünf Uhr in der Früh hatte sie bereits ihre Zwillinge zum Bus gebracht, der die zwei mit noch dreißig anderen Teenagern nach Zandvoort an die holländische Küste bringen sollte. Es war das erste Mal, dass die 14-Jährigen mit einer Jugendgruppe von der Kirche allein in ein Zeltlager fahren durften, und es war ihr nicht leichtgefallen, sich für drei Wochen von Lisa und Simon zu trennen. Noch dazu ohne jegliche moralische Unterstützung. Auf ihren Mann Kai konnte sie nicht zählen. Er war wie so oft auf Geschäftsreise für den internationalen Konzern, bei dem er arbeitete, und seine Maschine sollte gegen sieben Uhr dreißig in Frankfurt gelandet sein.

Kirsten schaute zu der Uhr, die über der Waschmaschine hing. Es war schon nach zehn. Vielleicht kam er gleich. Aber selbst dann, wenn seine Maschine pünktlich gelandet war, ließ er sie bei den wichtigen Dingen, die ihre gemeinsame Familie betrafen, oft allein. Kirsten würde lügen, wenn sie behauptete, dass sie für Kais Abwesenheit vollstes Verständnis hatte. Natürlich war er der Alleinverdiener in der Familie und ermöglichte mit seiner Arbeit, dass sie in einem schönen Haus wohnten, genug zu essen und zu trinken hatten, sich gut kleiden und sogar in den Urlaub fahren konnten. Trotzdem fragte sich Kirsten des Öfteren, ob es das wert war. Wären sie mit weniger Geld und mehr Freizeit nicht genauso glücklich? Vielleicht sogar glücklicher? In Kirstens Augen reichte es nicht aus, dass Kai nur die finanziellen Mittel nach Hause brachte. Die Kinder hatten auch ein Recht auf ihren Vater. Aus ihrer Sicht konnte eine Mutter eine Mutter sein, aber nicht den Vater ersetzen.

»Mama!« Kirstens siebenjähriger Sohn Max kam in den Waschraum gerannt. »Ich finde meine Häschenschule nicht.«

»Das Buch wird schon irgendwo sein«, versuchte sie ihren Jüngsten zu beschwichtigen.

»Ohne Häschenschule fahre ich nicht zu Oma und Opa.« Max schob schmollend die Unterlippe vor und verschränkte die Arme vor seinem Oberkörper.

»Ich muss hier noch Wäsche machen. Sag deinem Bruder, er soll dir beim Suchen helfen.«

»Das macht der nie«, entgegnete Max.

»Doch, das wird er, weil ich es sage.«

»Nie macht er das.« Max dampfte ab.

Kirsten faltete eine Trainingsjacke zusammen und legte sie zu den anderen Kleidungstücken in den Korb. Sie öffnete das Bullauge der Waschmaschine und hängte die nasse Wäsche auf der Leine auf. Auf der Treppe hörte sie schnelle Schritte.

»Das ist voll fies, Mama! Was kann ich dafür, wenn Max seine Sachen nicht findet?« Vincent stürmte in den Raum. Sein Gesicht zierten rote Flecken, die bekam er immer, wenn er sich aufregte.

»Du bist elf Jahre alt und kannst Dinge besser finden als dein kleiner Bruder«, appellierte Kirsten an die Vernunft ihres Sohnes.

»Voll unfair ist das!«

»Sei so gut, und hilf ihm einfach beim Suchen. Ich habe hier noch viel zu tun. Sonst wird das heute nichts mehr mit der Fahrt zu Oma und Opa.«

»Unfair!«, protestierte Vincent noch einmal.

Kirsten zog ungeduldig die Augenbrauen hoch. »Du hilfst ihm und keine Diskussion mehr«, sagte sie in einem Ton, der keine Widerrede zuließ. »Ansonsten bleibt ihr beide in den Ferien zu Hause.«

Vincent stieß ein genervtes Stöhnen aus und stapfte mit noch mehr roten Flecken im Gesicht aus dem Raum. Kirsten blickte ihm nach und griff wieder in die Waschtrommel. Von oben ertönte lautes Geheul. »Herrje!« Sie ließ die nasse Wäsche fallen und sprintete im Eilschritt die Treppen hoch.

»Sind wir denn in einem Irrenhaus?!«, rief sie und wäre im Wohnzimmer fast mit ihrem Mann zusammengestoßen.

»Vorsicht!« Kai stellte seinen Rollkoffer zur Seite.

»Ach, du bist schon da.«

»Bitte?« Ihr Ehemann legte eine Hand ans Ohr, um besser hören zu können.

»Du bist schon da!«, rief Kirsten und versuchte das Kindergeschrei zu übertönen, das inzwischen die Lautstärke einer Sirene erreicht hatte.

»Was haben die Jungs denn?«, rief Kai zurück.

»Max kann seine Häschenschule nicht finden.«

»Ich kümmere mich drum.« Er drückte ihr seine Jacke in die Hand und stieg die Treppen zu den Kinderzimmern hoch.

Unschlüssig schaute Kirsten auf die Jacke in ihren Händen, ging dann zurück in den Waschraum. Die Jacke musste dringend in die Waschmaschine, sie roch unangenehm nach Zigarettenrauch. Kirsten entleerte die Taschen. Neben einem Schlüsselbund, ein paar Kaugummis und einem Zehn-Euro-Schein fand sie eine Rechnung von einem Restaurant. Warum hatte er die so unachtsam in seine Jackentasche gesteckt? Für seine Reisekostenabrechnung waren alle Quittungen wichtig. Ohne Rechnung keine Erstattung. Sie legte den Beleg zu den anderen Fundstücken auf die Waschmaschine und gab die Jacke in die Trommel.

Kirsten wählte das passende Waschprogramm aus, wobei ihr Blick noch einmal an der Rechnung und dem Namen des Restaurants hängen blieb. *Tusculo*? Das erklärte, warum Kai den Beleg in der Jackentasche aufbewahrt hatte. Das *Tusculo* war ihr Lieblingsitaliener. Die Rechnung musste schon ziemlich alt sein, denn sie waren im Herbst das letzte Mal zusammen dort essen gewesen. Kirsten wollte den Beleg schon zusammenknüllen und entsorgen, als ihr das Datum auf der Rechnung auffiel. Das konnte nur ein Fehler sein! Sie hielt das Stück Papier ans Licht. Die Quittung war von gestern. Kais Lieblingspizza, eine Flasche seines Lieblingsweins und stilles Wasser waren darauf aufgeführt. Dazu noch ein Nudelgericht mit Lachs und einmal Tiramisù. Kirsten runzelte die Stirn. Das war nicht möglich. Kai war gestern doch in Zürich gewesen und konnte doch nicht gleichzeitig im *Tusculo* essen. Außerdem mochte er kein Tiramisù. Sie aß zwar gerne ein Dessert, aber Nudeln mit Lachs konnte sie nicht ausstehen. Das Ganze erschien ihr höchst seltsam.

»Bitte nicht meine Jacke waschen, da sind noch Sachen in der Tasche«, hörte sie Kais Stimme.

Sie drehte sich herum. Ihr Mann stand neben der Wäschetonne. »Zu spät, die Jacke ist schon in der Maschine. Deine Sachen habe ich vorher rausgenommen.«

»Ah, gut.«

Kirsten fiel auf, dass seine Mundwinkel zuckten. Das taten sie immer, wenn er nervös war. »Liegt alles auf der Waschmaschine. Außer der Rechnung vom *Tusculo*«, sagte sie und zeigte auf den Beleg in ihrer Hand. »Da steht das Datum von gestern drauf.«

Das Zucken von Kais Mundwinkel verstärkte sich. Er schaute sie wortlos an und griff sich in den Nacken.

»Merkwürdig, oder? Wo du doch gestern in der Schweiz warst«, sagte Kirsten, nachdem er nicht darauf antwortete.

»Tja, also ...« Aus Kais Gesicht war jegliche Farbe gewichen. Seine Haut war so blass wie die porentief reine Kochwäsche, die sie zuvor aus der Maschine geholt hatte.

»Geht es dir gut?«, fragte Kirsten und legte ihm besorgt eine Hand auf die Schulter.

»Es hilft ja alles nichts«, fand er seine Sprache wieder und schüttelte ihre Hand ab. »Irgendwann musst du es ja erfahren.«

»Was erfahren?« Kirsten stützte sich mit einer Hand auf der Waschmaschine ab und betrachtete ihren Mann argwöhnisch, der seine Hände umständlich in seinen Hosentaschen vergrub. Die Stimmung in dem Raum war mit einem Mal angespannt. Sie spürte instinktiv, dass gleich eine Bombe hochgehen würde, nach der nichts mehr so sein würde wie bisher.

»Ich werde Vater«, verkündete Kai ohne Umschweife die Hiobsbotschaft.

»Was?« Kirsten riss die Augen auf und war froh, dass sie sich auf der Waschmaschine abstützen konnte. »Nein!« Sie hatte das Gefühl, als hätte ihr jemand einen Hieb in den Magen verpasst. Ihre Knie wurden mit einem Mal weich, und in ihrem Kopf überschlugen sich die Gedanken.

»Doch.«

»Von wem?«, fragte sie fast tonlos. In ihren Ohren rauschte es.

»Von meiner Assistentin.«

»Bitte?« Das Ohrenrauschen verstärkte sich. »Die ist doch höchstens 23 Jahre alt«, stellte sie entgeistert fest. Um Kirsten herum brach eine wohlgeordnete Welt zusammen.

»24 Jahre«, korrigierte Kai sie.

»Das ändert die Sache natürlich erheblich«, erwiderte sie sarkastisch. Ihr wurde schwindelig. Was spielte sich hier eigentlich ab? Das konnte doch unmöglich in der Realität passieren. Das musste ein schlechter Traum sein. »Dann warst du gestern nicht in Zürich«, sprach sie das Offensichtliche aus.

»Nein. Ich war in Bonn. Bei ihr«, gab Kai kleinlaut zu.

»Liebst du sie?«

»Ja.«

Kirsten zog Luft durch die Zähne ein und hätte ihm am liebsten eine Beleidigung um die Ohren gehauen. Doch sie beherrschte sich. »Seit wann geht das schon so?«, fragte sie stattdessen seltsam beherrscht.

Kai zuckte mit den Schultern. »Über ein Jahr.«

Kirsten fehlten die Worte. Sie musste schlucken und spürte, wie sich ein Kloß in ihrem Hals bildete, der immer größer wurde. Nein, sie würde sich vor Kai nicht die Blöße geben, in Tränen auszubrechen. Egal, wie zutiefst gekränkt, gedemütigt und vor allem belogen und betrogen sie sich gerade fühlte. Wie konnte er ihr so etwas nur antun? Ihr und auch den Kindern. Dem ungeborenen Baby eingeschlossen. »Wann ist es so weit?«, presste sie mit Mühe heraus.

»Im Dezember«, antwortete er leise und betrachtete dabei eingehend seine Fußspitzen, um Kirsten nicht in die Augen blicken zu müssen.

»Dann wird es hoffentlich ein Christkind«, sagte sie mehr zu sich selbst und wollte den Raum verlassen, bevor sie explodierte. Keine Sekunde länger hielt sie es hier mit ihm aus.

»Wohin willst du?« Er klang fast ein bisschen hilflos.

»Die Kinder zu meinen Eltern bringen. *Deine* Kinder in die Ferien fahren.« Damit ließ sie ihn stehen, obwohl sie ihn am liebsten erwürgt hätte.

In Windeseile packte sie die restlichen Sachen für die Kinder ein und gab sich dabei größte Mühe, sich nicht anmerken zu lassen, was kurz vorher zwischen ihr und Kai passiert war. Sie stand unter Schock, aber sie funktionierte wie eine ferngesteuerte Maschine, packte Sonnenmilch und Zahnpasta in einen Kulturbeutel, verstaute Turnschuhe in einer Tüte. Sie fand sogar die Häschenschule, die Max so dringend gesucht hatte, neben einer leeren Chipstüte unter seinem Bett. Eine Stunde später fuhr Kirsten zusammen mit ihren Söhnen auf der Autobahn nach Neuss. Ihre Kinder hatten es sich auf der Rückbank des Kombis gemütlich gemacht und waren mit einem Memory-Spiel beschäftigt. Von Kai hatte sie sich nicht verabschiedet, das überließ sie ihren Söhnen. Sie wollte einfach nur weg. Weg von Kai. Weg von der Stadt Bonn. Am besten ganz weit weg. Irgendwohin ans Ende der Welt, wo sie niemand kannte und sie sich nicht mit ihrer neuen Rolle der betrogenen Ehefrau auseinandersetzen musste. Kirsten umklammerte das Steuerrad fester. Wie sollte es denn jetzt mit ihr und ihrer Familie weitergehen? Eine Scheidung schien ihr unausweichlich zu sein. Die Fortführung ihrer Ehe schloss sie unter diesen Umständen aus. Ihr Vertrauen in Kai war unwiderruflich erschüttert. Selbst, wenn er schwören würde, nie wieder ein Wort mit seiner Sekretärin zu sprechen und nur sie allein zu lieben. Wer einmal betrog, tat es auch ein zweites Mal. Womöglich mit einer anderen Sekretärin, die ebenfalls schwanger werden würde. Was sie dringend brauchte, war ein guter Anwalt, der sie über die rechtliche Lage aufklärte. Über eine mögliche Scheidung hatte sie sich nie Gedanken gemacht. Nicht im Traum hatte sie damit gerechnet, dass ihr Mann sie jemals betrügen würde. Mit einem Mal kam sie sich ziemlich naiv vor. Das passierte doch ständig. Und nicht bloß den anderen. Wieso hatte sie nicht einmal daran gedacht, dass es auch sie treffen könnte? Zumal es rückblickend etliche Hinweise auf einen Betrug gegeben hatte: Kais regelmäßige Überstunden, die meistens bis spät in die Nacht reichten. Geschäftsreisen, die in den letzten Monaten immer häufiger geworden waren und oftmals vier oder fünf Tage dauerten. Früher war er morgens zu einem Termin gefahren oder geflogen und am Abend wieder nach Hause gekommen. Wieso hatte ihr das alles nicht zu denken gegeben? Oder hatte sie die Anzeichen einfach nicht sehen wollen? Und warum hatte sie nie über einen Plan B nachgedacht, für den Fall des Falles, und sich gänzlich von den Einkünften ihres Mannes abhängig gemacht? Kirsten war früh schwanger geworden und hatte ihr BWL-Studium an den Nagel gehängt. Für eine Stelle in der freien Wirtschaft war sie heute ohne Abschluss und Berufserfahrung nicht qualifiziert. Sie verfluchte sich für ihre Leichtgläubigkeit und Naivität.

Sollte sie ihren Eltern von Kais Betrug erzählen? Sollte sie fragen, ob sie die Ferien mit ihnen verbringen konnte? Nein, lieber nicht. Sie wollte ihre Eltern nicht beunruhigen, wenn sie mit den Kindern auf die Insel *Ameland* fuhren. Es wäre früh genug, sie nach ihrer Rückkehr über die Trennung zu informieren. Bis dahin hatte sie bestimmt schon die wichtigsten Dinge mit einem Anwalt geregelt und einen Plan gefasst, wie es zukünftig weitergehen sollte. Zumindest hoffte sie das.

»Ach, ist das schön, dass ihr da seid!« Kirstens Mutter umarmte sie und ihre Kinder schon zum dritten Mal.

»Kommt ins Haus.« Ihr Vater, der neben ihrer Mutter aufgetaucht war, machte eine einladende Handbewegung und führte sie in den Hausflur.

»Wir sehen uns viel zu selten. Und immer, wenn ich euch wiedersehe, seid ihr viel größer geworden als beim letzten Mal.«

»Die Mama auch?«, fragte Max seine Oma und löste damit allgemeine Erheiterung aus. Sogar Kirsten musste lachen.

»Nein, ich nicht«, schmunzelte sie. »Du, dein Bruder und die Zwillinge.«

»Da fällt mir ein, Zandvoort und Ameland liegen übrigens gar nicht so weit voneinander entfernt. Vielleicht besuchen wir die Zwillinge mal«, merkte Kirstens Vater an.

»Bloß nicht. Die zwei wollen mal ohne die Familie verreisen. Sie sind ja beide doch schon vierzehn. Besuch von Oma und Opa wäre wahrscheinlich das Uncoolste, was in einem Zeltlager passieren könnte«, erklärte Kirsten.

»Verstehe. Dann verkneifen wir uns das lieber.«

»Habt auf jeden Fall eine wunderschöne Zeit. Und ärgert Oma und Opa nicht.« Kirsten umarmte ihre Kinder zum Abschied und gab jedem einen Kuss.

»Ach, wir lassen uns nicht ärgern«, merkte ihre Mutter an. »Da fällt mir ein, dass ich dir noch etwas mitgeben wollte. Moment mal.« Ihre Mutter zog die Schublade des Sekretärs auf und übergab Kirsten einen Umschlag. »Von deiner alten Schule.«

»Was?«, wunderte Kirsten sich und drehte den Umschlag in ihren Händen. »Was wollen die denn von mir?«

»Vielleicht haben sie dir ein Angebot für unsere Enkel geschickt. Vier Plätze zum Preis für drei«, witzelte Kirstens Vater.

»So weit kommt es noch. Außerdem weiß niemand vom Nordsee-Internat, dass ich Kinder habe.« Sie öffnete das Kuvert und überflog das Schriftstück. Ihre Stimmung heiterte sich mit einem Mal auf. »Eine Einladung zum 20-jährigen Abi-Jubiläum. Wie toll! Und gleich Anfang August.« Die Einladung kam genau zum richtigen Zeitpunkt. St. Peter-Ording war weit genug von Bonn entfernt, um den nötigen Abstand zu ihrem familiären Chaos zu gewinnen und die richtigen Entscheidungen für sich und ihre Kinder zu treffen. Und irgendwie war der nordfriesische Küstenort auch ein bisschen wie das Ende der Welt. Ein ziemlich schönes Ende sogar.

»Da kannst du doch hinfahren. Wir sind dann noch auf Ameland und die Zwillinge in Zandvoort«, meinte ihre Mutter. »Oder wollten Kai und du zusammen wegfahren?«

»Nein«, kam es etwas zu bestimmt aus Kirsten heraus. »Ich meine, Kai hat keine Zeit. Er muss arbeiten«, schob sie hinterher. »Aber für mich wäre das ein schöner kleiner Urlaub. Ich war seit dem Abitur nicht mehr in St. Peter.«

Auf dem Rückweg nach Bonn schwelgte Kirsten in Erinnerungen an ihre Schulzeit. Sie hatte eine CD mit Musik aus den 90er Jahren eingelegt und die Lautstärke hochgedreht. Sie konnte die Lieder noch immer textsicher mitsingen. Sie erinnerte sich an ihre Freundinnen Jenni und Kinka, an alles, was sie zusammen mit ihnen erlebt und wie gern sie die beiden immer noch hatte. Nie wieder hatte sie so enge Freundschaften gepflegt. Seit sie mit Kai verheiratet war, hatte sie keine beste Freundin mehr gehabt. Ihr wurde bewusst, wie sehr sie gerade jetzt eine solche hätte gebrauchen können, der sie ihr Herz ausschütten konnte. Eine Person, an deren Seite sie die Sache mit Kai durchstehen würde. Kirsten dachte unvermittelt an Alex zurück, ihre erste große Liebe. Auch zu ihm hatte sie damals den Kontakt verloren. Das Abi-Jubiläum war der perfekte Anlass, sich wiederzusehen.

Zumindest Jenni und Kirsten. Alex war damals eine Klasse über ihr gewesen und hatte mit ihrem Abi-Treffen gar nichts zu tun. Was wohl aus den dreien geworden war?

Als sie das Haus in Bonn betrat, stellte sie erleichtert fest, dass Kai weg war. Auf dem Küchentisch lag eine Notiz von ihm.

> Kirsten,
> ich habe ein paar Sachen zusammengepackt und bin ins Hotel gegangen. Ich kann verstehen, wenn du erst einmal alleine sein möchtest. Glaube mir, ich habe mir das alles auch anders vorgestellt.
> Es tut mir leid!
> Kai

Kirsten zerknüllte den Zettel und warf ihn wütend in den Papierkorb. Es tat ihm leid? Für wie blöd hielt er sie eigentlich? Das mit dem Hotel glaubte er doch wohl selbst nicht. Sollte er doch machen, was er wollte, dachte sie verletzt. Das würde sie nämlich auch tun. Sie würde sich auf andere Gedanken bringen. Auf der Rückfahrt war ihr das alte Adressbuch eingefallen, in dem sie damals die Telefonnummer von Kinkas Eltern notiert hatte. Kirsten erinnerte sich daran, dass die Familie Töns direkt neben dem Campingplatz *Strandperle* gewohnt hatte. Einen Versuch war es zumindest wert. Von Jenni hatte sie leider keine alte Telefonnummer.

Kirsten fand das Adressbuch in einem Karton, in dem sie

auch alte Schulzeugnisse und Sporturkunden aufbewahrte. Sogar eine Ehrenurkunde war dabei. Als sie die Telefonnummer aus dem Adressbuch wählte, klopfte ihr Herz vor Aufregung. Hoffentlich wohnten Kinkas Eltern noch dort und hatten ihre Nummer nicht gewechselt.

»Töns«, meldete sich Kinkas Mutter nach dem fünften Klingeln.

»Hallo? Frau Töns? Hier ist Kirsten, die ehemalige Schulfreundin Ihrer Tochter Kinka. Sicherlich wundern Sie sich über meinen Anruf«, plapperte sie aufgeregt.

»Ach, hallo, Kirsten, das ist aber schön, von dir zu hören.« Die Stimme von Kinkas Mutter klang erfreut.

»Ich habe vorhin einen Brief mit einer Einladung zum Abi-Jubiläum von meinen Eltern erhalten und dachte mir, dass Kinka vielleicht auch zu der Feier kommt? Deswegen wollte ich Sie fragen, ob Sie mir vielleicht Kinkas Telefonnummer geben könnten. Oder ich gebe Ihnen meine, und Sie leiten sie an Kinka weiter?«

»Das wird gar nicht nötig sein. Kinka ist nämlich gerade zu Besuch bei uns. Moment mal, ich hole sie.« Kirsten hörte, wie Frau Töns nach Kinka rief. »Sie kommt.«

»Hallo?«, erklang Kinkas vertraute Stimme wenig später.

»Hallo! Hier ist Kirsten«, sagte sie etwas atemlos vor Freude.

»Nein, das glaube ich jetzt nicht!«, rief Kinka begeistert. »Ich habe vorhin erst mit Jenni telefoniert. Wir haben schon überlegt, wie wir dich erreichen können – und jetzt rufst du einfach an! Hast du schon von der Feier gehört?«

»Ja, hab ich – und das ist echt verrückt.« Kirsten setzte sich im Schneidersitz auf den Boden. »Aber schön verrückt. Von dem Jubiläum habe ich vorhin erst erfahren. Und dann ist mir eingefallen, dass ich noch irgendwo die Nummer von deinen Eltern habe. Also, ihr zwei geht zur Feier?«, fragte Kirsten.

»Ja, wir sind dabei, und du hoffentlich auch!«

»Ich möchte gerne kommen.«

»Prima! Aber sag, wie geht's dir eigentlich?«

»Och, mir geht es super«, log Kirsten und kniff dabei die Augen zu. Nach so vielen Jahren gleich von ihrer frischen Ehe-Misere zu berichten, hielt Kirsten nicht für angebracht. »Ich habe mittlerweile vier Kinder, die gerade in den Ferien sind«, schob sie zum Ausgleich die Wahrheit hinterher.

»Oh, wow! Nach den Zwillingen sind noch zwei dazugekommen? Dann hast du ja genügend Kinder für uns beide, und ich muss mir keine Gedanken machen, dass wegen mir die Menschheit ausstirbt«, lachte Kinka.

»Nein, die Sorgen musst du dir nicht machen. Der Fortbestand der Weltbevölkerung ist gesichert.«

»Hast du dich schon per E-Mail für das Treffen angemeldet?«, fragte Kinka aufgekratzt. »Wir konnten dich übrigens bei Facebook gar nicht finden.«

»Bei Facebook bin ich nicht registriert, und mit der Anmeldung wollte ich warten, bis wir gesprochen haben. Wisst ihr schon, wann und wo ihr euch treffen wollt?«

»Jenni kommt schon am Freitag. Falls du Zeit hast, komm doch auch eher«, schlug Kinka vor.

»Diesen Freitag?«

»Genau«, bestätigte Kinka.

»Das hört sich gut an. Ich muss mir nur ein Zimmer suchen. In der Hauptsaison ist in St. Peter-Ording doch bestimmt die Hölle los.«

»Eine Unterkunft ist nicht nötig. Ich habe heute das Muschelhaus auf meinen Namen umschreiben lassen. Meine Tante Hedda hat es mir vererbt, weil sie sich mit ihrem Lebensgefährten in den USA ein Haus gekauft hat. Im Muschelhaus gibt es genügend Zimmer, wie du sicherlich noch weißt. Ich reserviere dir eins.«

»Wow! Das Muschelhaus gehört jetzt dir? Wie wunderbar! Ich mochte es immer so gerne. Besonders die Eingangstür mit den hübschen Schnitzereien.«

»Im Moment ist es zwar noch etwas staubig, und einiges muss noch auf Vordermann gebracht werden, aber zum Schlafen reicht es allemal. Ich lade dich und Jenni ein. Ihr könnt so lange bleiben, wie ihr möchtet. Was sagst du?«

»Da sage ich nicht Nein. Ich helfe dir auch gerne beim Entstauben«, bot sie Kinka an.

Kinka lachte wieder. »Das hat Jenni auch gesagt. Ab wann könntest du kommen?«

»Dann komme ich auch am Freitag. Die Kinder sind ja ausgeflogen.« Und ich bin frei wie ein Vogel, fügte sie in Gedanken hinzu. Ein sonderbares Gefühl, nach so vielen Ehejahren.

»Dann sehen wir uns am Freitag am Muschelhaus.«

»Abgemacht. Ich freue mich so!«

»Und ich erst! Das wird toll!«

Als Kirsten aufgelegt hatte, schrieb sie als Nächstes eine E-Mail an Dirk, um sich für das Abi-Jubiläum anzumelden. Dabei lächelte sie. Seit langer Zeit hatte sich etwas nicht mehr so richtig angefühlt, wie nach St. Peter-Ording zu fahren. Trotz ihrer Beziehungsschwierigkeiten empfand sie es wie ein unverhofftes Geschenk. Sie konnte ihr Glück plötzlich kaum fassen, Kinka und Jenni nach so vielen Jahren wiedersehen und endlich an den Ort zurückkehren zu können, von dem sie all die Jahre immer wieder geträumt hatte.

5. Kapitel

Freitag am Vormittag im Muschelhaus an der nördlichsten Spitze von St. Peter-Ording bei angenehmen Temperaturen und mit ein paar Schäfchenwolken am Himmel

Sie zog den Reißverschluss vom Bettbezug zu, faltete die Decke einmal in der Mitte und strich abschließend den Stoff glatt. »Fertig«, sagte Kinka zu sich selbst und warf prüfend einen Blick auf den silbernen Wecker, der auf dem kleinen Nachttisch neben dem Bett stand. Es war noch keine elf Uhr, und sie hatte das Wichtigste erledigt. Die Bäder und Fenster waren sauber, die Betten frisch bezogen und die Möbel entstaubt. Perfekt. Dann konnten Jenni und Kirsten kommen. Kinka war am Vortag mit Sack und Pack von ihren Eltern ins Muschelhaus gezogen. Es wäre merkwürdig gewesen, wenn sie weiterhin in ihrem Kinderzimmer geschlafen hätte, während Kirsten und Jenni hier wohnten. Darüber hinaus wollten sie möglichst viel Zeit miteinander verbringen und ihr Wiedersehen feiern. Dazu gehörte auch, zusammen zu frühstücken, zu kochen und abends ein Glas Wein auf die guten alten Zeiten zu trinken. Das funktionierte am besten, wenn alle unter einem Dach lebten.

Sie legte ein weiches Handtuch und ein Stück Rosenseife auf die Bettdecke und ging die Treppen ins Erdgeschoss hinunter. Von der Diele aus lief sie ins Wohnzimmer. Dort ließ sie sich auf das geblümte Sofa mit den vielen Kissen sinken, neben dem Tante Heddas alter *Vorwerk*-Staubsauger stand. Kinka schaute sich um. Sie liebte diesen Raum. Er war riesig, und durch die hellen Möbel im nordischen Stil wirkte er noch größer. Obwohl Tante Hedda nur selten hier gewesen war, hatte sie das Wohnzimmer liebevoll mit maritimen Mitbringseln von ihren Kreuzfahrten dekoriert. Ein hölzernes Steuerrad hing an der Wand über dem Kamin, ein Miniaturanker diente als Türstopper. Auf dem Kaminsims waren gerahmte Bilder ihrer Familie aufgereiht. Sie zeigten Leute, deren Gesichter Kinka vertraut vorkamen, aber auch Verwandte, die lang vor ihrer Geburt gestorben sein mussten. Dazwischen stand eine dicke blaue Stumpenkerze, in deren Wachs verschiedene Muscheln eingearbeitet waren, daneben ein Spielzeugmodell eines Kreuzfahrtschiffs, auf dem Tante Hedda mal Kapitänin gewesen war. Durch die weißen Sprossenfenster fiel helles Sonnenlicht. Kinka schaute raus auf den wunderschönen Garten, der, nachdem sie den Rasen gemäht, die Hecken geschnitten und das Unkraut gejätet hatte, seinem Namen wieder alle Ehre machte. Sogar den Strandkorb hatte sie mit Hilfe ihres Vaters auf die Terrasse gehievt und gereinigt. Die vertrockneten Lavendelsträuße hatte sie durch frische aus dem Garten ersetzt, sodass es im ganzen Haus angenehm duftete. Kinka legte die Hände hinter den Kopf und seufzte zufrieden. Es war so schön im Muschelhaus, und für einen kurzen Moment überlegte sie, ob sie tatsächlich wieder ganz nach St. Peter-Ording zurückkehren und nicht bloß für den Sommer bleiben sollte. Doch sie wischte den Gedanken gleich wieder beiseite. Wahrscheinlich würde ihr spätestens nach der Hauptsaison wieder die Decke auf den Kopf fallen, wenn der Trubel in St. Peter nachließ und eine ruhige Beschaulichkeit in den Ort einkehrte. Schließlich war sie nach dem Abitur genau davor geflüchtet.

Kinka erhob sich schwungvoll von der Couch und schaute durch ein Fenster auf die Terrasse. Vielleicht wäre es nett, wenn sie die anderen Gartenmöbel aus dem Schuppen holen würde. Bei dem schönen Wetter könnte sie mit Kirsten und Jenni draußen Tee trinken und die Sonnenstrahlen genießen. Ohne langes Überlegen verließ sie das Haus, um vier Stühle und einen Tisch aus dem Schuppen zu holen. So würde sie ihre Freundinnen auch direkt sehen und in die Arme schließen können, sobald sie endlich eintrafen.

Kinka hatte die Möbel auf der Terrasse aufgebaut und einen bunten Strauß Blumen aus dem Garten in einer Vase auf den Tisch gestellt, als sie ein Motorengeräusch hörte, das immer lauter wurde. Sie blickte zur Straße. Auf dem Seitenstreifen hielt ein dunkler Kombi. Kinka reckte den Hals, um besser über die Rosenhecke sehen zu können. Der Motor verstummte, und eine mittelgroße Frau mit sportlicher Figur und braunen Haaren, die zu einem Longbob geschnitten waren, stieg aus dem Auto. Bekleidet war sie mit einer

Jeans und einem blauen T-Shirt. Auf ihrer Nase trug sie eine Sonnenbrille mit dunklen Gläsern.

»Kirsten!« Kinka winkte und lief zum Gartentor.

Kirsten nahm die Sonnenbrille ab und kam mit ausgebreiteten Armen auf sie zu. »Kinka!«, rief sie.

»Wie schön, dass du da bist!« Kinka schloss ihre Freundin in die Arme.

»Ja, es ist so schön. Danke für die Einladung!« Kirsten umarmte Kinka noch ein wenig fester.

»Da nicht für.«

»Ich bin ganz früh aus Bonn losgefahren. Genau genommen mitten in der Nacht. Bis auf einen kurzen Stau bei Hamburg bin ich gut durchgekommen. Ich habe den Weg sogar ohne Navigationssystem gefunden. Nach so langer Zeit.«

Kinka musterte ihre Freundin und meinte es verdächtig in ihren Augen schimmern zu sehen. Sie schien sich wirklich über das Wiedersehen zu freuen. Um ihre Augen und ihren Mund waren seit ihrem letzten Treffen ein paar Fältchen hinzugekommen, was Kirstens Attraktivität nicht schmälerte. Sie war schon zu Schulzeiten ein hübsches Mädchen gewesen und hatte sich über all die Jahre eine gewisse mädchenhafte Ausstrahlung bewahrt, wenngleich sie etwas erschöpft auf Kinka wirkte. Doch das war vermutlich der langen Autofahrt geschuldet. Wer wäre nach dieser Strecke nicht müde? »Egal, ob mit Navigationssystem oder ohne. Hauptsache, du bist da!« Sie umarmte Kirsten noch einmal. »Komm, ich helfe dir mit deinem Gepäck.«

Seite an Seite gingen sie zu dem Kombi und luden das Reisegepäck aus dem Kofferraum aus.

»Du bist übrigens die Erste. Jenni kommt erst nachher mit dem Zug an«, sagte Kinka und schulterte eine Reisetasche.

Kirsten zog einen kleinen Rollkoffer hinter sich her, in den nicht viel reinpasste. »Dann können wir sie später zusammen vom Bahnhof abholen.«

Sie gingen durch das Tor und den schmalen Steinweg zum Eingang entlang.

Kirsten blieb vor der Tür stehen. »Es ist alles noch so, wie ich es in Erinnerung hatte. Als wäre die Zeit stehen geblieben«, stellte sie verwundert fest.

»Ein bisschen ist es wirklich so«, stimmte Kinka ihr zu und öffnete die Eingangstür. »Tante Hedda hat nicht wirklich viel am Haus verändert.«

Kirsten schnupperte. »Es riecht sogar noch so wie damals. Nach Lavendel.«

»Daran bin ich nicht ganz unschuldig. Ich habe überall im Haus kleine Sträuße verteilt, genau wie Tante Hedda früher. Davon gibt es mehr als genug im Garten.« Kinka stellte die Tasche ihrer Freundin vor dem Treppenaufgang ab. »Ich habe für dich das Zimmer neben dem Bad fertig gemacht. Das mochtest du doch früher so gerne.«

»Danke. Erstaunlich, dass du dich daran noch erinnern kannst.«

Kinka grinste sie an. »Du weißt doch, ich habe ein Gedächtnis wie ein Elefant. Ich vergesse nie etwas.«

Kirsten zog einen Mundwinkel nach oben. »Wie konnte *ich* das nur vergessen?«

»Dafür weißt du garantiert noch Dinge, die wir fürs Abitur lernen sollten, die ich längst verdrängt habe. Was Lernstoff angeht, habe ich nämlich ein ausgesprochenes Kurzzeitgedächtnis. Wie sieht es aus? Hast du Lust auf eine Tasse Tee?«

»Gerne. Aber zuerst bringe ich mein Gepäck aufs Zimmer und mache mich schnell etwas frisch.«

Kinkas Handy piepste, und sie holte es hervor, um einen raschen Blick darauf zu werfen. »Jenni hat geschrieben. Wir brauchen sie nicht vom Bahnhof abzuholen. Sie hat in Hamburg den Anschluss verpasst und kommt später. In St. Peter will sie dann ein Taxi nehmen.«

»Okay. Dann habe ich noch genügend Zeit, um ins Bad zu gehen.«

»Ich bereite schon mal Tee für uns vor. Magst du noch Pfefferminztee oder lieber einen Darjeeling?«

Kirsten griff nach ihrer Tasche und stieg die ersten Treppen hoch. »Ich trinke beides«, sagte sie und lächelte Kinka an.

Kirsten betrat das Schlafzimmer, das gleich neben dem Badezimmer lag, und stellte ihr Gepäck auf dem breiten Bett ab. Auch in diesem Raum schien die Zeit vor zwanzig Jahren stehen geblieben zu sein. Es hatte sich nichts verändert. Sogar die Bettwäsche kannte sie noch von damals, was ein tröstliches Gefühl in ihr auslöste. Für Dinge, die Bestand hatten, war sie im Augenblick sehr empfänglich. Die Möbel schienen während der vielen Jahre keinen Schaden genommen zu haben. Kein Wunder, da das Haus so gut wie nicht bewohnt gewesen war. Sie öffnete ihre Tasche und entnahm ihr ein paar Oberteile und kurze Hosen, um sie in den Kleiderschrank einzuräumen, bevor sie verknitterten. Im Schrank fand sie mehrere Kleiderbügel vor. Nachdem sie ihre Sachen aufgehängt hatte, holte sie Waschzeug und eine Gesichtscreme mit Sonnenschutzfaktor aus ihrem Kulturbeutel und legte ihn zu dem Handtuch, das auf dem Bett lag.

Für einen Moment setzte sie sich, um sich zu sammeln. Es war ein komisches Gefühl, wieder hier zu sein, und gleichzeitig das Beste, was sie sich vorstellen konnte. Sie musste an das Spiel *Monopoly* und an eine der Ereigniskarten denken. *Gehen Sie zurück auf Los. Ziehen Sie keine 4000 D-Mark ein.* Alles fühlte sich wieder wie ganz am Anfang an. Als könnte sie noch einmal von vorne beginnen und ihre Geschichte umschreiben. Kai hatte sie seit seinem Geständnis nicht mehr wiedergesehen. Er hatte ihr zwar ein paar SMS geschrieben: dass es ihm leidtue, er aber nicht anders konnte, und wie schwer es ihm gefallen war, endlich mit der Sprache rauszurücken. Kirsten hatte jeden seiner Entschuldigungsversuche per SMS ignoriert. Im Grunde genommen war sie froh, dass er zu feige gewesen war, zu Hause auf sie zu warten und noch mal das Gespräch mit ihr zu suchen. Obwohl es sie auch verletzte, weil es zeigte, wie wenig ihm noch an ihr lag und wie sehr er mit sich selbst und seiner Assistentin beschäftigt war.

Es war nicht schön, durch eine andere Frau ersetzt zu werden. Noch dazu durch eine jüngere. Ein Detail, das besonders an ihrem Ego nagte und ihr das Gefühl gab, wie ein altes Spielzeug durch ein neues ersetzt worden zu sein. Kirsten rieb sich über die Schläfen. Am meisten fürchtete sie sich vor dem Moment, wenn sie es ihren Kindern sagen musste. »Der Papa wird noch mal Papa, aber mit einer anderen Frau.« Das würde die Situation mit einfachen Worten erklären, wäre jedoch wenig kindgerecht. An diesem Punkt müsste sie ihr gekränktes Ego ablegen und sich mit Kai über eine Strategie verständigen. Doch das lag für den Moment noch in weiter Zukunft.

Sie stand auf, griff nach dem Handtuch mit der Rosenseife und ihrem Waschzeug. Im Badezimmer wusch sie sich das Gesicht mit kaltem Wasser. Schon fühlte sie sich erfrischt und frei. Nun war sie erst einmal hier, in St. Peter-Ording. Wer wusste schon, was die gemeinsame Zeit mit ihren Freundinnen noch bereithielt.

6. Kapitel

Später Nachmittag am Bahnhof von St. Peter-Ording bei immer noch sommerlichen Temperaturen und mit ein paar Schäfchenwolken am Himmel

Der Zug hielt, und die Reisenden drängten aus dem Waggon auf den überfüllten Bahnsteig. Die meisten hatten große Taschen dabei und freuten sich offensichtlich auf ihren Urlaub. Jenni mühte sich mit ihrem Koffer ab, der bis oben hin gefüllt war. Warum zum Himmel hatte sie ausgerechnet noch die schweren Bücher eingepackt? Als ob es in St. Peter-Ording keine Buchhandlung gäbe. Stöhnend hievte sie das Gepäckstück aus dem Zug und verschnaufte einen kurzen Moment auf dem Bahnsteig. Wenigstens hatte ihr Reisekoffer Rollen, und sie konnte ihn bis zum Taxi hinter sich herziehen. Am Taxistand herrschte jedoch gähnende Leere. Kein einziger Wagen war verfügbar, dafür wartete eine ganze Menschentraube darauf, endlich den nächsten freien Wagen zu ergattern. Jenni überlegte kurz, ob sie Kinka eine SMS schreiben sollte, um sie zu bitten, sie doch vom Bahnhof abzuholen. Aber sie entschied sich dagegen. Immerhin hatte sie keine dringenden Termine und konnte so wie jeder andere darauf warten, bis sie an der Reihe war. Stattdessen schrieb sie Peter eine Nachricht, in der sie ihm mitteilte, gut angekommen zu sein. Die Gewitterwolken zwischen ihnen waren glücklicherweise rasch nach ihrem Streit wieder verflogen. Sogar noch am gleichen Abend hatten sie sich auf romantischste Art versöhnt und seitdem nicht mehr über das Baby-Thema geredet. Peter fand es sogar gut, dass sie nach St. Peter-Ording gefahren war. »Gönn dir mal eine Pause, und lass es dir gut gehen«, hatte er zum Abschied gesagt und sie geküsst. »Nächstes Jahr machen wir im Sommer die Kanzlei für drei Wochen dicht und fahren zusammen weg.«

Jenni musste lächeln, als sie sich an seine Worte erinnerte. Peter war schon ein feiner Mann, obwohl das Baby-Thema seine Schwachstelle war. Mit Niederlagen kam er allgemein schlecht zurecht, und dass er mit ihr kein Kind zeugen konnte, fiel möglicherweise in die gleiche Kategorie bei ihm.

Ein Taxi, das direkt vor ihrer Nase anhielt, holte Jenni aus ihren Gedanken. »Moin!« Der Fahrer stieg aus und verstaute ihr Gepäck im Kofferraum. Er trug einen kunstvoll gezwirbelten Schnauzer und eine goldeingefasste Nickelbrille. »Wohin soll es denn gehen?«

»Zum Muschelhaus am Norderdeich. Kennen Sie das?« Jenni stieg ins Auto und nahm auf dem Beifahrersitz Platz.

»Selbstverständlich kenne ich das. Gehört ja schließlich zu meinem Beruf, jeden Winkel von St. Peter zu kennen«, antwortete der Taxifahrer und fuhr los. »In vier Minuten sind Sie da.«

»Können Sie bitte hier halten?«, fragte Jenni, als sie auf der Höhe der *Strandperle* angekommen waren. Bevor sie Kinka und Kirsten wiedersah, musste sie noch dringend etwas erledigen.

»Kann ich machen, junge Frau. Aber bis zum Muschelhaus sind es noch ein paar Meter«, bemerkte der Fahrer fürsorglich.

»Das macht nichts.« Sie suchte in ihrer Handtasche nach ihrer Geldbörse und zog einen Zwanzig-Euro-Schein heraus. »Könnten Sie meinen Koffer bitte am Muschelhaus abgeben und Kinka Töns von mir ausrichten, dass ich gleich nachkomme? Stimmt so.«

Der Taxifahrer nahm den Geldschein entgegen. »Wird gemacht, junge Frau.«

Jenni verabschiedete sich von dem Fahrer und schlenderte zum Deich. Sie lief ein paar Meter neben dem Seedamm her, bis sie an die Stelle kam, an der es einen Zugang zum Strand gab. In dem Strandwärterhäuschen saß niemand, was ihr gelegen kam. Vermutlich war der Wärter für einen Moment ausgetreten. Sie huschte rasch an dem Holzhäuschen vorbei, bevor jemand ihr unbefugtes Betreten bemerkte. Eine Kurkarte hatte sie noch nicht, wollte aber eine besorgen, sobald sie zur Tourismuszentrale kam. Doch erst wollte sie zum Strand.

Nach ein paar Metern zog sie ihre Sandalen aus und nahm sie in eine Hand. Sie spürte den warmen Sand unter ihren Fußsohlen und atmete die salzige Luft ein, die ein laues Lüftchen vom Meer herübertrug. Der Geruch von zu Hause, kam es ihr in den Sinn. Wenngleich ihr Zuhause schon seit zwanzig Jahren in Ost-Westfalen lag.

Möwen flogen kreischend über den Strand hinweg. An einem Pfahlbau knatterte die Fahne der DLRG im Wind. Auf ausgewiesenen Flächen parkten Autos und Bullis, an denen Surfbretter lehnten. Junge Leute in lässiger Kleidung spielten Beach-Volleyball, und Kinder bauten Sandburgen mit ihren Eltern. Strandbesucher hatten bunte Zeltmuscheln aufgestellt, um sich vor der Sonne und umherfliegendem Sand zu schützen. Jenni kam an einem pinkfarbenen VW-Bus vorbei, vor dem sich eine Warteschlange gebildet hatte. Auf einer Tafel neben dem Bulli war eine Preisliste für Milchreis mit verschiedenen Garnierungen aufgestellt worden. Zu einer Portion Milchreis würde sie nach der langen Fahrt nicht Nein sagen, doch hatte sie keine Lust, sich in die Menschenschlange einzureihen. Der Milchreis musste warten, bis sie das nächste Mal wieder am Strand war.

Sie setzte ihren Weg fort, bis das Meer immer näher rückte und sie bald am Ufer stand. Sanfte Wellen brandeten an den Strand. Eine Weile lauschte sie mit geschlossenen Augen dem Rauschen, das eine entspannende Wirkung auf sie hatte. Sie machte einen Schritt nach vorne, und berührte das kühle Wasser der Nordsee mit den Zehen. Nach einem weiteren Schritt versanken ihre Füße in dem nassen Sandboden. Sie watete tiefer ins Meer, bis sie kniehoch in der Nordsee stand und das Salzwasser den Saum ihrer Caprihose durchnässte. Das tat gut! Am liebsten hätte sie sich kopfüber in die Fluten gestürzt, um ein bisschen zu schwimmen, so wie sie es früher immer getan hatte, und sie ärgerte sich ein wenig darüber, dass sie ihre Badesachen nicht rasch aus dem Koffer geholt hatte.

Etwas weiter nördlich der Brandungszone entlang lag der FKK-Strand von Ording. Dort wäre es kein öffentliches Ärgernis, wenn sie sich die Kleider vom Leib gerissen hätte, doch war FKK noch nie ihr Ding gewesen. Dann musste das Schwimmen eben genauso warten wie der Milchreis. Sie lief noch einige Minuten durch die Wellen, bis sie den Rückweg zum Deich antrat.

Der Norderdeich machte einen Knick nach rechts, und dahinter konnte sie bereits den weißen Holzzaun erkennen, der das Grundstück vom Muschelhaus eingrenzte. Die Straße und die Häuser sahen noch so aus, wie sie sie in Erinnerung hatte. Lediglich unter den Autos, die am Straßenrand parkten, waren neuere Modelle, und auch die Kleidung der ihr entgegenkommenden Leute war moderner geschnitten und nicht so flippig wie die Strandmode der 90er Jahre. Sie drückte das niedrige Holztor auf und betrat den Garten des roten Friesenhauses. Jenni blieb mitten auf dem Weg zur Tür stehen und betrachtete es. Dieser Fleck kam ihr vor, als hätte sie gerade gestern erst hier gestanden und nicht zuletzt vor zwanzig Jahren. Alles wirkte so vertraut, dass sie sich sofort heimisch und willkommen fühlte. Sie ging auf das Haus zu und drückte auf den Klingelknopf, der im Mauerwerk neben der Tür eingelassen war. Einen Augenblick später flog die Tür auf. Kinka und Kirsten stürmten auf sie zu.

»Jenni!«, rief Kinka begeistert und schloss sie in die Arme, wobei sie sich auf die Zehenspitzen stellte.

»Wir dachten schon, du kommst nicht mehr, als der Taxifahrer bloß deinen Koffer abgegeben hat.«

»Das wäre was gewesen.« Jenni lachte und beugte sich zu Kirsten runter, um sie zu umarmen. »Ich musste einfach zuerst zum Strand«, fügte sie erklärend hinzu.

»Komm rein, komm rein«, forderte Kinka sie auf. »Deinen Koffer haben wir schon in dein Zimmer gebracht.«

»Danke.«

»Früher wolltest du auch jeden Tag vor dem Unterricht noch mal zum Strand und eine Runde schwimmen«, sagte Kirsten und grinste.

Jenni betrat die Diele. »Nicht jeden Tag. Meistens nur von Mai bis September, wenn das Meer einigermaßen erträglich war.« Sie setzte einen Schritt zurück und schaute ihre Freundinnen an. Kinka schien kaum gealtert zu sein. Sie hatte noch die gleiche athletische Figur und kaum Falten. Das Tennisspielen schien sie jung gehalten zu haben. Kirstens Haare waren kürzer und ihre Gesichtszüge schmaler, als sie es in Erinnerung hatte. Dafür, dass sie eine vierfache Mutter war, wirkte sie erstaunlich frisch. »Gut seht ihr aus. Beide. Es ist so schön, euch zu sehen.«

»Das Kompliment kann ich nur zurückgeben«, sagte Kirsten lächelnd. »Du siehst toll aus.«

»Ich hätte euch sofort auf der Straße wiedererkannt«, stellte Jenni fest. »Kinka, du siehst immer mehr wie deine Mutter aus, hat dir das schon mal jemand gesagt?«

»Das höre ich ständig«, winkte Kinka ab. »Früher haben die Leute immer gemeint, ich wäre die jugendliche Version meiner Mutter. Scheint was dran zu sein.«

»Ich finde, wir haben uns alle sehr gut gehalten«, fasste Kirsten zusammen. »Das Glück hatten nicht alle aus unserer Stufe. Wenn ich mir die Fotos der Leute aus der Facebook-Gruppe so ansehe …«

Kinka schlug vor, auf die Terrasse zu gehen, wo sie sich auf die mit bequemen Kissen versehenen Gartenstühle setzten.

»Schon komisch. Es fühlt sich alles genau wie früher an«, sagte Jenni.

»Das stimmt«, fand Kinka. »Obwohl in den letzten zwanzig Jahren viel passiert ist. Kirsten hat geheiratet und vier Kinder bekommen …«

»Wolltest du damals nicht diesen Arzt in spe heiraten? Wie hieß er doch gleich?«, fragte Jenni.

»Alex. Ja, das war mein ursprünglicher Plan gewesen. Wir waren auch einige Zeit zusammen, bis sein WG-Mitbewohner ausgezogen ist und an seiner Stelle eine neue Mitbewohnerin eingezogen ist. Das hat einiges verändert zwischen uns, bis wir uns irgendwann getrennt haben.«

»Und wann hast du deinen Traummann, den Vater deiner Kinder, getroffen?«, wollte Kinka wissen.

»Das war tatsächlich kurz nach der Trennung von Alex. Kai und ich haben das gleiche Seminar an der Uni besucht. Es ging alles sehr schnell mit uns. Nach zwei Monaten hat er mir unterm Eiffelturm einen Heiratsantrag gemacht, und dann war ich plötzlich mit den Zwillingen schwanger. Und später habe ich noch mal zwei Kinder bekommen.«

»Wie romantisch. Klingt nach einer glücklichen Ehe. Peter hat mich bis heute nicht gefragt, ob wir heiraten wollen. Wir leben seit vierzehn Jahren in wilder Ehe zusammen.«

Kirsten schlug ein Bein über. »Solange das funktioniert, ist dagegen doch nichts einzuwenden. Hast du Kinder?«

»Nein. Gott bewahre!« Jenni hob abwehrend die Hände. Über genau dieses Thema wollte sie nicht reden. Am besten, sie verfuhr nach ihrer altbewährten Strategie. »Ich wäre eine verdammt schlechte Mutter. Peter und ich haben zusammen eine Kanzlei und ständig Termine vor Gericht. Mein Leben ist ausgefüllt. Ich wüsste gar nicht, wie ich da noch die Zeit finden sollte, mich um Kinder zu kümmern. Eine Schwangerschaft würde mich bloß in die Bredouille bringen. Hast du eigentlich Kinder?«, gab sie den Ball an Kinka weiter.

»Nein, und ich bin auch nicht verheiratet. Das liegt bei mir aber eher daran, dass ich dafür nicht den passenden Mann kennengelernt habe«, erklärte Kinka. »Möglichkeiten hatte ich bestimmt genügend, um zu heiraten und schwanger zu werden. Aber ich wollte als Ehemann und Erzeuger für meine Kinder jemanden, den ich mir auch achtzehn Jahre später noch als Vater und Mann an meiner Seite vorstellen kann. So jemand hat leider bisher nicht meinen Weg gekreuzt.«

»Und was machst du gerade beruflich, wenn du keine Häuser erbst?« Jenni zwinkerte ihr zu und war froh, dass das Kinder-Thema vom Tisch war.

»Ich bin seit dem Ende meiner Profi-Laufbahn mit Werbejobs im Geschäft. Vielleicht habt ihr schon mal eine Kampagne mit mir gesehen?«

»Oh ja. Da gab es doch mal eine mit so einem gesunden Fitnessriegel, der fast nur aus Eiweiß bestand«, erinnerte sich Jenni.

»Genau. Der war vor drei Jahren ziemlich angesagt. Dafür habe ich Fernsehspots gedreht und eine Fotostrecke für Zeitschriften und auf Plakatwänden gemacht.«

»Das klingt ja fast so aufregend wie mein Leben als vierfache Mutter«, scherzte Kirsten.

»Wir können froh sein, dass du Zeit hast für unser Wiedersehen und kein wichtiger Werbejob dich davon abhält.«

»Ich habe mir Urlaub für den Rest des Sommers genommen.« Kinka stand auf. »Wie sieht es aus, Jenni? Kirsten und ich wollten etwas kochen. Du bist von der langen Reise doch bestimmt hungrig?«

»Hungrig ist gar kein Ausdruck. Ich habe bloß gefrühstückt, und mein Magen knurrt wie ein Löwe.« Sie gingen in die Küche. »Was gibt es denn?«, fragte Jenni.

»Pasta mit Tomatensauce. Ich dachte, unser erstes gemeinsames Essen im Muschelhaus sollte eine bewährte Tradition weiterführen. Wir kochen einfach das, was wir früher schon hier gekocht haben.« Kinka füllte einen hohen Topf mit Wasser und stellte ihn auf den Herd.

»Wir hätten damals gar nichts anderes kochen können«, sagte Jenni und lachte auf.

»Ich war durchaus in der Lage, ein Spiegelei zu braten und Ravioli warm zu machen«, ergänzte Kirsten in wichtigem Tonfall und mit erhobenem Finger.

»Du Meisterköchin. Dann kannst du hoffentlich auch eine Flasche Wein entkorken. Schau mal in dem Schrank neben der Spüle, da müsste eine Flasche Rotwein drin sein.« Kinka stellte die Herdflamme an und drückte Kirsten einen Korkenzieher in die Hand.

»Das sollte ich hinbekommen.«

Kinka stellte drei Weingläser auf den Küchentisch. »Wir gönnen uns heute einen edlen Tropfen. Eine Spende meiner Eltern, damit wir unser Wiedersehen gebührend feiern können.«

»Halb voll oder voll?«, fragte Kirsten.

»Voll«, kam es einstimmig von Kinka und Jenni.

»Ihr habt es so gewollt.« Kirsten füllte die Gläser beinahe bis zum Rand mit Wein.

Kinka erhob ihres als Erste. »Lasst uns auf die alten Zeiten anstoßen.«

»Auf die alten Zeiten und darauf, dass wir uns wiedergefunden haben«, fügte Jenni hinzu.

Kirsten drückte den Korken halb in die Weinflasche. »Auf die alten Zeiten und unsere Freundschaft.«

7. Kapitel

Ganz früh am nächsten Morgen im Muschelhaus

Kinka öffnete schläfrig die Augen. Helles Sonnenlicht fiel durch das Fenster ins Zimmer und blendete sie. Wie lange hatte sie geschlafen? Sie tastete nach ihrem Handy. Es war noch nicht mal halb sieben. Kinka ließ sich wieder zurück ins Kissen fallen. Normalerweise schlief sie um die Uhrzeit noch tief und fest. Sie war an Rollläden vor den Fenstern gewöhnt, die das Zimmer auch im Sommer zuverlässig abdunkelten. Das Muschelhaus hatte bloß dünne Gardinen, die das Tageslicht kaum abfingen. Ohne Schlafmaske würde sie kein Auge mehr zumachen können. Dann konnte sie auch gleich aufstehen und die Erste beim Bäcker Kalle sein. Sie richtete sich auf und schwang ihre Beine aus dem Bett.

Im Haus war es still. Kirsten und Jenni schienen noch zu schlafen. Hatten die es gut! Kinka zog Unterwäsche und eine kurze Leggins aus einer Schublade, nahm ein Shirt vom Bügel und klemmte sich den Kulturbeutel unter den Arm. Schlaftrunken taperte sie ins Bad. Es war spät geworden am letzten Abend und bei einer Weinflasche nicht geblieben. Kein Wunder, dass sie sich gerädert fühlte. Als Sportlerin hatte sie nie viel Alkohol getrunken, und je älter sie wurde, umso seltener kam es vor. Kinka sprang unter die Dusche, zog sich an und schnürte ihre Laufschuhe. Bis zum Bäcker brauchte sie zu Fuß ungefähr zwanzig Minuten, wenn sie joggte, höchstens die Hälfte. Ein Morgenlauf vor dem Frühstück würde ihr guttun, um den Restalkohol abzubauen. Danach fühlte sie sich bestimmt besser. Um die Uhrzeit waren die Straßen St. Peter-Ordings nahezu ausgestorben. Die meisten Leute drehten sich an einem freien Morgen wie diesem noch mal im Bett um und ließen den Tag langsam angehen. Auf der überdachten Terrasse vom Strandhotel *Zweite Heimat* deckten Angestellte Tische für die Gäste ein. Vor der *Strandperle* beobachtete Kinka, wie vier Senioren mit Rucksäcken die Köpfe über einer Straßenkarte zusammensteckten. Sie lief an ihnen vorbei, am Deich entlang, bis sie bei Bäcker Kalle ankam. Dort hatte sich trotz der frühen Uhrzeit bereits eine kleine Warteschlange gebildet. Kinka kaufte einen Laib Dithmarscher Dinkelbrot und zwei Brötchentüten mit Skipper, Schwarzbrot- und Franzbrötchen, eine für sich und ihre Freundinnen, die andere war für ihre Eltern bestimmt, die sie ihnen auf dem Rückweg vorbeibringen wollte.

»Oh, frische Brötchen! Das wäre aber nicht nötig gewesen!«, rief eine Frauenstimme ihr nach, als sie die Utholmer Straße erreicht hatte.

Kinka drehte sich um. »Moin, Frau Neumann! Hallo, Pukki!« Sie nahm beide Tüten in eine Hand, um den Hund zu streicheln, der vor Wiedersehensfreude kläffend an ihr hochsprang. »Möchten Sie vielleicht zwei von den

Brötchen? Ich habe zu viele gekauft. Die essen wir im Leben nicht auf.«

»Wenn das so ist, dann sag ich nicht Nein.« Frau Neumann nahm zwei Brötchen aus einer Tüte. »Danke. Heute ohne Hund unterwegs?«

»Friedwart ist nicht mein Hund. Er gehört meinen Eltern«, erklärte sie. »Ich bin nur die Aushilfsgassigeherin.«

Frau Neumann schaute sie aus freundlichen Augen an. »Ach, so ist das. Eine Aushilfsgassigeherin hat Pukki nicht. Das ist allein mein Job.«

»Mögen Ihre Tochter und Ihr Enkel keine Hunde?«, fragte Kinka und tätschelte dem Dackel den Kopf.

Ein Schatten huschte über Frau Neumanns fröhliches Gesicht. »Da bin ich mir nicht sicher ...«, antwortete sie ausweichend. »Jedenfalls, vielen Dank noch einmal für die Brötchen. Die werde ich mir bei einer Tasse Kaffee schmecken lassen.«

»Da nicht für. Bis bald mal, Frau Neumann.« Kinka winkte der Dame zum Abschied und lief weiter zum Haus ihrer Eltern. Komisch, wie Frau Neumann auf die Frage nach ihrer Tochter und ihrem Enkel reagiert hatte. Als ob sie nicht darüber reden wollte. Vielleicht hatten sie sich gestritten, mutmaßte Kinka. So etwas kam schließlich in den besten Familien vor.

Nachdem sie die Brötchen bei ihren Eltern abgeliefert hatte, joggte sie zurück zum Muschelhaus. Jenni und Kirsten schliefen noch, als sie das Haus betrat. Kinka legte die

Brötchentüte in der Küche ab, deckte den Tisch auf der Terrasse, brühte frischen Kaffee und Tee auf, kochte Eier und machte einen Obstsalat. Neben drei verschiedenen Marmeladensorten gab es auch Honig, Schokocreme, Käse und Wurst. »Na, seid ihr aus dem Bett gefallen?«, begrüßte Kinka ihre Freundinnen, als sie eine Weile später auf der Terrasse erschienen.

»Meine Güte, Kinka, hast du das alles gemacht?«, fragte Kirsten und deutete auf das Frühstück.

»Bist du etwa mitten in der Nacht aufgestanden?«, wollte Jenni wissen, als sie sich an den Tisch setzte und staunend auf die angerichteten Köstlichkeiten blickte.

»Ich bin früh wach geworden und dachte mir, ich nutze die Zeit, um uns ein schönes Frühstück zu zaubern. Jetzt greift aber zu.« Kinka reichte Kirsten den Korb mit den Brötchen. »Was habt ihr heute vor?«

»Ich möchte unbedingt schwimmen gehen, mich an der frischen Luft bewegen. Ich sitze durch meinen Job viel zu viel am Schreibtisch und in Gerichtssälen.«

Kirsten goss Kaffee in eine Tasse. »Bei mir steht Faulenzen auf dem Plan. Ein gemütlicher Spaziergang am Strand oder am Deich entlang reicht mir an Bewegung. Vielleicht bummele ich ein bisschen durch die Geschäfte in Bad. Da hat sich bestimmt viel verändert in den letzten zwanzig Jahren.«

Kinka nickte. »Ziemlich viel.«

»Und du?«, fragte Kirsten. »Hast du auch etwas vor? Wir können auch was zusammen unternehmen.«

»Danke für das Angebot. Ich bin gleich mit meiner Schwester zum Tennis-Match verabredet, und später trifft sich die ganze Familie im Haus meiner Eltern. Was haltet ihr davon, wenn wir uns zum Abendessen wieder treffen?«

Jenni und Kirsten stimmten Kinkas Idee freudig zu, und nach dem Frühstück machte sich jede von ihnen alleine auf den Weg.

Anke wartete schon vor dem roten Holzhaus neben den Tennisplätzen auf Kinka. »Moin! Endlich mal wieder eine ernst zu nehmende Gegnerin«, empfing ihre große Schwester sie gut gelaunt.

»Moin! Geht mir genauso.« Sie umarmten sich und gingen zum Tennisplatz.

»Ich habe schon Angst gehabt, dich nicht mehr zu erkennen, so lange warst du schon nicht mehr in St. Peter«, sagte Anke.

»Jetzt übertreibst du aber ...«

»Tu ich nicht. Weihnachten warst du nicht da und zu Mamas Geburtstag auch nicht«, zählte sie auf. »Dein letzter Besuch muss mindestens über ein Jahr her sein.«

Kinka überlegte. »Stimmt. Aber ich hatte wichtige Aufträge, die ich nicht ausschlagen konnte. Dafür bleibe ich jetzt den ganzen Sommer.«

Anke beäugte sie von der Seite. »Hast du etwa eine Auftragsflaute?«

»Wie kommst du denn da drauf?«, fragte Kinka und bemühte sich, sich nicht anmerken zu lassen, dass Anke mit ihrer Vermutung den Nagel auf den Kopf getroffen hatte. Um ihre Schwester abzulenken, packte Kinka ein paar Tennisbälle aus und schlug sie locker über den Platz.

Anke zuckte die Schultern. »Weil ich deine große Schwester bin und dich kenne.«

Kinka verharrte einen Moment in ihrer Bewegung.

Ihre Schwester blickte sie fragend an.

»Ach, du hast ja recht«, gab Kinka zu und verdrehte die Augen.

»Dachte ich mir. Sonst würdest du nicht auf einem Tennisplatz in St. Peter rumhängen, sondern dich auf einem Fotoshooting in Australien ablichten lassen.«

Kinka legte ihrer Schwester eine Hand auf die Schulter. »Aber nichts zu Mama und Papa sagen. Ich möchte nicht, dass sie sich wegen mir Sorgen machen. Ich kriege das schon wieder in den Griff.«

Anke nickte. »Schon klar. Woran liegt es denn?«

»Ich bin fast vierzig. In dem Alter bin ich für die Werbeindustrie scheinbar nicht mehr attraktiv.« Kinka seufzte. »Leider kann ich mich nicht jünger machen.«

»Das ist hart.« Anke schaute sie mitfühlend an. »Aber trotzdem hast du Glück. Tante Hedda hat dir das Muschelhaus vererbt, und wir freuen uns, wenn du wieder zurück nach St. Peter kommst. Außerdem fällt genug Arbeit im Laden an. Da könnten wir dich gut gebrauchen.«

Kinka hob abwehrend die Hände. »So schnell wollte ich nicht die Flinte ins Korn werfen. Vielleicht ergibt sich von jetzt auf gleich wieder ein lukrativer Auftrag. Davon abgesehen habe ich keine Ahnung, ob ich es in St. Peter länger aushalten könnte. Du weißt ja, wie ruhig es in der Nebensaison hier sein kann. Und in dem Laden ist dann auch nicht mehr viel los.«

Anke schlug einen Ball auf die andere Seite vom Netz. »Vertu dich mal nicht, Kinka. Die Zeiten haben sich auch in St. Peter geändert.«

»Das mag sein, aber ... Moment mal.« Kinka runzelte die Stirn und blickte angestrengt zu einem der hintersten Tennisplätze, den gerade eine Frau mit einem kleinen Jungen verließ. Das lang gelockte Haar der Frau war Kinka sofort ins Auge gestochen, dazu die perfekte Figur und die offensichtlich teuren Sportklamotten, die sowohl sie als auch der Junge trugen. »Ist das da vorne etwa Miriam?«, fragte Kinka überrascht.

»Japp, das ist sie. Miriam mit ihrem Sohn Jonte. Der zukünftige Wimbledonsieger von 2035«, sagte Anke ironisch und verdrehte die Augen. »Sie ist so sehr in die Idee vernarrt, aus ihrem Sohn einen Tennis-Profi zu machen, dass sie dabei sein fehlendes Talent völlig übersieht.«

»Armer Junge.« Kinka schaute ihr und Jonte nach.

»Es gibt Mütter, deren Kinder müssen unbedingt ein Sport-Ass oder ein Musik-Genie sein. Dadurch bekommen sie das Gefühl, ein *besonderes* Kind zu haben. Dabei übersehen sie völlig, dass jedes Kind besonders ist«, erklärte Anke.

»Da haben Amelie und Hannes noch mal Glück gehabt, dass du nicht so eine ehrgeizige Super-Über-Mutti bist.«

»Nee, ich bin nur super.« Anke grinste sie an. »Hast du eigentlich nie wieder mit Miriam gesprochen?«

Kinka schüttelte den Kopf. »Wir haben schon zu Schulzeiten nicht mehr geredet. Angeschrien habe ich sie einmal, als sie mir René ausgespannt hat. Bis eben wusste ich noch gar nicht, dass sie einen Sohn hat. Ist sie verheiratet?«

»Nee. Und der Vater des Kindes ist auch über alle Berge. Es wird gemunkelt, dass Jonte das Ergebnis eines Urlaubsflirts ist und der Typ in München selbst eine Familie hat.«

»Au weia.«

»Tja. Den Konkurrenzkampf hat Miriam verloren. Nicht alle Träume gehen in Erfüllung. Selbst die von Miriam nicht.«

Kinka lächelte, warf einen Tennisball in die Luft und schlug ihn zischend über den Platz. »Was ist? Traust du dich noch, gegen mich zu spielen?«, fragte sie ihre Schwester herausfordernd und stieg über das Netz.

Nach dem Tennis-Spiel waren die Schwestern bei ihren Eltern eingekehrt. Auch Ankes Ehemann Fred war mit den Kindern gekommen. Sie saßen gemütlich an einem Tisch im Garten. Über ihnen war ein Sonnenschutzsegel gespannt, das angenehmen Schatten spendete. Es gab frisch gebackenen Erdbeerkuchen mit Sahne und dazu Zitronenwasser. Friedwart döste zu Kinkas Füßen und öffnete noch nicht einmal ein Auge, als eine Fliege auf seiner Nase landete.

»Spielst du nachher mit uns?«, fragte Amelie, die einen rosaroten Badeanzug mit Rüschen trug. Sie und Hannes wichen kaum von Kinkas Seite.

»Klar mache ich das«, versprach sie den Kindern.

»Toll!« Die Kinder jubelten und hüpften in ihren Badesachen in das Planschbecken, das Kinkas Vater extra für seine Enkel im Garten aufgebaut hatte.

»Jetzt erzähl mal. Wie war denn das Wiedersehen mit Jenni und Kirsten? Versteht ihr euch noch so gut wie damals?«, wollte ihre Mutter wissen.

»Wir haben in der Zwischenzeit zwar einiges erlebt, aber es kommt mir vor, als hätten wir uns bloß zwei Wochen nicht gesehen und keine zwanzig Jahre.«

»Manche Dinge ändern sich eben nicht«, sagte Anke in die Runde. »Ich hätte heute auch wie früher fast gegen Kinka gewonnen.«

»Tatsächlich?« Fred schaute Anke fragend an. »Seit wann spielst du so gut Tennis?«

»Fast gewonnen?« Kinka zog die Augenbrauen hoch. »Bei dem Spiel war ich aber nicht anwesend.«

»Es war wirklich ziemlich knapp«, beharrte Anke und bemühte sich, dabei ernst zu gucken.

»Du hast dir beim Match wohl einen Sonnenstich geholt«, foppte Kinka sie und tippte mit dem Zeigefinger gegen die Stirn. »Du hattest gegen mich nicht den Hauch einer Chance.«

»Ich fordere eine Revanche.« Anke zwinkerte ihr zu.

»Ach, was habe ich eure Schlagabtausche am Tisch vermisst«, sagte ihr Vater vergnügt und nahm sich ein weiteres Stück Kuchen.

Kinka fühlte sich im Kreis ihrer Familie geborgen. So müsste es immer sein, dachte sie. Dennoch war ihr bewusst, dass sie nicht in St. Peter bleiben konnte. Nach dem Sommer musste sie sich auf den Events der Medienbranche blicken lassen, sich auf Partys und Galas zeigen, um so mit wichtigen Leuten in Kontakt zu kommen und präsent zu sein. Fotos von ihr mussten wieder in allen wichtigen Zeitschriften erscheinen, damit die Leute sie nicht vergaßen. Das konnte sie jedoch nicht machen, wenn sie in St. Peter-Ording lebte. Dafür war der Küstenort zu weit von Köln entfernt, wo die ganzen Fernsehsender und Produktionsfirmen angesiedelt waren. Ihre Liebe zum Muschelhaus allein konnte sie nicht in ihrem Heimathaus halten. Womit sollte sie hier denn ihren Lebensunterhalt verdienen?

Kinka schaute nachdenklich zu ihrer Schwester. Anke schien glücklich mit ihrem Leben zu sein – und vielleicht sollte Kinka sich ein Vorbild an ihr nehmen. Eigentlich hatte sie keinen Grund, sich zu beklagen, denn sie war ein Glückskind. Sie hatte eine tolle Familie, die sie über alles liebte, war gesund und hatte das hübsche Friesenhaus ihrer Tante geerbt. Ihr kam die Begegnung mit Frau Neumann in den Sinn, die ihr am Morgen über den Weg gelaufen war. Traurig hatte sie gewirkt, als Kinka sie auf ihre Tochter und ihren Enkel angesprochen hatte. Sicherlich wäre sie gerne an ihrer Stelle. Mit einem Mal fühlte sich Kinka schrecklich undankbar und nahm sich vor, zukünftig die Dinge mehr wertzuschätzen, die sie hatte. Sie wollte nicht weiter Zeit und Energie darauf verschwenden, sich mit der Liste der Dinge zu beschäftigen, die ihr vermeintlich fehlten – denn damit würde sie vermutlich nie abschließen können.

»Ich fülle mal das Zitronenwasser nach«, sagte Kinka und griff nach der leeren Glaskaraffe.

»Warte, ich komme mit.« Anke hakte sich bei ihr ein, und Seite an Seite gingen sie ins Haus.

8. Kapitel

Am gleichen Tag gegen Mittag am Ordinger Strand

Jenni tauchte aus dem kühlen Wasser auf und schwamm die restliche Strecke im Kraulstil zurück. Sie hatte ihr bewährtes Trainingsprogramm absolviert, war quer zur Küste geschwommen und hatte dabei die Fahne der DLRG stets im Auge behalten. Als sie wieder den Sand unter den Füßen spürte und über den Strand ging, fühlte sie sich erschöpft, aber auch wunderbar erfrischt. Als Teenager war sie fitter gewesen, das musste sie zugeben, aber dennoch konnte sie heute stolz auf ihre sportliche Leistung sein. Wegen der Strömung zehrte es ziemlich an ihren Kräften, im offenen Meer zu schwimmen. Auch wenn Jenni zu Hause häufiger das Hallenbad besuchte und auch nach mehreren Bahnen nicht so schnell aus der Puste kam, war das nicht vergleichbar. Langsam schlenderte sie zu einer bunten Strandmuschel, vor der zwei Kinder im Grundschulalter im Sand spielten. »Danke, dass Sie auf meine Sachen aufgepasst haben«, sagte Jenni zu den Eltern der Kinder und hob ihre Tasche auf.

»Haben wir doch gerne gemacht«, antwortete die Frau.

Mit einem Handtuch trocknete Jenni sich ab und drückte

Salzwasser aus ihren Haaren, bevor sie in eine lockere Strandhose und ein weites Shirt schlüpfte. Zum Schluss zog sie ein Paar Badesandalen an und wünschte dem Ehepaar noch einen schönen Tag.

Zurück im Muschelhaus duschte sie ausgiebig, um das Salzwasser von ihrer Haut und aus den Haaren zu spülen. Nach der Dusche fühlte sie sich so entspannt wie lange nicht mehr. Die altbekannte Umgebung von St. Peter-Ording tat ihrer Seele gut. Außerdem genoss sie den Umstand, endlich mal Zeit für sich und keine Termine im Nacken zu haben. Es war erst mittags, und die Hälfte des Tages lag noch vor ihr. Sie fühlte sich energiegeladen und unternehmungslustig. Vielleicht gab es in Kinkas Garten etwas für sie zu tun? Im Schuppen entdeckte sie ein altes blaues plattes Fahrrad, an dessen Rahmen eine Luftpumpe befestigt war. Jenni überlegte, wie lange sie nicht mehr auf einem Fahrrad gesessen hatte. Das musste einige Jahre her sein. Vorsichtig schob sie das Rad aus dem Gartenhaus. Es hatte nicht nur platte Reifen, sondern war auch ziemlich dreckig. Schnell hatte sie einen Eimer Wasser mit Spülmittel und einen Lappen aus dem Muschelhaus geholt. Zunächst spritzte sie das Fahrrad mit einem Gartenschlauch ab, um den gröbsten Schmutz zu lösen, danach machte sie sich mit dem feuchten Lappen ans Werk.

Keine halbe Stunde später glänzte das Velo in der Sonne. Jenni pumpte die Reifen auf und stellte erfreut fest, dass die Luft hielt. Sie fand die beste Sattelhöhe heraus, indem sie sich auf das Fahrrad setzte und eine Ferse so lange auf das Pedal drückte, bis ihr Bein senkrecht nach unten zeigte.

Jenni war überglücklich, als sie ihr Werk betrachtete. Durch das Fahrrad war sie völlig unabhängig und kam zügig von A nach B in St. Peter-Ording. Während ihrer Schulzeit hatte sie südlich von Ording gelebt und war täglich auf dem Rad unterwegs gewesen.

Das Nordsee-Internat befand sich auf der Pestalozzistraße in Böhl, das etwa sieben Kilometer vom Muschelhaus entfernt lag. Jenni setzte sich eine Sonnenbrille auf und schwang sich in den Sattel. Sie hatte Lust auf eine Reise in ihre Vergangenheit. Der Weg über den Deich war beliebt bei den Urlaubern, weil es sich dort nicht nur gut radeln, skaten oder spazieren gehen ließ, sondern sich nebenbei eine atemberaubende Aussicht über die Salzwiesen und den dahinter gelegenen Strand mit seinen Pfahlbauten bot. Die Nordsee glitzerte im Sonnenlicht in der Ferne, und bei klarer Sicht konnte man vom Deich aus sogar bis Büsum schauen.

Auf Höhe des Wilhelmshofs machte Jenni halt und schob sich die Sonnenbrille ins Haar. Auf dem Reitplatz war ein Parcours aufgebaut. Eine Weile beobachtete sie Reiter und Pferde. Als Schülerin hatte sie auf dem Hof regelmäßig Reitstunden genommen, die ihr immer viel Spaß gemacht hatten. Einen Springparcours traute sie sich zwar nicht mehr zu, dafür war sie zu lange aus der Übung, aber für einen Strandausritt sollten ihre Reitkünste noch ausreichen. Sie erinnerte sich daran, dass hier schon früher Strandausritte für Urlauber angeboten wurden. Ihr Job hatte sie ihre Leidenschaft für den Reitsport völlig vergessen lassen. Jetzt drehte sie den Lenker des Rads schwungvoll nach links und bog auf den Weg ein, der zum Wilhelmshof führte. Einen Abstecher zum Nordsee-Internat konnte sie auch später noch machen.

Auf dem Hof empfingen sie die vertrauten Stallgebäude mit den leuchtend grünen Schiebetüren. Daneben lag die Scheune, und schräg versetzt standen zwei weiße reetgedeckte Friesenhäuser. Alles war noch genauso, wie sie es in Erinnerung hatte. Fast glaubte sie, sie hätte tatsächlich eine Zeitreise zurück in ihre Jugend gemacht.

Drei Mädchen putzten ihre Pferde neben den Ställen. Ein kräftiger Mann mit einer blauen Strickmütze, unter der rote Haare hervorschauten, fegte gerade Stroh zusammen. Als er sie bemerkte, schaute er von seiner Arbeit auf. »Moin! Kann ich Ihnen helfen?«

Jenni stieg vom Rad ab und lehnte es an das Mauerwerk des Stalls. Sie ging auf den Mann zu, der ihr irgendwie bekannt vorkam. »Moin! Ja, ich wollte mich erkundigen, ob ihr noch Strandausritte anbietet.«

»Selbstverständlich. Wir machen zwei Mal täglich Ausritte. Aber Moment mal …« Er legte den Kopf schief und musterte sie. »Da hol mich doch der Teufel! Ich kenne dich. Du bist doch die Jenni!«

»Hauke?«, fragte sie ungläubig.

»Steht vor dir, lebendig und leibhaftig!« Nickend breitete er die Arme aus. »Ich erkenne jeden Reiter von früher. Egal, nach wie vielen Jahren es euch wieder zurück nach St. Peter verschlägt. Du bist doch die Lütte aus dem Internat, die damals den Benno geritten hat.«

»Stimmt! Dass du das noch weißt ...«

»Klar weiß ich das noch! Ist hier oben alles abgespeichert. Außerdem warst du damals schon das größte Mädchen von allen, das hab ich mir gemerkt.« Er tippte mit dem Finger gegen seinen Kopf. »Die nächste Gruppe reitet in einer Stunde zum Strand. Da kannst du gleich mitreiten, wenn du willst.«

»Schrecklich gerne, aber ich habe keine Reitsachen dabei.« Jenni zeigte auf die luftige Kleidung, die sie trug.

»Erinnerst du dich an den Fundus? Da finden wir schon was Passendes für dich.« Er zwinkerte ihr zu und bedeutete ihr, ihm in den Raum neben der Sattelkammer zu folgen.

Eine Stunde später ritt Jenni schon hoch zu Ross durch die Salzwiesen. Hauke hatte ihr einen kräftigen Friesen mit einem hohen Stockmaß zugewiesen, der sie an Benno erinnerte. Die Gruppe umfasste sieben Reiter, fünf davon waren junge Mädchen, und vorne ritt die Reitlehrerin. Jenni war die Älteste unter ihnen, doch das störte sie nicht. Sie genoss das Gefühl, im Schritttempo den Sandweg entlangzuschaukeln, und konnte sich an der Blütenpracht der Salzwiesen nicht sattsehen. Der Juli und der August waren die schönsten Monate im Jahr, denn die Strand-Astern, Wermut, die Salz-Schuppenmiere, Strandgrasnelken und der Strandflieder blühten um die Wette und verwandelten die grünen Wiesen in ein wahres Blütenmeer. Am Strand angekommen, wechselten sie vom gemächlichen Schritt in einen flotten Trab und ritten durch die flache Brandung, wo das Meerwasser an den Pferden hochspritzte. Jenni bemerkte, dass sie trotz der langen Pause das Reiten nicht verlernt hatte. Die Reitbewegungen führte sie wie automatisch aus, ohne sich darüber Gedanken machen zu müssen. Ihre Lungen füllten sich beim leichten Traben mit frischer Nordseeluft, und innerlich fühlte sie sich frei und ganz leicht. Auf eine Art unbeschwert, wie sie es zuletzt als junges Mädchen gespürt hatte. Sie ließ die Zügel länger und ihren Gedanken freien Lauf. Als sie ein kurzes Stück des Weges im Galopp zurücklegten, kam es ihr vor, als würde sie über den Strand fliegen.

Viel zu schnell war der Ausritt vorbei. Nach dem Absatteln zog sie sich um und brachte die Reitkleidung und die geliehenen Stiefel zurück in den Fundus, wo Hauke schon auf sie wartete. »Das hat mir großen Spaß gemacht, ich komme bald wieder«, versprach sie dem Pferdepfleger, der ihr die Kleidung abnahm und lächelte.

»Damit habe ich fest gerechnet. Eine Reithose und ein Paar Stiefel liegen hier immer für dich bereit.«

Sie stieg auf das Fahrrad und fuhr Richtung Dorfstraße. An der Kreuzung bog sie rechts ab und folgte kurz darauf dem Straßenverlauf in die Pestalozzistraße. Eine Weile später tauchte auf der rechten Seite das rote Steinhaus auf, in dem sie viele Jahre verbracht hatte. Vor dem Eingang des Internats hielt sie an und blickte auf das Gebäude. Fast war ihr ein wenig feierlich zumute. Nach so vielen Jahren war sie nun wieder hier. Ob sie einfach in das Internat reingehen sollte? Durfte sie das überhaupt?

In dem Moment wurde die Eingangstür von innen geöffnet, und eine ältere Dame in einem geblümten Sommerkleid trat heraus. In ihrer Hand hielt sie eine rote Kladde, ihre grauen Haare hatte sie zu einem Dutt hochgesteckt. Jenni schaute sie an. Die Frau kam ihr bekannt vor, doch sie konnte das Gesicht keinem Namen zuordnen. War sie eine ehemalige Lehrerin von ihr? Wenn ja, welches Fach hatte sie unterrichtet?

Die Dame schaute Jenni ebenfalls an, als wäre sie kurz davor, sie zu erkennen. Plötzlich setzte sie sich in Bewegung und kam zielstrebig auf Jenni zu.

Jenni nahm automatisch Haltung an und drückte den Rücken gerade durch.

Die Frau blieb vor ihr stehen und lächelte sie an. »Moin! Erst war ich mir nicht sicher, aber du bist es wirklich! Du hast dich kaum verändert, Jenni.«

»Ich kenne Sie auch. Doch ich komme nicht mehr auf Ihren Namen oder darauf, welches Fach ich bei Ihnen hatte. Tut mir leid!«

»Ist ja auch eine Weile her. Ich bin Frau May. Deine alte Klavierlehrerin«, half sie ihrem Gedächtnis auf die Sprünge.

»Stimmt!« Plötzlich fiel es Jenni wie Schuppen von den Augen. *Natürlich!* »Was für ein Zufall, dass wir uns gerade hier getroffen haben.«

»Oh, ich bin öfters hier. Während des Schuljahrs gebe ich nach wie vor Klavierstunden im Internat. Und in den

Ferien biete ich einen Workshop an. Damit bin ich gerade fertig. Vielleicht hast du Lust auf eine Tasse Kaffee? Da drüben ist das *Café Lutz*, dort kann man schön draußen sitzen«, schlug sie vor.

Natürlich hatte Jenni Lust, das Wiedersehen mit ihrer ehemaligen Klavierlehrerin zu feiern. Heute schien wohl der Tag zu sein, an dem ihr viele alte Bekannte über den Weg liefen und sie an längst vergessen geglaubte Leidenschaften erinnert wurde. Jenni lehnte das Fahrrad von außen gegen den Holzzaun des Biergartens und folgte Frau May zu einem Tisch, über dem ein Sonnenschirm aufgespannt war. Der Kellner kam sofort, und sie bestellten Kaffee und zwei Stücke Kuchen.

»Ich kann immer noch nicht glauben, dass Sie sofort wussten, wer ich bin.«

»Na hör mal. Als ob ich eine meiner besten Klavierschülerinnen jemals vergessen könnte«, entgegnete Frau May halb entrüstet. »Aber sag, wie geht es dir, und was machst du so?«

»Mir geht es ganz gut. Ich arbeite als Anwältin in einer Kanzlei, gemeinsam mit meinem Lebensgefährten.«

»Ach, eine Juristin ist aus dir geworden? Damit habe ich nicht gerechnet. Und was hat dich zurück nach St. Peter verschlagen? Machst du Urlaub?«

Jenni wiegte den Kopf hin und her. »So etwas in der Art. Hauptsächlich bin ich wegen des Jubiläums gekommen. Vor zwanzig Jahren haben wir unser Abitur am Nordsee-Internat gemacht.«

»Oh, ein Jubiläum. Wo feiert ihr denn?«

»In der Aula. Ein bunter Abend. Es soll ein Buffet geben, Musik, und einige Leute führen auch eigene Beiträge auf«, erzählte Jenni.

»Aha? Das klingt interessant«, fand Frau May.

Der Kellner kam mit den Getränken und dem Kuchen.

»Spielst du ein Stück auf dem Klavier vor?«, fragte sie Jenni und sah sie erwartungsvoll an.

»Ach, ich habe leider ewig nicht gespielt«, winkte sie ab. »Wahrscheinlich würde ich nicht mal den Floh-Walzer hinbekommen.«

»Blödsinn.« Frau May trank einen Schluck Kaffee. »So was verlernt man nicht. Ich habe immer darauf gehofft, du würdest dein Talent eines Tages nutzen, um Musik zu studieren. Eine Freundin von mir war damals Professorin an der Folkwang-Universität in Essen. Ich hätte dir sofort eine Empfehlung geschrieben, wenn du mich darum gebeten hättest.«

Jenni seufzte. »Von einem Musik-Studium habe ich nach dem Abitur geträumt. Heimlich. Jura war bloß meine zweite Wahl. Ich hatte Angst vor der Aufnahmeprüfung«, gab sie zu. »Ich habe mich angemeldet, bin aber nicht hingegangen.«

Frau May schaute sie fragend an. »Warum nicht?«

Jenni hob die Schultern. »Was, wenn ich durchgefallen wäre und sie mir gesagt hätten, dass ich für ein Musikstudium nicht genügend Talent habe? Das hätte ich nicht so einfach wegstecken können.«

»Und so hast du es gar nicht erst probiert.« Frau May verzog enttäuscht den Mund.

»Ich wollte mir einfach die Enttäuschung ersparen«, erklärte Jenni.

»... und hast durch deine völlig unbegründeten Selbstzweifel vermutlich die Chance deines Lebens verpasst«, stellte Frau May sachlich fest.

»Sie glauben, ich wäre nicht durchgefallen?« Jenni beschlich ein schlechtes Gewissen: vor sich selbst, weil sie zu feige gewesen war, sich der Prüfung zu stellen, und vor ihrer Klavierlehrerin, die sie enttäuscht hatte.

»Du wärest ganz sicher nicht durchgefallen. Dafür warst du zu gut.« Sie faltete die Hände auf dem Tisch. »Darf ich dich um einen Gefallen bitten?«

»Na klar.«

»Würdest du noch einmal für mich ein Stück auf einer Bühne spielen? Ich würde mir wünschen, du würdest auf eurer Abi-Feier spielen und erkennen, dass wahres Talent nicht vergeht.«

»Das kann ich doch nicht ... Ich meine, dafür müsste ich lange üben und viel nachholen«, protestierte Jenni schwach.

»Keine Sorge, ich übe mit dir. Kostenlos. Jeden Tag eine Klavierstunde.« Frau May hielt ihr die Hand entgegen. »Schlag ein!«

Unsicher rutschte Jenni auf ihrem Stuhl hin und her.

»Nun trau dich schon.« Frau May zog auffordernd ihre Augenbrauen hoch.

Zögerlich reichte Jenni ihr die Hand. »Abgemacht.«

Der Händedruck der Klavierlehrerin war so fest und entschlossen, dass es für zwei gereicht hätte. Sie öffnete ihre Kladde und schrieb etwas auf einen Zettel. »Das ist meine Adresse und meine Telefonnummer. Komm doch gleich morgen gegen 16 Uhr zu mir.«

9. Kapitel

Zur gleichen Zeit auf der Seebrücke im Ortsteil Bad, unweit der Strandpromenade

»Habt ihr denn schönes Wetter?« Kirsten drehte sich gegen den Wind und schirmte ihr Mobiltelefon mit einer Hand ab.

»Mal Sonne, mal Regen. Du weißt doch, wie das an der Nordsee ist. Heute regnet es«, antwortete ihre Mutter.

»Hier scheint die Sonne.« Kirsten blickte zum Himmel. »Kein einziges Wölkchen ist in Sicht.«

»Bist du am Strand?«

»Fast. Da war ich vorhin. Erst hab ich mir noch eine Kurkarte besorgt, danach bin ich einige Kilometer gelaufen – bis Böhl und wieder zurück. Jetzt stehe ich auf der Seebrücke und schaue über die Salzwiesen. Hier ist ziemlich viel los, alles voller Urlauber.« Sie hielt eine Hand gegen die Stirn, um besser sehen zu können.

»Deswegen raschelt das die ganze Zeit so in der Leitung.«

»Das ist bloß der Wind, Mama. Kann ich mal mit den Kindern sprechen?«

»Die sind nicht hier«, sagte ihre Mutter knapp.

»Was? Wo sind sie denn?«, fragte Kirsten verwundert.

»Mit deinem Vater unterwegs, in irgendeinem Spaß-Bad mit Rutschen.«

»Ach, und wo bist du?«

»In der Ferienwohnung. So ein Schwimmbad ist mir viel zu nass, da kann ich mich auch gleich in den Garten stellen. Ich lese lieber in meinem Roman. Endlich habe ich dafür mal Zeit und Ruhe.«

»Dann richte den Kindern und Papa mal liebe Grüße von mir aus. Die Zwillinge haben sich vorhin auch gemeldet. Denen geht es auch gut im Zeltlager, sagen sie. Ich muss jetzt Schluss machen, Mama.«

Eilig verabschiedete sie sich und tippte auf den roten Hörer. Sie hatte das Gespräch kurzhalten wollen, um zu vermeiden, dass die Sprache auf Kai kam. Belügen wollte sie ihre Mutter nicht – und so zu tun, als wäre alles in bester Ordnung, wäre einer Lüge ziemlich nahegekommen. Sie steckte das Handy in das vorderste Fach ihrer Tasche und klemmte sich eine Haarsträhne hinter ihr Ohr. Sie wollte sich keine weiteren Gedanken um Kai machen. Dafür hatte der Tag viel zu schön begonnen.

Gemütlich flanierte sie mit anderen Touristen über die Seebrücke, kam an dem Fischrestaurant Gosch und dem Bernsteinladen von Boy Jöns vorbei, überquerte den großen Platz an der Promenade. Am Kurbad bummelte sie durch die Geschäfte und erstand ein hübsches Halstuch mit Anker-Muster, das sie sogleich um ihren Hals legte. Scheinbar war sie lange Spaziergänge nicht gewöhnt, denn es dauerte nicht lange, bis ihre Füße schmerzten. In einem

Eis-Café gönnte sie sich eine Pause und setzte sich an einen der Tische vor dem Café. Sie bestellte sich einen Eisbecher mit Früchten und Sahne, den sie genüsslich löffelte, während sie die Leute beobachtete, die an ihr vorbeigingen. In St. Peter-Ording war die Zeit nicht stehen geblieben, stellte sie fest. Während ihrer Schulzeit war es im Zentrum des Ortes noch relativ ruhig und beschaulich zugegangen. Ein Eis oder eine Pizza waren dort noch erhältlich gewesen, auch ein paar Boutiquen hatte es gegeben. Dies war jedoch nichts im Vergleich zu dem Bild, das der Ortsteil Bad ihr heute bot. Etliche Imbisse und Restaurants waren hinzugekommen, und sogar Läden mit hochwertiger Designer-Mode hatte sie entdeckt. Das Handy piepste in ihrer Tasche. Auf dem Display erschien ein Foto der Zwillinge in Surfer-Montur. Sie lachten und zeigten ihr ihre erhobenen Daumen. *Erste Surfstunde* hatten sie als Untertitel geschrieben. Kirsten grübelte, ob sie das Foto wohl auch an Kai geschickt hatten. Vermutlich schon. Immerhin wussten sie noch nichts von der Ménage-à-trois, in die sich die Ehe ihrer Eltern verwandelt hatte. Kirsten spürte, dass sie von ihren Überlegungen schlechte Laune bekam. Um dem entgegenzuwirken, machte sie spontan ein Selfie mit ihrem Eisbecher und schickte es an die Zwillinge mit dem Zusatz: *Mein erstes Eis*. Wenige Sekunden später erschien die Antwort in Form eines erhobenen Daumens auf dem Display.

Als Schülerin hatte sie ebenfalls einen Surfkurs belegt, der damals kostenfrei im Rahmen einer Schul-AG angeboten wurde. Es war eine tolle Zeit. Dabei hatte sie es eigentlich einem eher unglücklichen Umstand zu verdanken gehabt, dass sie überhaupt Schülerin am Nordsee-Internat geworden war. Ihre Eltern hatten sie aufgrund ihrer Asthma-Erkrankung im Internat angemeldet in der Hoffnung, die Seeluft würde sich positiv auf ihre Erkrankung auswirken. Die Rechnung war aufgegangen, denn schon nach dem ersten Schulhalbjahr hatten sich ihre Asthma-Anfälle deutlich reduziert. Mittlerweile brauchte sie kein Asthma-Spray mehr. Kirsten war tief in Erinnerungen versunken, als sie plötzlich meinte, ihren Namen zu hören.

»Kirsten?«

Sie schaute auf. Vor ihr stand ein sportlich gekleideter Mann, der sie erwartungsvoll anschaute. Er trug einen modischen Bart und eine Tätowierung am rechten Arm. Irgendwie kam ihr der Mann bekannt vor, doch sie konnte ihn nicht genau einordnen. Sie hatten ungefähr das gleiche Alter. Vielleicht war er jemand aus ihrer alten Stufe?

»Erkennst du mich nicht?«, fragte er und breitete die Arme aus.

Kirsten überlegte fieberhaft, wer dieser attraktive Mann war, der sich offenkundig problemlos an sie erinnerte. »Das ist mir jetzt wirklich unangenehm, aber ich komme gerade nicht drauf, wer du bist«, gab sie schließlich zu.

»Ich bin's, Alex.«

»Alex?« Kirsten runzelte die Stirn.

»Alexander Hemmerich. Dein *Ex-Freund*«, sagte er grinsend.

»Alex!« Gut, dass sie saß, denn diese unverhoffte Begegnung hätte sie sonst glatt umgehauen.

»Stell dir mein Gesicht ohne Bart vor. Darf ich?« Er deutete auf den freien Platz neben ihr.

»Ja, natürlich«, sagte sie perplex.

Er schaute sie an und schüttelte mit dem Kopf. »Ich kann gar nicht glauben, dass ich dir nach all den Jahren ausgerechnet in St. Peter über den Weg laufe. Das ist irgendwie ... verrückt.«

»Total verrückt.« Sie schaute ihn ungläubig an und konnte es mindestens genauso wenig glauben wie er. Nicht im Traum hatte sie daran gedacht, in St. Peter-Ording auf ihre erste große Liebe zu treffen. Fast fürchtete sie, dass Alex bloß eine Ausgeburt ihrer Fantasie war und jeden Moment zerplatzte wie eine Seifenblase.

»Warum bist du in St. Peter?«, fragte er und bestellte einen doppelten Espresso.

»Zwei doppelte Espressi, bitte«, sagte sie zu dem Kellner. Auf die Überraschung brauchte sie mehr als einen starken Kaffee. »Das 20-jährige Abi-Jubiläum. Und du?«

Er legte den Kopf in den Nacken. »Zwanzig Jahre schon? Jetzt fühle ich mich alt.« Er lachte sie an. »Ich lebe und arbeite seit fünf Jahren in St. Peter-Ording.«

»Wow!« Kirsten nickte anerkennend. »Hast du damals eigentlich dein Medizinstudium durchgezogen?«

»Ja. Mit einem Universitätswechsel allerdings. Ich habe

mein Hauptstudium von Köln nach Essen verlegt und war danach einige Jahre in der Essener Universitätsklinik beschäftigt.«

»Hört sich gut an. Hast du in St. Peter-Ording eine eigene Praxis oder so?«

»Nee. Für eine eigene Praxis war ich nie der Typ. Ich bin den Krankenhäusern treu geblieben. Heute bin ich Facharzt für Innere Medizin in der Reha-Klinik *Goldene Schlüssel*.«

»Die Klinik kenne ich. Sie liegt auf der Badallee, oder?«

»Stimmt genau.«

Der Kellner stellte ihre Espressi auf den Tisch.

Kirsten riss das Zuckertütchen auf und kippte dessen Inhalt in die kleine Tasse. »Wieso hast du dir ausgerechnet eine Stelle als Arzt in St. Peter gesucht? Ich meine, es gab doch bestimmt auch andere freie Stellen.« Sie verrührte den Zucker mit einem Teelöffel.

»Wie sagt man so schön? Warum in die Ferne schweifen, wenn das Gute liegt so nah?« Er nahm keinen Zucker, sondern trank den Espresso schwarz. »Natürlich hätte ich auch einen Job in einem anderen Krankenhaus finden können, aber irgendwann vor ein paar Jahren ist mir aufgegangen, dass ich in St. Peter-Ording einfach am glücklichsten bin. Hier lebe ich am Meer, kann in meiner Freizeit surfen gehen. Ich meine, richtig surfen. Auf dem Baldeneysee in Essen hat das nicht wirklich Spaß gemacht.«

Am liebsten hätte Kirsten Alex mit allen möglichen Fragen gelöchert. Besonders eine Frage brannte ihr unter den Nägeln: War er noch mit seiner damaligen WG-Mitbewohnerin liiert? Oder war er mit einer anderen Frau verheiratet? Sie überlegte, ob er wohl Kinder hatte. Auf der einen Seite konnte sie sich vorstellen, dass er bestimmt ein sehr guter Vater war. Auf der anderen jedoch hätte es sie auch überrascht, denn sie sah in ihm immer noch den unabhängigen Surfer, der sich am liebsten als Einzelkämpfer durchs Leben schlug. Sie hielt sich mit Fragen zurück, weil ihr klar war, dass er sich daraufhin auch nach ihrem Privatleben erkundigen würde. Das wollte sie unbedingt vermeiden, weshalb sie das Gespräch auf die Vergangenheit lenkte. Sie redeten über alte Zeiten, darüber, wie sie sich auf dem Schulhof das erste Mal gesehen hatten und er sich bei ihrer Verabredung nicht getraut hatte, sie im Kino zu küssen.

Alex blickte auf seine Armbanduhr. »Verdammt, ich muss los. Meine Schicht fängt gleich an. Wir waren so in unser Gespräch vertieft, dass ich völlig die Zeit vergessen habe.« Er kramte einen 20-Euro-Schein aus seinem Portemonnaie. »Ich lade dich ein.«

»Danke, das wäre aber nicht nötig gewesen«, entgegnete Kirsten.

»Doch, das ist nötig.« Er zwinkerte ihr auf diese liebevolle Art und Weise zu, wie er es auch schon früher getan hatte. Sein intensiver Blick ging Kirsten dabei durch Mark und Bein. »Ich muss dich jetzt schweren Herzens hier sitzen lassen, aber ich würde unsere Unterhaltung gerne fortführen. Darf ich dich vielleicht mal, um der alten Zeiten willen, zum Abendessen einladen?«

»Das muss ich mir noch überlegen«, sagte sie aufgesetzt skeptisch, um ihre freudige Überraschung zu überspielen, die seine Frage in ihr ausgelöst hatte. Natürlich wollte sie ihn wiedersehen, nichts lieber als das. »Die Einladung nehme ich gerne an.«

Er zog ein Handy aus der Gesäßtasche seiner Hose und speicherte die Nummer ein, die sie ihm nannte. »Ich melde mich bei dir«, sagte er zum Abschied.

»Soll das eine Drohung sein?«, scherzte Kirsten.

»Auf jeden Fall«, erwiderte Alex mit einem schiefen Lächeln und machte sich auf den Weg. Als er um die nächste Ecke biegen wollte, drehte er sich noch einmal zu ihr um und winkte mit der Hand, in der er sein Mobiltelefon hielt.

Am frühen Abend kehrte Kirsten zurück ins Muschelhaus. Kinka war noch nicht von ihrem Familientreffen zurückgekehrt, und Jenni saß im Strandkorb und telefonierte mit ihrem Lebensgefährten. Kirsten fühlte sich groggy, als sie auf der Terrasse stand, um Jenni kurz zu begrüßen. Ihre Füße und Knie schmerzten nach ihrem langen Spaziergang, und ihre Glieder waren schwer. Mit ein paar Handbewegungen signalisierte sie ihrer Freundin, dass sie zurück ins Haus gehen würde.

Während sie in der Badewanne lag, dachte sie an Alex.

Sie schloss die Lider, um ihn besser vor ihrem geistigen Auge sehen zu können. Die Vorstellung, bald mit ihm auszugehen, zauberte ein Lächeln auf ihr Gesicht, und sie spürte, wie sehr sie ihn immer noch mochte. Ob sie jemals damit aufgehört hatte, ihn zu mögen? Was wäre, wenn sie sich damals nicht immer wieder ausgemalt hätte, dass zwischen ihm und seiner WG-Mitbewohnerin, deren Namen sie inzwischen ganz vergessen hatte, etwas lief? Was, wenn sie sich nicht von ihm getrennt hätte und wenn ihr Kai nie über den Weg gelaufen wäre? Vielleicht wäre sie mit Alex zusammengeblieben und hätte mit ihm eine Familie gegründet.

Es hatte sich wie damals angefühlt, ihm zu begegnen, mit ihm zu sprechen und in seiner Nähe zu sein. Ob er sein Versprechen halten und sie zum Abendessen einladen würde? Kirsten wünschte es sich, doch gleichzeitig überkamen sie Zweifel. War sie nach all den Jahren als Mutter und Ehefrau überhaupt in der Lage, sich auf eine neue Beziehung oder gar Affäre einzulassen? Und war Alex überhaupt vertrauenswürdig? Immerhin hatte sie jahrelang keinen Kontakt mit ihm gehabt, und Menschen veränderten sich mit der Zeit. Die Enttäuschung wegen Kais Betrug steckte ihr gehörig in den Knochen. Eine zweite emotionale Pleite wollte sie unbedingt vermeiden. Innerlich aufgewühlt fuhr sie sich durch die Haare.

Sie tauchte kurz im Badewasser unter. Als sie wieder hochkam, hatte sie eine Entscheidung getroffen.

Trotz aller Bedenken wollte sie dieses Gefühl in seiner Gegenwart unbedingt bald wieder spüren. Sie nahm sich vor, vorsichtig zu sein und ihr Herz gut zu beschützen – wenngleich ihr noch schleierhaft war, wie sie das genau anstellen sollte.

10. Kapitel

Am nächsten Tag bei spätem Frühstück und Nieselregen

»Schade, dass wir nicht auf der Terrasse frühstücken können.« Kinka schnitt ein Brötchen auf und bestrich es dünn mit Butter.

Kirsten klopfte mit einem Plastiklöffel auf ein hartgekochtes Ei und pellte es. »Das muss der Regen sein, den meine Eltern und die Kinder gestern auf Ameland hatten. Der ist über Nacht bestimmt zu uns rübergezogen.«

»Ach, ich finde es auch mal ganz gemütlich, im Wohnzimmer zu frühstücken. Bist du gestern eigentlich direkt nach der Badewanne ins Bett gegangen?«, fragte Jenni Kirsten.

»Ich wollte mich nur kurz hinlegen, aber irgendwie bin ich dann eingeschlafen.«

»Das ist die gute Nordseeluft. Reiner Sauerstoff«, stellte Kinka fest. Sie schmierte Quark auf ihr Brötchen und verteilte darauf etwas Erdbeer-Marmelade. »Aber ich war gestern auch etwas gerädert von meinem Familientreffen. Ich bin diese Harmonie und Heiterkeit gar nicht mehr gewohnt.«

»Dann sollten wir drei heute mal zusammen heiter und

harmonisch sein, damit du etwas Übung bekommst«, sagte Kirsten und schnitt das Ei in Scheiben.

»Unbedingt«, stimmte Jenni zu. Vor ihr stand eine Schüssel Obstsalat, in den sie etwas Quark einrührte.

»Hat jemand eine Idee, was wir unternehmen können?«

»Ich weiß, was wir machen!«, verkündete Kinka.

»Was denn?« Jenni und Kirsten schauten sie gespannt an.

»Was haltet ihr von einem Wellness-Mittag in der Dünen-Therme?«

»Prima. Mit Massage und Sauna!« Kirsten setzte einen sehnsüchtigen Blick auf und biss in ihr Brötchen mit Ei.

»Eine Massage wird mir guttun. Ich fürchte, ich habe es gestern etwas übertrieben. Nach dem Schwimmen bin ich Fahrrad gefahren und danach noch ausgeritten. Ihr könnt euch gar nicht vorstellen, was für einen Muskelkater ich habe.«

»Dann ist es beschlossene Sache. Vergesst eure Badesachen nicht.« Kinka tupfte sich mit einer Serviette etwas Marmelade von den Mundwinkeln und grinste fröhlich.

Die Dünen-Therme lag in Bad, in unmittelbarer Nähe von der Seebrücke und der Erlebnis-Promenade. Außer ihnen schienen an diesem Regentag auch andere Leute auf die gleiche Idee gekommen zu sein, denn als sie mit Kirstens Wagen auf den Parkplatz fuhren, war er komplett zugeparkt. Sie mussten sich gedulden, bis ein Auto aus einer Parklücke fuhr, doch die Schlange vor dem Eingang war nicht so lang wie befürchtet.

Nach einer Massage zog es die drei Freundinnen ins Außenbecken des Schwimmbads.

»Dahinten ist ein Whirlpool.« Kinka schwamm voraus und Jenni und Kirsten hinterher.

Jenni lehnte ihren Hinterkopf an den Beckenrand und schloss die Augen. »Hier lässt es sich doch perfekt entspannen. Eine Wohltat für meinen Muskelkater.«

»Die Massage war aber auch nicht schlecht«, fand Kirsten und gesellte sich neben Jenni.

Kinka hatte sich auf der anderen Seite des Pools ein Plätzchen gesucht. Sie waren die Einzigen im Whirlpool, die anderen Schwimmer zogen ihre Bahnen im Hallenbad oder ruhten sich auf den Liegen am Beckenrand aus. »Wisst ihr, wen ich gestern gesehen habe, als Anke und ich auf dem Tennis-Platz waren?«

Jenni öffnete die Augen. »Wen denn?«

»Miriam.«

»Oje. Hat sie trainiert? Will sie etwa in Wimbledon gegen dich antreten?« Kirsten verkniff sich ein Grinsen.

»Ich wusste gar nicht, dass es dort auch ein Match der Seniorinnen gibt«, feixte Jenni und klammerte sich lachend an den Beckenrand, um mit den Beinen strampeln zu können.

»So wahnsinnig ist sie nicht«, sagte Kinka. »Derjenige, der mal in Wimbledon spielen soll, heißt Jonte und ist ihr Sohn.«

»Miriam hat einen Sohn?« Kirsten schüttelte ungläubig den Kopf und warf Jenni einen Seitenblick zu, die vor Schreck fast untergegangen wäre.

»Das arme Kind!«

Kinka nickte Jenni zu. »Man kann sich seine Eltern nicht aussuchen.«

»Wie sieht sie denn aus?«, wollte Jenni wissen.

Kinka zuckte mit den Schultern. »Wie soll sie aussehen? Sie ist immer noch schlank, hat lange Locken und rennt in den teuersten Klamotten durch die Gegend.«

»Dann hat sich ja nichts verändert«, fasste Jenni zusammen. »Nebenbei bemerkt, mir ist gestern auch jemand über den Weg gelaufen. Im Grunde waren es sogar zwei Personen.« Sie erzählte von ihrer Begegnung mit Hauke und dem unverhofften Wiedersehen mit ihrer Klavierlehrerin. »Und als wir bei Kaffee und Kuchen saßen, hat sie mir das Versprechen abgeluchst, beim bunten Abend Klavier zu spielen.«

»Das wäre toll! Du spielst wunderbar. Ich habe dir damals bei dem Wettbewerb für Nachwuchspianisten so gerne zugehört.« Kirsten klatschte begeistert in die Hände und spritzte dabei Jenni nass. »Tschuldigung.«

»Das ist wirklich eine schöne Idee«, fand auch Kinka.

»Ihr seid vielleicht süß. Ich hab seit über zehn Jahren vor keinem Klavier mehr gesessen. Ich fühle mich wie ein totaler Anfänger«, widersprach Jenni. »Heute um 16 Uhr habe ich meine erste Klavierstunde bei Frau May. Bestimmt habe ich alles verlernt, und die arme Frau schlägt die Hände über dem Kopf zusammen.«

»Du machst das schon«, munterte Kirsten sie auf. »Mit so einer tollen Lehrerin kann nichts schiefgehen.«

Kinka schaute zu Kirsten. »Jetzt fehlst nur noch du. Wen hast du gestern getroffen?«

»Ich?«, fragte Kirsten und machte dabei ein ertapptes Gesicht. »Wen soll ich denn getroffen haben?«

»Keine Ahnung. Hätte ja sein können, dass du auch eine unverhoffte Begegnung hattest.« Kinka schwamm zu ihnen rüber. »Und jetzt guck nicht so erschrocken, war nur ein Spaß.« Sie spritzte Kirsten eine Ladung Wasser ins Gesicht, die sich sofort mit noch mehr Wasser dafür revanchierte.

Nach ihrem Wellness-Ausflug in die Dünen-Therme trennte Kinka sich von ihren Freundinnen, um ihren Eltern einen Besuch abzustatten. Es freute sie, dass ihre Gäste eifrig Pläne schmiedeten: Jenni brach zu ihrer ersten Klavierstunde auf, während Kirsten in einer Boutique nach einem neuen Oberteil schauen wollte.

Der Regen hatte sich verzogen, und der Himmel lockerte auf. Kinka genoss es, ihre Mutter und ihren Vater sehen zu können, wann immer sie wollte.

»Du kommst gerade richtig«, empfing ihre Mutter sie. Sie trug eine grüne Gartenschürze, auf der eine Gießkanne abgebildet war. »Deine Hilfe kann ich gut gebrauchen.«

»Wobei soll ich dir helfen?«, fragte Kinka und folgte ihr in den Garten. Friedwart kam auf sie zugeschossen und ließ sich hinter den Ohren kraulen.

»Die Sträucher müssen geschnitten und der Rasen gemäht werden. Außerdem habe ich Hortensien-Ableger geschenkt bekommen. Die müssen eingepflanzt werden.« Ihre Mutter zeigte auf Blumenableger, die sie bereits in die passenden Töpfe gelegt hatte.

»Und ich dachte schon, wir machen uns einen schönen langweiligen Nachmittag«, blödelte Kinka und widmete sich dem Rasenmäher. »Dann wollen wir aus dem struppigen Grün mal einen englischen Rasen machen.«

»Wenn du ihn mähst, reicht das für den Anfang.«

Kinka startete den Motor und schob den Mäher über den Rasen. Als sie mit gut einem Drittel der Rasenfläche fertig war, nahm sie aus ihren Augenwinkeln eine Bewegung aus dem Nachbargarten wahr. Sie schaute genauer hin und entdeckte einen Mann mit einer Baseballkappe, der auf einer Leiter stehend Kirschen pflückte. Sie blieb stehen und fragte sich, was der fremde Typ bei Mertens im Garten machte. Von ihren Nachbarn fehlte jede Spur. Der Mann klaute doch wohl keine Kirschen? Falls es so war, musste sie der Sache auf den Grund gehen. Kinka stellte den Motor des Rasenmähers aus und näherte sich dem Gartenzaun, wobei sie den ominösen Typen nicht aus den Augen ließ.

»Moin!«, rief sie ihm zu.

Der Typ auf der Leiter zuckte zusammen, als hätte Kinka ihn auf frischer Tat ertappt. Sie stemmte die Hände in die Hüften. Also doch ein Dieb? Der Mann stieg nun die Leiter runter und kam auf sie zu. Dem würde sie was erzählen … Doch je näher er kam, desto mehr löste sich ihr anfänglicher Vorsatz in Luft auf.

»Moin! Kinka!« Ihr alter Freund Sascha stellte den Korb auf den Boden und streckte ihr seine Hand über den Gartenzaun entgegen.

»Das glaub ich jetzt nicht. Sascha?«, fragte sie verblüfft und gab ihrem ehemals besten Kumpel die Hand. Sie waren Tür an Tür aufgewachsen, hatten die gleiche Stufe am Nordsee-Internat besucht und sich danach aus den Augen verloren.

»Jo.«

»Das gibt's ja gar nicht«, sagte sie völlig verdattert. »Ich habe dich gar nicht erkannt und dachte schon, ein Tourist hätte es auf eure Kirschen abgesehen.«

»Nö. Ich war zwar lange nicht mehr hier, aber so weit ist es mit St. Peter-Ording ja wohl hoffentlich noch nicht gekommen. Du kannst dich gerne auch bedienen«, bot er ihr an.

»Danke. Meine Mutter freut sich bestimmt darüber.«

»Guck mich nicht mit so großen Augen an, ich bin es wirklich«, sagte er grinsend. »Und wahrscheinlich bin ich sogar aus dem gleichen Grund hier wie du.«

»Das Abi-Treffen?«

»Bingo!«

»Was hast du überhaupt nach dem Abi gemacht? Deine Eltern meinten, dass du irgendwas mit IT machst.«

»Stimmt. Ich habe kurz nach meinem Studium ein Start-up gegründet, was dann ziemlich gut gelaufen ist.«

»Cool. Das passt zu dir. Und wo wohnst du? Bestimmt in Berlin oder München«, vermutete Kinka.

»Ach, irgendwie überall und nirgends.« Sascha vergrub seine Hände in den Hosentaschen. »Ich bin viel unterwegs und lebe eigentlich an mehreren Orten auf der Welt. Ist wahrscheinlich bei dir ähnlich. Du kommst durch deinen Job ja auch viel rum, so wie ich das mitbekommen habe.«

»Danke, dein Job hört sich spannend an. Hoffentlich hast du auch genug Freizeit, um dein Leben zu genießen.« Sie antwortete ausweichend, denn über ihre aktuelle Jobsituation wollte sie im Moment nicht mit Sascha sprechen.

»Ich gebe mir zumindest Mühe, es zu genießen, wenn ich mal Zeit habe«, antwortete Sascha auf seine gewohnt bescheidene Art. »Echt toll, dass wir uns hier getroffen haben. So wie früher. Ich habe dich sofort erkannt.«

»Ich dich nicht«, lachte Kinka.

»Hab mich ein bisschen verändert, seitdem wir uns das letzte Mal gesehen haben«, räumte er ein. »Vermutlich hätte ich mich auch nicht erkannt.«

Kinka verstand, dass er auf sein früheres Aussehen anspielte. Und sie musste ihm recht geben. Aus dem einstigen pummeligen Nerd der Stufe war inzwischen ein attraktiver Unternehmer geworden. Ihr waren sofort seine breiten Schultern und schönen Hände aufgefallen. Bestimmt rissen sich heute die Frauen um ihm. Seine schönen blauen Augen hatte er allerdings schon immer gehabt. Manches veränderte sich eben nie. »Wie lange bleibst du in St. Peter?«

»Mal schauen.«

Kinka lächelte ihn an. »Ich sag meiner Mutter wegen der Kirschen Bescheid. Schön, dass du wieder da bist, Sascha.«

»Finde ich auch.« Er zeichnete mit einer Fußspitze Kreise in den Erdboden. »Sollen wir uns demnächst vielleicht mal treffen? So wie früher?«, fragte er beiläufig.

»Auf jeden Fall! Dann können wir endlich wieder in Ruhe quatschen.«

»Oder ein neues Baumhaus bauen. Das alte ist etwas in die Jahre gekommen.« Er zeigte mit dem Finger hinter sich, wo eine große Eiche stand, in deren Kronen ein verwittertes Holzhaus erkennbar war, dem schon einige Bretter fehlten.

»Ich kann mich noch daran erinnern, wie wir als Kinder darin übernachtet haben.« Jenni schaute mit versonnenem Blick zu dem Baumhaus hinauf.

»Das war jedes Mal ein Abenteuer.« Sascha lächelte sie an und hob den Korb mit den Kirschen hoch. »Ach, weißt du was? Nimm doch den Korb, und gib ihn deiner Mutter mit schönen Grüßen von mir. Wir haben noch so viele Kirschen im Garten, und einen zweiten Korb treibe ich auch noch auf.« Sascha reichte Kinka den Korb über den Gartenzaun.

»Danke. Ich bring ihn dann wieder rüber, wenn er leer ist.«

Er nickte. »Das klingt nach einer guten Idee. Dann bis bald.«

»Bis bald!« Kinka nahm den Kirschenkorb und ging damit zum Haus. Als sie sich kurz vor der Terrasse noch mal umdrehte, hob Sascha lächelnd den Kopf. Kinka konnte es immer noch nicht fassen. Es war wirklich Sascha!

11. Kapitel

Am gleichen Tag um Punkt 16 Uhr auf dem Theodor-Storm-Weg

Mit einer Hand lenkte Jenni ihr Rad auf den Weg, der zum Haus von Frau May führte, das gegenüber eines kleinen Kiefernwäldchens lag. In der linken Hand hielt sie einen Blumenstrauß, den sie zuvor bei einem Floristen erstanden hatte. Es war ihr nicht richtig erschienen, mit leeren Händen bei ihrer Klavierlehrerin aufzutauchen, nachdem sie ihr kostenlose Stunden angeboten hatte. Ein kleiner Strauß schien ihr mehr als angemessen zu sein. Jenni stellte das Fahrrad neben der blauen Eingangstür ab und klingelte.

Frau May öffnete die Tür. »Moin, Jenni! Komm rein!«

»Moin, Frau May.« Sie putzte ihre Schuhe sorgfältig auf der Fußmatte ab, bevor sie eintrat. »Die sind für Sie.« Sie übergab den Strauß an Frau May.

Die Klavierlehrerin legte überrascht eine Hand auf ihre Brust. »Oh, das wäre doch nicht nötig gewesen.«

»Ich wollte wenigstens eine kleine Aufmerksamkeit mitbringen, wenn Sie schon so nett sind und für mich Ihre Zeit opfern.«

»Die sind aber schön.« Frau May roch an den Blumen. »Und wie die duften. Vielen Dank.«

»Den Weg zu Ihnen hatte ich übrigens noch im Kopf. Ist vom Internat ja bloß ein Katzensprung.«

»Ich hole mal eben eine Vase für die Blumen.« Frau May verschwand in der Küche.

Jenni guckte sich im Eingangsbereich um. Den Garderobenständer kannte sie noch von früher, ebenso das Schuhschränkchen und den Spiegel, der darüber angebracht war. Durch die vertraute Umgebung fühlte sie sich ein bisschen wie damals als Schulmädchen. Kein schlechtes Gefühl, wie sie überrascht feststellte. Irgendwie wirkte es beruhigend und erdend auf sie. In der schnelllebigen Welt und als Teil der Wegwerfgesellschaft fand man selten Dinge, die Bestand hatten. Umso überraschender war es, an einen Ort zurückzukommen, der sich über zwei Jahrzehnte nicht verändert hatte.

Frau May kam mit den Blumen in einer Vase zurück in den Korridor. »Ehrlich gesagt, war ich mir nicht sicher, ob du überhaupt auftauchen würdest.« Sie lachte verschmitzt und bedeutete Jenni, ihr zu folgen.

»Meine Klavierstunden habe ich noch nie geschwänzt«, sagte Jenni mit erhobenem Zeigefinger. »Der Musikunterricht bei Ihnen war mein absolutes Highlight der Woche.«

»Stimmt. Du warst immer pünktlich und gut vorbereitet. Eine richtige Musterschülerin.« Sie betraten das Wohnzimmer, wo das Klavier stand.

»Das wäre doch nicht nötig gewesen, Frau May«, sagte nun Jenni, als sie den gedeckten Esstisch sah, auf dem ein angeschnittener Kirschkuchen und eine Kanne Tee bereitstanden.

»Natürlich war das nötig«, entgegnete Frau May. Sie stellte die Vase mit den Blumen zwischen Kuchen und Kanne ab. »Allein der alten Zeiten willen. Außerdem müssen wir uns in Ruhe ein passendes Klavierstück aussuchen, bevor wir uns an die Arbeit machen können. Mit Kuchen und Tee geht alles gleich viel einfacher von der Hand.«

Sie setzten sich an den Tisch. Frau May hob ein Stück Kirschkuchen auf Jennis Teller. »Sahne ist im Kühlschrank, falls du welche möchtest.«

»Nein, danke. Alles bestens.« Sie probierte eine Gabel voll Kuchen. »Der schmeckt wirklich köstlich.«

»Freut mich, wenn es dir schmeckt«, sagte Frau May zufrieden und erhob sich wieder vom Stuhl. Sie ging zu einem Schrank und öffnete ihn. »Hast du dir schon überlegt, welches Stück du an eurem bunten Abend spielen möchtest?«

»Nicht wirklich. Mir sind zwar ein paar Klavierstücke in den Sinn gekommen, aber die sind mittlerweile garantiert zu schwer für mich. Ich fürchte, meine Fingerfertigkeiten sind etwas in die Jahre gekommen.«

Frau May kramte in Unterlagen, holte Ordner aus dem Schrank, stellte sie wieder zurück, blätterte in Mappen, zog einige Zettel heraus. »Mach dich mal nicht kleiner als du bist.«

Jenni fühlte sich sofort getröstet. »Klein war ich ja noch nie.«

»Eben.« Ihre Lehrerin kam mit einem Stapel Notenblätter zurück zum Tisch. »Das sind alles Musikstücke, die wir damals eingeübt haben. Die spielst du ein paar Mal durch, und dann ist alles wieder da.«

Jenni besah die Notenblätter und erkannte die ihr bekannten Klavierstücke. Anhand der Noten konnte sie die Melodie im Kopf hören. »Dass Sie sich daran noch erinnern können.«

»Ich weiß noch genau, welche Stücke meine Schüler mit mir geübt haben. Und auch, ob sie darin gut oder schlecht waren.«

»Das hier habe ich geliebt!« Jenni tippte auf ein Notenblatt.

»Zeig mal her.« Frau May schaute über die Noten. »Arabesque No.1 von Claude Debussy. Eine sehr gute Wahl. Das solltest du auf der Abi-Feier spielen.«

Jenni schüttelte den Kopf. »Unmöglich. Das kann ich doch gar nicht mehr. Um das fehlerfrei spielen zu können, müsste ich mindestens ein halbes Jahr mit Ihnen üben. Jeden Tag.«

»Na, das wollen wir doch mal sehen.« Frau May ging zum Klavier und legte das Papier auf dem Notenhalter ab. »Kommst du rüber?«

Jenni nickte und ging zögerlich zum Klavier, während sie den letzten Bissen Kuchen hinunterschluckte. Unschlüssig blieb sie neben dem Instrument stehen.

»Bitte.« Frau May deutete auf den Klavierhocker und nahm in einem Sessel neben dem Piano Platz. Dort hatte sie früher schon während der Klavierstunden gesessen.

»Okay.« Jenni setzte sich an das Instrument. Sie klappte den Oberdeckel auf und berührte mit ihren Fingerspitzen sacht die Tasten. Sie schaute auf die Notenblätter und atmete tief durch. Langsam begann sie zu spielen. Zunächst unsicher und ein klein wenig scheu, als wäre ihr das Klavier fremd. Zur Mitte des Stücks klang ihr Spiel auf einmal selbstbewusster und dynamischer.

Als der letzte Ton verklungen war, machte Frau May eine zufriedene Miene. »Ich wusste es. Du hast dich nicht einmal verspielt. Natürlich müssen wir noch ein wenig an der Interpretation des Stücks arbeiten, aber für den Anfang war es nicht schlecht.«

»Danke.« Jenni blickte erstaunt von den Notenblättern auf. »Es lief besser, als ich gedacht habe.«

Die Klavierlehrerin zuckte mit den Achseln. »Talent geht eben nicht verloren.«

Jenni drehte ihren Kopf zu Frau May. »Ich muss zugeben, ich habe mich gewundert, dass Sie noch Klavierstunden geben«, warf sie ihre Gedanken in den Raum.

»Du meinst, wegen meines Alters?« Frau May nickte wissend. »Mit Mitte siebzig sind die meisten Leute froh über ihren Ruhestand.«

»Irgendwie schon ...«

»Weißt du, als ich das Unterrichten vor zehn Jahren hätte aufgeben können, war mein Mann gerade nach einer langen Krankheit gestorben.« Frau May nahm ein gerahmtes Hochzeitsfoto von sich und ihrem Mann aus einem Regal und betrachtete es nachdenklich. »Ich habe ihn bis zum Schluss gepflegt, und auf einmal war er nicht mehr da. Wäre ich damals in den Ruhestand gegangen, hätte ich ein sehr einsames Leben gewählt. Kinder habe ich keine und auch keine Verwandten, die ich besuchen könnte. Durch den Klavierunterricht habe ich regelmäßig Gesellschaft und fühle mich nicht so allein.«

Jenni konnte sich Herrn May noch lebhaft vor Augen stellen. Ein Architekt, der ständig Renovierungen am Haus vorgenommen hatte und immer zu Scherzen aufgelegt war. Sie hatte ihn sehr gemocht. Jetzt fiel es ihr schwer, ihn sich als krank und gebrechlich vorzustellen. Dafür war er ihr zu lebendig in Erinnerung geblieben. »Darf ich fragen, was er hatte?«

»Es fing mit Parkinson an, und später kam Alzheimer dazu«, erinnerte sich Frau May. »Die Ärzte haben mir dazu geraten, ihn in ein Pflegeheim zu geben, damit er mir nicht zur Last fiel. Stell dir das mal vor. Sie wollten, dass ich meinen Mann abschiebe, bloß weil er krank war. Aber das kam für mich nicht infrage. Als er nicht mehr wusste, wer ich war, ging alles ganz schnell. Zu schnell. Bei seiner Beerdigung konnte ich es noch nicht begreifen, dass er nicht mehr da war.«

»Das tut mir wirklich leid. Ihr Mann ist immer sehr nett zu mir gewesen.«

Die Klavierlehrerin stellte das Foto zurück ins Regal.

»Plötzlich war es im Haus ganz still. Richtig unheimlich. Da konnte ich gar nicht in Rente gehen. Meine Klavierschüler haben das Haus wieder mit Leben gefüllt. Außerdem brauche ich die Musik in meinem Leben wie die Luft, die ich atme. Und atmen tun wir ja alle bis zuletzt.«

»Ich bin jedenfalls froh, dass Sie noch nicht in Rente sind und wir uns getroffen haben«, sagte Jenni und lächelte die ältere Frau aufmunternd an.

Die Klavierlehrerin schmunzelte. »Du meinst, weil ich dich genötigt habe, wieder mit dem Klavierspielen zu beginnen?«

Jenni überlegte einen Moment. »Irgendwie schon, ja. Es liegt Jahre zurück, dass ich zum letzten Mal gespielt habe. Allein der Anblick eines Klaviers hat mich traurig gestimmt. Dabei habe ich heute so viel Spaß.«

Sie spielte das Stück noch einige Male durch, wobei Frau May sie ab und zu unterbrach, um sie einige Takte in anderer Lautstärke oder anderer Fingerfolge wiederholen zu lassen.

»Bleiben wir bei Debussy für deinen großen Auftritt? Was meinst du?«, fragte Frau May, als sie Jenni nach der Klavierstunde an der Haustür verabschiedete.

»Unbedingt!«, stimmte Jenni zu.

Die Klavierlehrerin öffnete die Tür. »Gut, dann üben wir morgen weiter.«

Jenni radelte die Straße Zum Karpfenteich entlang. Am Deich hielt sie sich rechts und fuhr weiter, bis sie am Böhler Leuchtturm ankam. Sie mochte den runden rotbraunen

Ziegelturm, der mitten auf dem Seedamm stand. Er war älter und kleiner als der in Westerhever und hatte durch seine robuste und vergleichsweise kleine Bauweise seinen ganz eigenen Charme. Seine bescheidene Ziegelsteinfassade gefiel Jenni besonders. Sie stellte das Fahrrad ab und setzte sich auf die Bank am Fuße des Leuchtturms.

Die Aussicht über die Salzwiesen war wunderbar. Nachdenklich beobachtete sie in der Ferne ein paar Seeschwalben und ließ dabei die Klavierstunde Revue passieren. Sie atmete tief durch. Ihr tat Frau May leid, weil sie seit dem Tod ihres Mannes so einsam war. Ob ihr selbst im Alter das gleiche Schicksal widerfahren würde? Der plötzliche Tod des Partners konnte jeden treffen. Genau wie Frau May hatte auch sie keine große Familie und bloß wenige Freunde. Jenni wurde schmerzlich bewusst, wie oft sie gemeinsame Verabredungen wegen ihrer Arbeit abgesagt hatte. Einige Freunde hatten sich bereits von ihr zurückgezogen, was sie ihnen nicht verübeln konnte. Jenni kam ins Grübeln. Vielleicht war es an der Zeit, ihre Prioritäten neu zu ordnen, bevor das Leben sich eines Tages rächte.

12. Kapitel

Montagmorgen vor dem Salon Haarmonie *auf der Dorfstraße*

»Jetzt mach nicht so ein Gesicht!« Kinkas Mutter tuckerte mit Tempo 20 über die Dorfstraße. »Andere Kinder würden sich darüber freuen, einen Friseurbesuch von ihrer Mutter spendiert zu bekommen.«

»Andere Kinder werden vorher gefragt, ob sie überhaupt zum Friseur gehen wollen«, entgegnete Kinka. »Du darfst hier übrigens 50 fahren.«

»Oh, fahr ich langsamer?« Ihre Mutter warf einen Blick auf den Tacho und gab Gas. Dabei vergaß sie, einen Gang höher zu schalten. Der Motor röhrte gequält auf, doch das schien sie nicht im Geringsten zu stören. Ohne dem Geräusch weitere Beachtung zu schenken, fuhr sie mit konzentriertem Blick auf die Straße weiter.

Kinka dachte an die Unbelehrbarkeit ihrer Mutter und verkniff sich einen Kommentar.

»Hätte es nicht wenigstens ein anderer Salon sein können?«, fragte sie stattdessen.

»Na hör mal! Wir gehen doch schon immer zum Haareschneiden in die *Haarmonie*. Warum sollte ich den Salon wechseln? Früher bist du gerne mitgekommen.« Sie setzte den Blinker und parkte das Auto am Straßenrand.

»Früher war Miriam auch noch nicht die Friseurmeisterin, sondern ihre Mutter.« Kinka verzog den Mund. Die Vorstellung, Miriam mit Schere und Blondierung an ihren Haaren herumwerkeln zu lassen, erzeugte in ihr eher Fluchtgefühle als Vorfreude auf den Friseurbesuch. Wer lieferte sich schon gerne freiwillig einer Feindin aus Jugendzeiten aus?

»Langsam könntest du eure Querelen von damals wirklich vergessen. Das ist längst Schnee von gestern. Ihr wart schließlich Kinder, und jetzt seid ihr erwachsen.« Sie stellte den Motor aus. »Miriam ist im Übrigen eine sehr gute Friseurin. Wahrscheinlich kann sie sich nicht einmal mehr an eure Streitigkeiten erinnern.«

Kinka warf ihr einen zweifelnden Blick zu. »Du meinst, sie ist in der Zwischenzeit älter und reifer geworden?«

»Selbstverständlich.« Ihre Mutter schnallte sich ab. »Als alleinerziehende Mutter musst du eine gewisse Reife haben, sonst funktioniert das mit der Kindererziehung hinten und vorne nicht«, erklärte sie ihre Logik.

»Deine Worte in Gottes Ohren«, murmelte Kinka und stieg aus dem Auto.

Der Friseursalon *Haarmonie* lag bloß einen kurzen Fußmarsch von ihrem Parkplatz entfernt. Von außen sah der Laden unverändert aus. Er verfügte über hohe Glasfronten, die in weißen Rahmen eingefasst waren. Den Eingang säumten rechts und links hohe Blumenkübel, die mit kleinblättrigem Immergrün bepflanzt waren. Kinka und ihre Mutter betraten den Friseurladen.

»Hier hat sich aber einiges verändert«, sagte Kinka und staunte nicht schlecht. Aus dem einstigen Oma-Salon war ein hochmoderner Friseurladen mit Wellness-Faktor geworden, der neben dem gängigen Waschen, Schneiden und Föhnen auch Aroma-Kopfmassagen, Handmassagen und Gesichtskompressen anbot, wie sie auf einem Schild las, das neben dem Verkaufstresen aufgebaut war. Den Fußboden zierte dunkler Parkettboden, während die Wände in pastelligem Grün und Creme gestrichen und die Möbel in weißen Farben gehalten waren wie die in einem Schönheitssalon. Kinka verzog anerkennend den Mund. »Nicht schlecht.«

»Hab ich dir doch gesagt«, meinte ihre Mutter zufrieden.

Bevor Kinka etwas darauf antworten konnte, kamen Miriam und ihre Mutter freudestrahlend auf sie zu.

»Guten Morgen! Schön, dass Sie da sind, Frau Töns«, begrüßte Miriams Mutter sie.

»Moin, Frau Hein. Dieses Mal habe ich Verstärkung mitgebracht.« Kinkas Mutter gab Frau Hein die Hand.

Miriam kam mit ausgebreiteten Armen auf Kinka zu. »Ach, Kinka! Es ist ja so schön, dich wiederzusehen. Nach all den Jahren«, flötete sie und drückte Kinka überschwänglich an sich, als wäre sie die lang vermisste Freundin, die sie nun endlich wieder in die Arme schließen konnte.

»Hmpf.« Mehr brachte Kinka nicht heraus. Stattdessen gingen ihr in dem Moment drei Dinge durch den Kopf:

erstens, ob Miriam tatsächlich alles vergessen hatte, wie ihre Mutter zuvor prophezeit hatte. Zweitens, ob sie in Parfum gebadet hatte. Denn ihre Schulfreundin duftete dermaßen stark nach einem Duftwässerchen, dass Kinka schwindelig wurde und sie die Luft anhielt. Und drittens, ob das Theater bloß eine geschickte Taktik von Miriam war, um sie ahnungslos in die Falle tappen zu lassen. Womöglich hatte sie einen heimtückischen Anschlag auf ihre Haare geplant, die sie Kinka danach in einer Plastiktüte verpackt zur Erinnerung mit nach Hause gab, damit sie selbst beim Abi-Jubiläum wie in alten Zeiten als alleinige Schönheitskönigin auftrumpfen konnte.

»Gut siehst du aus«, sagte Miriam mit etwas zu lauter Stimme.

»Du auch.« *Nachdem du in die Puderdose gefallen bist*, fügte Kinka in Gedanken hinzu. Perfekt gestylt und geschminkt wirkte Miriam wenig natürlich.

»Ach!«, winkte sie lachend ab. »Ich tue, was ich kann.« Sie strich sich affektiert durch ihre langen Locken. »Dann komm mal mit. Ich kümmere mich um dich. Du wirst dich nachher nicht wiedererkennen«, versicherte sie ihr.

»Okay.« Miriams Versprechen wirkte eher wie eine Drohung auf Kinka.

»Ihr habt euch bestimmt viel zu erzählen«, meinte Miriams Mutter.

»In zwanzig Jahren passiert ja so viel«, stimmte Kinkas Mutter zu.

Kinka setzte ein entspanntes Lächeln auf und folgte

Miriam zu einem freien Frisierplatz, der sich neben einem der großen Fenster befand. Sie überlegte heimlich, ob die Haare wohl bis zu ihrem nächsten öffentlichen Termin wieder nachgewachsen wären – nur für den Fall, dass Miriam rein zufällig ein Malheur passierte.

»Bitte.« Miriam zeigte auf einen Stuhl und zückte sogleich einen Frisierumhang.

»Danke.« Kinka setzte sich.

»Ist der Umhang zu eng am Hals?«

»Nee. Ist okay so.«

»So!« Miriam klatschte freudig in die Hände und strich Kinka dann mehrmals durch die Haare, um sie aufzulockern. »Was machen wir denn Schönes?«

»Ich …«

»Deine Haarfarbe ist ja schon ziemlich rausgewachsen, und die Spitzen sehen auch splissig aus. Außerdem ist dein Haar total trocken. Da muss dringend eine Kur rein.« Miriam ließ sie gar nicht erst zu Wort kommen.

Kinka nickte und fügte sich ihrem Schicksal. Schließlich hatte sie Kommentare dieser Art schon von anderen Friseuren gehört.

»Möchtest du was trinken?«

»Ein Glas Wasser nehme ich gerne.«

»Ach was, Wasser, Champagner!«, flötete Miriam und wies eine Auszubildende an, sich um Wasser und Schampus zu kümmern.

»Dann geht es sofort los. Ich rühre mal eben die Farbe an.« Miriam verschwand in einem Nebenraum.

Das Mädchen in Ausbildung kam mit einem silbernen Tablett an ihre Seite, auf dem sie konzentriert zwei Gläser balancierte. Sie servierte die Getränke und legte Kinka ein paar Zeitschriften zum Lesen hin. »Danke.«

Kaum hatte Kinka eins der Magazine aufgeschlagen, erschien Miriam neben ihr. Sie trug eine Friseurschürze, in ihren Händen hielt sie Pinsel und einen Plastikbehälter. »Dann wollen wir mal loslegen und die grauen Haare eliminieren.« Sie zwinkerte ihr im Spiegel zu und pinselte munter drauflos.

»Graue Haare?« Kinka legte das Magazin ab. »Mir sind bisher keine aufgefallen.«

Miriam bearbeitete ihren Hinterkopf. »Ein paar silberne Fäden. Aber die sind gleich weg.«

Besser, sie wechselten das Thema, dachte Kinka. »Schön ist der Friseurladen geworden«, begann sie mit ein wenig Smalltalk.

»Nicht wahr? Das Konzept kommt von mir! In ein paar Jahren kann ich den Salon ganz von meinen Eltern übernehmen. Wir wollten ihn aber schon vorher modernisieren. Und bei dir? Wann sehen wir dich wieder im Fernsehen?«

»Das kann ich dir noch gar nicht sagen. Momentan habe ich Urlaub, und mit meinem Manager bespreche ich erst danach die neuen Termine.«

»Das muss ja unheimlich aufregend sein. Die ganzen Partys und Promis. Du warst doch letztens bei dieser Filmpreis-Gala. Hab dich im Fernsehen im Publikum entdeckt«, plapperte Miriam, ohne von ihrer Arbeit aufzusehen.

Letztens ist gut, dachte Kinka. Die Verleihung war im Mai gewesen. »Ja, zu solchen Veranstaltungen werde ich immer mal wieder eingeladen.«

Miriam blickte auf. »Wie ist denn so der Schweighöfer? Der saß doch neben dir!«

»Ganz nett. Aber so viel haben wir nicht geredet. Ist ja alles Arbeit. Zuerst Fotos auf dem roten Teppich, Interviews, und dann geht schon die Gala los. Meistens hat man gar nicht viel Zeit, um sich zu unterhalten«, erklärte Kinka.

»Aber was ist denn mit den After-Show-Partys? Dort trifft man sie doch alle.«

»Da muss ich dich enttäuschen. Auf so einer Party war ich schon ewig nicht mehr. Meistens verirren sich dorthin auch keine hochkarätigen Promis, sondern eher Nachwuchskünstler oder Reporter, die scharf auf das Buffet sind.«

»Schade, das klingt ja nicht gerade spannend«, sagte Miriam enttäuscht.

»Nee. Viel spannender finde ich unser Abi-Jubiläum. Wie viele Leute haben sich eigentlich bisher angemeldet?«

»Über dreißig. Also fast die ganze Stufe.«

Kinka zog die Augenbrauen hoch. »Wow! Das ist ja eine Menge.«

»Hätte ich auch nicht gedacht.« Miriam warf einen letzten prüfenden Blick auf ihr Werk, bevor sie den Farbpinsel zur Seite legte. »So, fertig. Jetzt packe ich dich für zwanzig Minuten unter die Haube, und danach geht's ans

Schneiden.« Miriam platzierte eine Trockenhaube über Kinkas Kopf.

Zwanzig Minuten später piepste die Haube, und Miriam war sogleich zur Stelle. Sie kontrollierte ihren Ansatz und wusch die Blondierung ab. »Die Farbe ist gut geworden. Alles blond und keine grauen Haare mehr. Was hältst du von ein paar Stufen? Das gibt gleich viel mehr Volumen, und danach mache ich dir noch ein schönes Make-up«, schlug sie vor.

»Gerne«, antwortete Kinka, völlig überrumpelt von Miriams Freundlichkeit.

Miriam zog einen Rollwagen zu sich und griff zur Schere. »Ist dir eigentlich schon jemand aus unserer alten Stufe in St. Peter über den Weg gelaufen?«

»Oh ja. Jenni und Kirsten wohnen mit mir zusammen im Muschelhaus.«

»Wirklich?« Miriam hielt verwundert beim Schneiden inne und blickte Kinka über den Spiegel in die Augen. »Hattet ihr etwa die ganzen Jahre über Kontakt?«

»Nein, der ist irgendwann abgebrochen. Aber durch das Abi-Treffen haben wir uns wiedergefunden und uns verabredet.« Ihre Erbschaft verschwieg sie Miriam gegenüber. Schließlich musste sie nicht alles wissen.

Miriam legte die Schere weg. Sie holte eine Rundbürste und einen Föhn aus dem Rollwagen. »Der Einzige, den ich von früher ab und zu mal sehe, ist Dirk«, sagte sie mit lauter Stimme, um das Geräusch des Haartrockners zu übertönen. »Wahrscheinlich aber nur, weil er in St. Peter geblieben ist und jeden Monat zum Haareschneiden kommt. So sind wir auch darauf gekommen, die Feier zu organisieren.«

»Mir ist gerade eingefallen, dass ich Sascha zufällig getroffen habe.«

»Wen?«

»Sascha. Sascha Mertens. Weißt du, wen ich meine?«

Miriam schaltete das Gebläse aus und legte den Föhn auf dem Wägelchen ab. »Hm«, überlegte sie. »Der Name sagt mir gerade gar nichts. Hat er sich schon für die Feier angemeldet?« Miriam öffnete eine Schublade und entnahm daraus eine Tube Make-up.

»Das weiß ich nicht. Aber er wollte auch kommen.« Sie nippte an ihrem Wasser. »Sascha kennst du auf jeden Fall. Er war mein Nachbar und der Überflieger in unserer Stufe. Besonders in Informatik, Mathe und Bio. Heute würde man ihn als Nerd bezeichnen«, half Kinka ihr auf die Sprünge.

»Ach, der«, sagte Miriam gedehnt und verdrehte die Augen. »An den habe ich ja schon ewig nicht mehr gedacht. Der gehört nicht gerade zu den Leuten, die ich nach dem Abitur sonderlich vermisst habe.«

Kinka horchte auf, da war sie wieder, die alte Miriam. »Aber er hat dir doch immer bei den Mathe-Hausaufgaben geholfen. Das war nett von ihm.«

»Das ist schon so lange her. Könnte auch jemand anderes gewesen sein«, wiegelte Miriam ab und wechselte das Thema. »Bist du eigentlich verheiratet? Hast du Kinder?«

»Weder noch. Und du?«, fragte Kinka, obwohl sie von Jonte wusste und ihr zu Ohren gekommen war, dass der

Kindsvater sich aus dem Staub gemacht hatte. Sie schloss die Augen, damit Miriam ihr Gesicht mit einem Schwämmchen bearbeiten konnte.

»Ich und heiraten? So wahnsinnig bin ich nicht«, schnaubte Miriam. »Mir können Männer gestohlen bleiben. Der einzige *Mann* in meinem Leben ist mein Sohn. Jonte ist ein ganz pfiffiges Kerlchen.« Miriam klang stolz, als sie über ihren Sohn sprach. »Und ein sehr begabter Tennis-Spieler ist er auch.«

»Wirklich?« Kinka griff nach dem Glas Champagner und trank einen Schluck. Ankes Schilderungen hatten sich anders angehört.

»Absolut! Er nimmt in diesem Sommer sogar am Tennis-Camp vom Club teil.«

»Hauptsache, ihm macht der Sport Spaß«, versuchte es Kinka mit Diplomatie. Sie schenkte den Worten ihrer Schwester mehr Glauben als Miriams Urteilsvermögen. Dafür hatte sie zu ihrer aktiven Zeit als Sportlerin genügend Eltern gesehen, die aus ihren Kindern unbedingt die nächste Steffi Graf oder den nächsten Boris Becker machen wollten, selbst wenn die kleinen Profis keinen Ball übers Netz schlagen konnten.

»Du solltest ihn dir mal ansehen«, forderte sie Kinka beiläufig auf, während sie ihre Augenbrauen mit einem Stift nachzog. »Vielleicht kannst du für Jonte deine Beziehungen spielen lassen, und wir können ein paar Kontakte zu Talent-Scouts knüpfen?«

Daher wehte also der Wind. Miriams Freundlichkeit war

berechnend und rührte einzig und allein daher, dass Kinka ihr nützlich sein sollte. »Ich kann mir deinen Sohn mal beim Training ansehen«, antwortete Kinka, ohne zu viel zu versprechen.

Zufrieden schaute Miriam in den Spiegel. »Sehr schön! Jetzt tusche ich dir nur noch die Wimpern und trage etwas Lippenstift auf ... und schon bist du fertig.«

Kinka stand auf dem Bordstein vor dem Salon *Haarmonie*. Sie war vor ihrer Mutter fertig gewesen und wollte nicht länger als nötig in dem Friseurladen bleiben. Miriams Verhalten hatte sich als berechnend wie früher herausgestellt, und deswegen fühlte sich Kinka erleichtert. Schließlich bewies es ihr, dass sie sich auf ihre gute Intuition und Menschenkenntnis noch verlassen konnte und nicht so leicht hinters Licht zu führen war. Sicherlich gab es Menschen, die sich im Laufe ihres Lebens änderten, schlechte Gewohnheiten ablegten und sich neu erfanden. Doch bei Miriam hatte sie sich diese Wandlung nicht vorstellen können.

»Moin, Kinka! Heute begegnen wir uns mal nicht in Ording!«

Kinka sah auf. Neben ihr stand eine Frau mit einem Dackel. »Hallo, Frau Neumann. Hallo, Pukki.« Sie kraulte den Hund hinter den Ohren. »Wir scheinen uns ja überall zu begegnen.«

»Sieht fast so aus. Pukki und ich laufen jeden Tag die gleiche Strecke. Von Ording bis nach Böhl und dann wieder zurück.«

Frau Neumann wirkte gelöster als bei ihrer letzten Begegnung, stellte Kinka erleichtert fest. »St. Peter-Ording ist zwar klein, doch das ist eine ganz schöne Strecke.«

»Wir machen selbstverständlich auch Pausen. In meinem Rucksack habe ich immer eine Flasche Wasser, ein Schälchen und Trockenfutter für Pukki dabei«, erklärte Frau Neumann und musterte Kinka. »Hübsch sehen Sie aus. Kommen Sie gerade vom Friseur?«

»Genau.« Sie zeigte auf den Salon. »Meine Mutter und ich hatten zusammen einen Termin.«

Die Dame nickte. »Der neue Haarschnitt steht Ihnen gut.«

Die Tür vom Friseurladen öffnete sich, und Kinkas Mutter trat heraus. Frau Neumann drehte ihren Kopf zum Eingang. »Pukki und ich müssen dann mal weiter. Bis zum nächsten Mal«, verabschiedete sie sich von Kinka.

Kinkas Mutter kam auf sie zu. »Frau Hein hat mich aufgehalten. Ich musste mir noch die Krankengeschichte ihrer Schwester anhören. Mir ist ganz schwindelig im Kopf.«

»Mir auch«, sagte Kinka und lachte.

»Ich finde, wir haben uns jetzt ein Eis verdient.« Ihre Mutter fächelte sich mit einer Hand Luft zu. »Ist ganz schön warm geworden.«

»Klingt gut«, stimmte Kinka zu und hakte sich bei ihrer Mutter unter.

13. Kapitel

Zur gleichen Zeit in der Straße Im Bad vor einer Boutique

»Natürlich habt ihr Ärger bekommen! Was hattet ihr auch mitten in der Nacht auf einer Kirmes in der Stadt verloren? Nachts sollt ihr schlafen.« Kirsten telefonierte mit Marlon, dem älteren ihrer Zwillinge. Ein Betreuer hatte sich zuvor bei ihr gemeldet, nachdem er ihren Mann telefonisch nicht erreicht hatte, und sie über den nächtlichen Ausflug ihrer Kinder informiert. Gleichzeitig hatte er angekündigt, dass sie abgeholt werden müssten, falls dies sich wiederholen sollte. Nächtliche Ausflüge schienen in ihrer Familie in den Genen zu liegen. Da kamen die Söhne ganz nach dem Vater.

»Ist doch nichts passiert. Außerdem waren wir zu fünft auf der Kirmes«, maulte Marlon, der die Aufregung nicht zu verstehen schien. »Dass ihr alle immer gleich so einen Stress machen müsst.«

»Entweder du und deine Schwester haltet euch ab sofort an die Regeln, oder ich schicke Oma und Opa vorbei, um euch abzuholen. So einfach ist das«, sprach Kirsten Klartext.

»Das wäre mega-peinlich, Mama!«, stöhnte Marlon.

»Ihr müsst euch eben nur an die Regeln halten, dann bleibt euch die Blamage erspart. Alles klar?«

»Ja«, antwortete ihr Sohn in genervtem Tonfall.

»Gut. Dann noch viel Spaß im Camp. Meldet euch mal. Aber dann bitte mit schönen Nachrichten.« Kirsten beendete das Telefonat und verstaute das Mobiltelefon in ihrer Handtasche. Sie schüttelte noch mit dem Kopf, als sie die Tür zur Boutique aufdrückte und sich zwischen den Kleiderständern umschaute. Auf was für Ideen ihre Kinder kamen! Als hätten sie die Kirmes nicht tagsüber besuchen können. Sie dachte an ihre eigene Kindheit zurück und versuchte, sich in die Köpfe ihrer Kinder hineinzuversetzen. Vermutlich wurde so ein Ort für Teenager tatsächlich erst abends interessant.

Es wunderte sie kaum, dass der Betreuer ihren Ehemann nicht erreichen konnte. Vermutlich war Kai zu sehr mit der Planung seiner Zweitfamilie beschäftigt und hatte keine Zeit, ans Telefon zu gehen. Kirsten sah ihre Situation immer klarer. Für sie und Kai konnte es keine gemeinsame Zukunft mehr geben. Um die Kindererziehung hatte sie sich ohnehin von Anfang an im Alleingang gekümmert. Sie ging zu Elternabenden, fuhr die Kinder zu Vereinen, organisierte Kindergeburtstage und lernte mit ihnen für Klassenarbeiten. Alles ohne Kais Zutun. Vielleicht würde sich nach der Scheidung überhaupt nichts ändern, was das Organisatorische anbelangte. Nur der finanzielle Aspekt machte ihr Kopfschmerzen. Sie brauchte dringend einen fähigen Anwalt, der diesen Punkt für sie und ihre Kinder regelte. Vielleicht sollte sie ihren Stolz überwinden und Jenni ins Vertrauen ziehen? Bestimmt konnte sie ihr als Anwältin für Familienrecht wertvolle Tipps geben, was in ihrer Situation zu beachten war.

Kirsten nahm sich vor, eine passende Gelegenheit abzuwarten, um sich ihrer Freundin anzuvertrauen. Schließlich war sie nicht nur für sich, sondern auch für ihre vier Kinder verantwortlich, da gab es keinen Platz für übertriebene Eitelkeit.

Vor einem leichten Sommerkleid mit einem dezenten Blümchenmuster blieb sie stehen. Das wäre hübsch für die Verabredung zum Abendessen mit Alex. Sie wollte vorbereitet sein, wenn er sich deswegen meldete, und sich nicht erst dann den Kopf über das perfekte Outfit zerbrechen. Für die Reise nach St. Peter-Ording hatte sie ausschließlich bequeme Kleidung eingepackt. Nichts, was zu einem Abendessen mit der ersten großen Liebe gepasst hätte.

Sie nahm den Bügel von der Stange. Vor einem Spiegel hielt sie sich das Kleid vor. Die Farbe stand ihr. Jetzt musste es nur noch passen. Im hinteren Teil des Geschäfts entdeckte sie Umkleidekabinen.

Kirsten zog den Vorhang einer Kabine zu und entledigte sich ihrer Kleidung bis auf die Unterwäsche. Als sie das Kleid über den Kopf zog, rümpfte sie die Nase. Der Stoff roch stark nach Chemikalien. Plötzlich spürte Kirsten, wie sich ihr Brustkorb langsam zuschnürte und ein Asthmaanfall sie erfasste. Sie hustete schwer, weil sie keine Luft mehr bekam, als sich auf einmal alles drehte und ihre Knie nachgaben. Mit letzter Kraft versuchte sie sich schwankend an der Wand der Kabine abzustützen, doch ihr war schon schwarz vor Augen, sodass sie in den Vorhang griff, den Stoff aus seiner Halterung riss und mit einem dumpfen Aufschlag auf den Boden fiel. Zwischen ihren Hustenschüben rang sie nach Luft.

Kurz darauf nahm sie die Verkäuferin wahr, die zu ihr geeilt war, sich neben sie kniete und fragte, ob sie Schmerzen hätte und wie sie ihr helfen könnte. Kirsten hatte das Gefühl, kurz vor einer Ohnmacht zu stehen. Sie brachte keinen Ton hervor.

»Ich rufe einen Krankenwagen«, hörte Kirsten die leicht panische Stimme der Frau sagen, bevor sie hektisch auf die Telefontastatur tippte.

Kirsten versuchte sich aufzusetzen, wurde aber von einem neuen Anfall durchgeschüttelt. Verdammt! Sie hatte kein Spray dabei, da ihr letzter Anfall schon Jahre zurücklag und sie nicht mit einem Rückfall gerechnet hatte.

Während der Fahrt im Krankenwagen redete ein Sanitäter beruhigend auf sie ein. »Wir bringen Sie in die Notaufnahme der nächsten Klinik. Gleich wird Ihnen geholfen.«

Kirsten fühlte sich benommen. Wie durch eine Nebelwand nahm sie wahr, wie sie auf einer Trage in ein Behandlungszimmer gebracht wurde.

»Die Patientin hat einen akuten Asthma-Anfall. Ich brauche sofort Sauerstoff und ein Pumpspray«, hörte sie eine Männerstimme sagen, die ihr bekannt vorkam. Sie spürte seine Arme, mit denen er ihren Oberkörper in eine hohe Lage brachte, seine Hände, wie er ihr behutsam eine Inhalationsmaske aufs Gesicht setzte. »Ruhig atmen«, forderte sie er sie auf.

Kirsten hörte auf die Anweisung und konzentrierte sich ganz auf ihre Atemzüge. Es dauerte noch einige Minuten, bis sie sich beruhigte und aus den verschwommenen Umrissen ihres Blickfelds wieder klare Konturen wurden. »Alex?«, fragte sie ungläubig, als sie erkannte, wer der Arzt war, der neben ihr saß.

»Nicht reden, atmen«, wies er sie bestimmt an. »Du bekommst gleich ein Asthma-Spray. In deiner Tasche konnten wir keins finden.«

»Ich habe auch keins«, antwortete Kirsten und musste wieder husten.

»Nicht reden!«, sagte Alexander eindringlich.

»Doktor Hemmerich, wir brauchen Sie. Gerade ist ein neuer Notfall eingetroffen. Verdacht auf Herzinfarkt«, rief eine Schwester vom Flur aus.

Alexander sprang auf. »Ich komme! Kirsten, du bleibst so lange hier, bis du dich besser fühlst. Ich rufe dich nachher an!«

Sie nickte und rang sich ein Lächeln ab.

Eine halbe Stunde später fühlte Kirsten sich besser. Sie rief Kinka an, um zu fragen, ob sie oder Jenni sie vom Krankenhaus abholen könnte. Keine zehn Minuten später erschienen Kinka und ihre Mutter in der Notfallambulanz.

»Was machst du denn für Sachen?«, fragte ihre Freundin besorgt, während Kirsten erschöpft auf der Hinterbank von Frau Töns' Wagen Platz nahm. »Ich hatte plötzlich einen Asthma-Anfall, als ich das Kleid in einer Boutique anprobiert habe. Obwohl ich seit Jahren keinen mehr hatte. Deswegen hatte ich auch kein Spray dabei.«

»Gut, dass die Ärzte sofort erkannt haben, dass es sich dabei um einen Asthma-Anfall gehandelt hat«, bemerkte Frau Töns und startete den Motor.

»Ich hatte Glück, dass ich an einen Arzt geraten bin, der mich und mein Gesundheitsproblem kannte«, erklärte Kinka, die noch immer das geblümte Kleid trug. »Es wäre im Übrigen nett, wenn wir kurz bei der Boutique halten können, damit ich das Kleid zurückgeben und meine Kleidung abholen kann.«

»Das machen wir«, sicherte ihr Frau Töns zu.

»War das ein Arzt, der dich früher schon behandelt hat?«, fragte Kinka nach.

»Nein, niemand von früher. Der Arzt wusste aber trotzdem Bescheid.«

Kinka drehte sich vom Beifahrersitz zu ihr nach hinten um. »Wie das?«

»Alex hat mich behandelt.«

»Alex?« Kinka zog die Augenbrauen zusammen und überlegte einen Augenblick. »Doch nicht etwa *der* Alex?«

»Genau der.«

»Was macht Alex denn in St. Peter-Ording?«

Als das Auto vor der Boutique hielt, hatte Kirsten ihr

erklärt, dass Alex in der Klinik als Facharzt für Innere Medizin arbeitete und sie ihn zuvor zufällig beim Eisessen getroffen hatte.

»Das ist ja verrückt!« Kinka und Kirsten stiegen aus dem Auto aus, während Kinkas Mutter lieber im Auto sitzen blieb.

Zu zweit gingen sie auf die Boutique zu.

»Verrückt ist auch, dass du mir nichts davon erzählt hast. Da triffst du wieder auf deine erste große Liebe und erwähnst es mit keinem Wort«, sagte Kinka mit leicht anklagendem Unterton. »Und dann rettet er dir auch noch das Leben. Also, fast jedenfalls. Das ist schon irgendwie romantisch.« Sie lächelte Kirsten an und hielt ihr die Tür zur Boutique auf.

Kirsten erwiderte Kinkas Lächeln und hatte das Gefühl, leicht zu erröten. Zum Glück schien Kinka davon nichts zu bemerken. Ob es doch so etwas wie ein Schicksal gab, das ihr ein Zeichen geben wollte, sich ein zweites Mal in Alex zu verlieben?

14. Kapitel

Am nächsten Tag gegen Mittag im Garten des Muschelhauses

»Ich bin so froh, dass es dir wieder besser geht«, sagte Jenni und schenkte Kirsten eine Tasse Tee ein. »Und was für ein glücklicher Zufall, die Sache mit Alex.«

»Oh ja.« Kirsten nahm die Tasse entgegen. »Er wusste sofort, was mit mir los ist.« Sie zeigte auf das Asthma-Spray, das neben ihrer Tasse lag.

»Hat er sich denn noch mal bei dir gemeldet?« Jenni stellte die Teekanne zurück auf das Stövchen.

»Ja. Gestern noch. Ganz spät abends. Da haben du und Kinka schon geschlafen. Er hatte lange Dienst. Wir wollen demnächst mal was essen gehen, um uns in Ruhe zu unterhalten«, sagte Kirsten in einem beiläufigen Ton.

Jenni wurde trotzdem hellhörig. »Ein Date etwa?«

»Ein Abendessen.« Kirsten wich ihrem Blick aus.

»Also ein Date.« Sie verrührte Zucker in ihrer Tasse.

»Nenn es, wie du willst.«

»Es geht mich ja nichts an, aber ... was sagt dein Ehemann dazu? Immerhin ist Alex nicht irgendwer.«

Kirsten schüttelte den Kopf. »Kai weiß nichts davon.«

»Aha?«

»Ja, es ist nämlich so ...« Ihre Freundin seufzte, bevor sie weitersprach. »Ich habe schon überlegt, ob ich es dir einfach erzählen soll, weil ich deinen Rat gut gebrauchen könnte.«

»Ja?« Jenni setzte sich gerade hin und schaute Kirsten aufmerksam an.

»Meine Ehe ist nicht mehr in Ordnung«, erzählte sie leise. »Ich möchte mich von Kai trennen.« Kirsten griff nach ihrer Tasse Tee, wobei Jenni das leichte Zittern ihrer Hände nicht entging.

»Demnach ist deine Ehe doch nicht so glücklich, wie du es mir und Kinka erzählt hast«, stellte Jenni fest. »Ich habe mir von Anfang an gedacht, dass es wahrscheinlich nicht ganz zutrifft.«

»Ja? Wieso denn?«, fragte Kirsten und nahm einen Schluck Tee aus der Tasse.

»Du hast zu sehr betont, wie glücklich du bist. Es wirkte nicht ganz echt. Das kenne ich von Klienten, die sich von mir beraten lassen, ohne mir den konkreten Grund zu nennen«, sagte Jenni verständnisvoll. »Frage ich am Ende des Gesprächs nach, betonen sie meist auch, wie glücklich ihre Ehe ist und dass sie sich bloß aus Interesse nach ihren Rechten erkundigt haben. Die meisten Leute sind anfangs zu stolz, um einer Fremden gegenüber das Scheitern ihrer Ehe einzugestehen. Meist tun sie das noch nicht einmal vor sich selbst. Für sie ist es ein Misserfolg, den sie schon gar nicht vor anderen zugeben wollen. Meistens braucht es ein paar

Tage oder Wochen, bis sie wieder in meiner Kanzlei erscheinen und endlich mit der Sprache rausrücken.«

Kisten nickte. »Kommt mir bekannt vor.«

»Hat er eine andere?«, äußerte Jenni ihren Verdacht.

Kirsten schüttelte energisch den Kopf.

Jenni legte zwei Finger an die Lippen und schaute ihre Freundin an. »Wir haben uns zwar zwanzig Jahre nicht gesehen, aber ich glaube, dich trotzdem ein bisschen zu kennen. Du hast vier Kinder mit deinem Mann. Du warst immer die Vernünftigste und Verantwortungsvollste von uns dreien. Deswegen kann ich mir nicht vorstellen, dass du die Scheidung einreichen würdest, wenn es keine andere gäbe.«

Kirsten schwieg einen Moment und hob dann abwehrend die Hände. »Okay, ich gebe alles zu. Du hast recht. Es gibt eine andere. Seine Assistentin, die im Dezember ein Baby von ihm erwartet. So, jetzt ist es raus.«

»Das sind mir die liebsten Fälle.« Jenni lehnte sich im Stuhl zurück und verkleinerte ihre Augen zu Schlitzen. »Mach dir keine Sorgen, Kirsten. Das wird teuer für deinen Mann. Dir und den Kindern wird es finanziell gut gehen. Dafür werde ich sorgen.«

»Aber ich weiß doch gar nicht, ob ich mir dich als Anwältin überhaupt leisten kann«, gab Kirsten zu bedenken.

»Kannst du. Wir beantragen Prozesskostenbeihilfe, und falls es doch länger dauert und teurer wird, dann sind die weiteren Kosten für dich *pro bono*.«

»*Pro bono*?«

»Umsonst. Für das Gemeinwohl. Ein reiner Freundschaftsdienst von mir.«

»Ehrlich?« Kirsten schaute sie mit großen Augen an.

»Ehrlich«, bekräftigte Jenni ihre Aussage.

»Darf ich dich mal drücken?«

»Na klar!«

Kirsten kam um den Tisch herum und umarmte Jenni. »Weißt du eigentlich, dass mir gerade die Alpen vom Herz gefallen sind? Ich habe mich die ganze Zeit gefragt, wie ich eine Scheidung finanziell stemmen soll.«

»Das wäre ja hiermit geklärt.«

Kirsten löste sich aus der Umarmung. »Ich bin so froh, dass ich mich getraut habe, mit dir darüber zu reden. Geheimnisse bringen einen nie weiter.«

»Nein, das ist wohl so«, sagte Jenni und dachte daran, dass nicht nur Kirsten ein Geheimnis hatte.

»Aber erzähle Kinka besser noch nichts von unserem Gespräch«, bat Kirsten sie. »Ich möchte es ihr gerne selbst sagen.«

»Keine Sorge, ich sage nichts. Übrigens bin ich gleich mit ihr am Strand verabredet. Möchtest du mitkommen?«

»Nein, ich bleibe heute lieber hier und lasse es langsam angehen. Mir steckt der Asthma-Anfall von gestern noch in den Knochen. Vielleicht verdrücke ich mich nachher zu einem gemütlichen Lesestündchen in die Dünen.«

»Ist gut. Ruh dich aus.« Jenni erhob sich und verließ den Garten durch das hölzerne Tor.

Bis zum Treffpunkt am Ordinger Strand war es nicht weit vom Muschelhaus aus. Jenni kam auf ihrem Weg dorthin wieder an dem pinkfarbenen VW-Bus vorbei, an dem es Milchreis gab. Weil dieses Mal nur zwei Leute vor dem Wagen anstanden, nutzte Jenni die Chance und gönnte sich eine Portion Milchreis mit Erdbeeren. Sie verzehrte die süße Speise an einem Stehtisch, der neben dem Bulli aufgebaut war.

Kinka, Anke und deren beide Kinder waren schon da, als Jenni an ihrem Treffpunkt in der Nähe des Pfahlbaus ankam. Die beiden Frauen hatten eine gelbe Strandmuschel aus Stoff aufgebaut, die einem offenen Zelt ähnelte.

»Kirsten ruht sich noch aus«, erklärte Jenni, nachdem sie beide begrüßt hatte. »Schön, dich wiederzusehen, Anke.«

»Freut mich auch, Jenni. Wir haben uns ja ewig nicht mehr gesehen«, sagte Anke freundlich. »Das da drüben sind übrigens meine Kinder, Amelie und Hannes.« Sie zeigte auf einen Jungen und ein Mädchen, die in unmittelbarer Nähe mit Schaufeln und Eimer bewaffnet den Strand umgruben.

»Die sind ja niedlich! Du musst unheimlich glücklich sein.«

»Das bin ich«, bestätigte sie und winkte ihren Kindern zu. Amelie und Hannes lachten sie an und kamen dann zusammen zu ihnen.

Amelie schaute Jenni interessiert an. »Wer bist du?«

Jenni kniete sich in den Sand, um ungefähr auf Augenhöhe mit dem Mädchen zu sein, das sie auf etwa vier schätzte. »Ich bin die Jenni. Ich kenne deine Mama und die Tante Kinka schon ganz lange.«

»Toll!«, fand Amelie und hüpfte begeistert auf und ab.

»Spielst du mit uns?«, fragte Hannes, der wohl wenige Jahre älter war als seine Schwester.

»Natürlich. Ich habe schon ewig nicht mehr gespielt. Höchste Zeit, dass ich es nachhole.« Jenni zwinkerte Kinka und Anke zu und folgte Amelie und Hannes zu ihrem Sandspielzeug. »Was spielt ihr denn?«

»Wir spielen eigentlich gar nicht«, antwortete Hannes verschwörerisch. »Wir suchen einen kostbaren Piratenschatz. Aber das darf die Mama nicht wissen.«

»Soll eine Überraschung werden, wenn wir das Gold finden«, fügte Amelie hinzu.

»Okay, dann helfe ich euch beim Graben?«, fragte Jenni.

»Du kannst die rote Schaufel nehmen.« Hannes zeigte auf eine Schippe, die neben einem grünen Eimer im Sand lag.

»Okay, dann lasst uns mal den geheimen Schatz der Piraten suchen«, sagte sie. Jenni war ganz verzaubert von den Kleinen. Sie buddelte mit den Kindern im Sand um die Wette und baute mit ihnen zusammen eine Sandburg, die sie kunstvoll mit Muscheln verzierten. Dabei spürte sie wieder ihren starken Kinderwunsch in sich aufkommen und die Traurigkeit darüber, dass er sich wohl niemals erfüllen würde. Wie sehr beneidete sie Anke um ihren entzückenden Nachwuchs. Jenni würde alles geben, um dieses Glück als Mutter auch erleben zu können.

»Ich habe Durst«, verkündete Amelie, während sie behutsam einen Kieselstein auf die Spitze der Sandburg setzte.

»Ich auch«, sagte Hannes.

»Dann machen wir eine Trinkpause und gehen zur Mama«, schlug Jenni vor und erhob sich.

Die Kinder ließen ihre Schaufeln fallen und liefen zu Anke und Kinka, die ihnen sofort einen Becher mit Saft einschenkten.

»Aber nicht zu schnell trinken, sonst hast du nachher wieder Bauchschmerzen«, ermahnte Anke Hannes.

»Die Burg da drüben sieht ja schon toll aus«, sagte Kinka anerkennend.

»Finde ich auch.«

»Amelie und Hannes sind Experten, wenn es um Sandburgen geht«, sagte Anke stolz und lachte über sich selbst. »Damit sind sie in St. Peter-Ording groß geworden.« Sie griff in ihre Tasche, aus der ein Handyklingeln ertönte. »Papa?«, meldete sie sich und hörte eine Weile stumm zu, wobei sie ihre Stirn runzelte. »Mach dir keine Sorgen, wir kommen sofort«, sagte sie in einem angespannten Ton, bevor sie auflegte.

»Ist was passiert?«, fragte Kinka beunruhigt.

»Das war Papa. Er ist im Krankenhaus. Mama hatte einen Unfall mit dem Rad, als sie auf dem Weg zum Souvenir-Laden war. Sie ist gestürzt.«

»Nein!«, rief Kinka. »Hat sie sich etwas gebrochen?«

»Das wusste Papa nicht, aber wir sollen sofort ins Krankenhaus kommen.«

»Packt ihr die Sachen ein. Ich hole derweil mein Auto«, sagte Kinka und machte sich im Eilschritt auf den Weg zum Haus ihrer Eltern, wo sie ihren Wagen geparkt hatte.

Jenni und Anke sammelten die Spielzeuge ein und bauten die Strandmuschel ab. Als sie mit den Kindern an der Straße ankamen, wartete Kinka schon im Auto auf sie.

Keine zehn Minuten später kamen sie in der Notaufnahme an.

»Schon wieder Krankenhaus«, sagte Kinka, als die Eingangstür sich aufschob und sie die Klinik betraten.

Kinkas Vater wartete schon auf sie. »Ich bin direkt von der Baustelle hergekommen. Mama wird noch untersucht.«

»Was ist mit der Omi?«, fragte Amelie.

»Die Omi ist vom Fahrrad gefallen«, sagte Kinkas Vater zu seiner Enkelin.

»Ach so. Ich bin auch schon mal mit dem Roller umgefallen. Das hat wehgetan«, erklärte sie mit ernster Miene. »Arme Omi.«

»Und ich bin schon mal vom Klettergerüst gefallen. Aber das hat nicht wehgetan«, erzählte Hannes heldenhaft.

»Wo ist Friedwart?«, erkundigte sich Kinka bei ihrem Vater.

»Den habe ich heute mit zur Baustelle genommen, weil eure Mutter in den Laden wollte. Er ist noch da. Olaf und Roland kümmern sich um ihn.«

Sie setzten sich in den Wartebereich, um auf die Untersuchungsergebnisse zu warten. Nach einiger Zeit wurden die Kinder unruhig.

Anke wirkte zunehmend angespannt in dem Versuch, ihren Kindern die Langeweile zu nehmen. »Wie dumm, dass Fred heute so lange arbeiten muss.«

»Ich könnte die beiden mit Kinkas Auto zum Muschelhaus fahren und so lange auf sie aufpassen, bis hier alles geklärt ist«, bot Jenni ihre Hilfe an. »Ich müsste nur die Klavierstunde bei Frau May absagen.«

»Wenn das ginge ... damit würdest du uns in der Tat einen riesigen Gefallen tun.« Kinka kramte den Autoschlüssel aus der Tasche, reichte ihn Jenni und schenkte ihr ein dankbares Lächeln.

Frau May hatte am Telefon natürlich großes Verständnis dafür gezeigt, dass Jenni sich um die Kinder kümmerte, und sie verlegten die Klavierstunde auf den nächsten Tag. Nachdem Jenni das Gespräch beendet hatte, stellte sie Apfelsaftschorle für Amelie und Hannes auf der Terrasse bereit.

Kirsten war nicht da gewesen, als sie im Muschelhaus angekommen waren. Vermutlich war sie zum Lesen in die Dünen gegangen, so wie sie es zuvor angekündigt hatte.

Amelie und Hannes fühlten sich im Muschelhaus pudelwohl. Jenni beobachtete mit Freude, wie sie durch den weitläufigen Garten tollten, mit viel zu großen Gießkannen Blumen gossen, sich hinter Büschen versteckten und auf der Wiese nach vierblättrigen Kleeblättern suchten. Sie hatte so viel Spaß mit den Kindern, dass die Zeit mit ihnen wie im Flug verging. Verwundert stellte sie fest, dass es schon halb sechs war, als Kirsten vom Strand zurückkam und wenig später auch Kinka und Anke im Garten auftauchten.

»Und? Wie geht es eurer Mutter?«, empfing Jenni die Schwestern. »Ist alles okay?«

Kinka schüttelte den Kopf. »Es hat Mutter leider ziemlich böse erwischt.« Sie setzten sich zu Kirsten an den Tisch auf der Terrasse. »Sie hat sich einen Oberschenkelhalsbruch zugezogen und muss in einem anderen Krankenhaus operiert werden.«

»Oje! Das tut mir leid.« Jenni strich mitfühlend mit einer Hand über Kinkas Oberarm. »Die Ärmste!«

»So ein Pech! Der Nachbarin meiner Eltern ist dasselbe passiert, als sie die Treppe runtergestürzt ist. Das war eine heikle Sache. Deine Mutter wird eine Weile brauchen, bis sie wieder ganz fit ist«, sagte Kirsten und ging ins Haus, um ihnen noch ein paar Getränke zu holen.

»Mit mehreren Monaten müssen wir wohl rechnen, inklusive Reha-Maßnahmen«, sagte Anke an ihre Schwester gewandt und streichelte Amelie über den Kopf, die sich an sie schmiegte. »Dabei brauchen wir sie so dringend im Laden, besonders jetzt in der Hochsaison.«

»Es ist doch wohl klar, dass ich im Geschäft einspringe, solange Mama krank ist«, meldete sich Kinka zu Wort.

»Wahrscheinlich dauert es sogar noch viel länger als bis zum Ende des Sommers«, gab Anke zu bedenken.

Kinka zuckte die Achseln. »Na und? Dann bleibe ich eben, solange es nötig ist, in St. Peter. Wir müssen nur einen Dienstplan aufsetzen, dann funktioniert das mit der Besetzung im Laden auch.«

Kirsten kam mit einem Tablett auf die Terrasse, auf dem Trinkgefäße und mehrere Glasfläschchen standen. Sie verteilte die Getränke und die Gläser auf dem Tisch.

»Ich könnte euch mit der Betreuung der Kinder helfen, solange ich in St. Peter-Ording bin. Es hat mir heute richtig viel Spaß gemacht mit Amelie und Hannes.« Jenni wuschelte dem Jungen durchs Haar, was er mit ausgelassenem Lachen quittierte.

»Das wäre in der Tat eine große Hilfe«, sagte Anke und nickte begeistert, während sie eins der Gläser mit Limonade füllte. »Mir ist sofort aufgefallen, wie gut du mit Amelie und Hannes klarkommst und wie viel Spaß sie beim Spielen mit dir haben. Hast du eigentlich auch Kinder?«

»Nein, ich habe keine Kinder«, antwortete Jenni wahrheitsgemäß.

»Wirklich schade. Du wärest bestimmt eine gute Mutter.« Anke lächelte Jenni an und trank von ihrer Limonade.

»Wenn ich Mutter wäre, würde ich gerne viel Zeit mit den Kindern verbringen. Ich hetze als Anwältin aber von Gerichtstermin zu Gerichtstermin und arbeite oft bis spät in die Nacht Akten durch. Manchmal öffne ich den Kühlschrank und bin ganz erschrocken, weil ich schon wieder nicht eingekauft habe. Hätte ich eigene Kinder, müsste ich sie vermutlich in eine Kita geben, die vierundzwanzig

Stunden geöffnet hat, oder mir ein Au-pair ins Haus holen. Doch das möchte ich nicht.« Jenni fühlte sich etwas unwohl dabei, ihre Kinderlosigkeit vor den Frauen und auch ein kleines bisschen vor sich selbst zu rechtfertigen. Ihre kleine Rede wäre ihr viel leichter gefallen, wenn sie sich bewusst gegen Kinder entschlossen hätte. Langsam musste sie sich wohl an den Gedanken gewöhnen, dass das Schicksal ihr diese Entscheidung längst abgenommen hatte.

15. Kapitel

Am nächsten Mittag in St. Peter-Bad vor einem Parkplatz am Möwensteg

»Danke, dass du so spontan mitgekommen bist. Ich habe zwar das Asthma-Spray in der Tasche, aber trotzdem fühle ich mich sicherer, wenn du dabei bist.« Kirsten verstaute das Parkticket in ihrer Tasche und wich einem Teenager aus, der seinen Blick auf sein Smartphone geheftet und sie beinahe umgerannt hatte. Der Ortsteil Bad war das Zentrum des Küstenortes, und dementsprechend ging es dort geschäftiger zu als in anderen Ortsteilen von St. Peter-Ording.

»Ist doch Ehrensache. Wobei ich natürlich auch ein klein wenig neugierig bin«, gab Kinka zu und musste grinsen. »Wann hat sich Alex eigentlich bei dir gemeldet?«

Sie überquerten eine Straße. »Letzte Nacht. Ich habe schon geschlafen und erst vorhin seine Nachricht gelesen, als ich aufgestanden bin. Er hatte bis heute früh Dienst, aber dafür hat er heute Abend frei«, sagte Kirsten.

Kinka hob die Augenbrauen. »Ist ja toll, dass er an seinem freien Abend sofort an dich denkt und fragt, ob du mit ihm essen gehen willst.« In Kinkas Stimme schwang eine unterschwellige Frage mit.

»Das haben wir bei unserem ersten Treffen ja schon ausgemacht.« Sie waren vor einer Boutique mit maritimer Mode angekommen, und Kirsten war froh, nicht näher auf Kinkas Frage eingehen zu müssen. »Hoffentlich finde ich hier was Nettes zum Anziehen für das Abendessen«, sagte sie stattdessen.

»Bestimmt. Lass uns mal reingehen.«

Sie betraten den Laden und schauten sich die verschiedensten Hosen, Blusen, T-Shirts und Röcke an. Viele der modernen Kleidungsstücke waren in Blau und Weiß gehalten und traditionellen Fischerhemden nachempfunden. Kirsten wurde schnell fündig. Ihre Wahl fiel auf einen knielangen glockigen Rock und eine passende Sommerbluse. »Das ging schneller als gedacht«, stellte Kirsten zufrieden fest, nachdem sie die Boutique wieder verlassen hatten. »Komm, ich lade dich noch auf einen Kaffee ein.«

»Da sag ich nicht Nein«, sagte Kinka und hakte sich bei ihr unter.

Die Insel lag bloß einen Katzensprung von dem Bekleidungsgeschäft entfernt. Kirsten und Kinka fanden einen freien Tisch zwischen den vor dem Restaurant aufgestellten Strandkörben, von dem aus sie die Leute gut beim Flanieren beobachten konnten. Sie bestellten zwei Cappuccinos und dazu Friesenwaffeln mit Puderzucker.

»Waffeln könnte ich jeden Tag essen«, sagte Kinka und steckte sich eine Gabel voll in den Mund.

»Ich auch. In jeder Variante«, pflichtete Kirsten ihr bei

und griff zu. Sie war froh, ihre Freundin nach dem Unfall ihrer Mutter wieder etwas fröhlicher zu sehen.

»So, und jetzt möchte ich alles von dir und Alex erfahren.« Kinka stellte ihre Tasse auf dem Unterteller ab und schaute Kirsten neugierig an. »Da läuft doch was!«, sagte sie und beugte sich dabei leicht nach vorne.

Kirsten schaute sie wortlos an, riss ein Päckchen Zucker auf und verrührte ihn mit dem Teelöffel in ihrer Tasse. »Also«, begann sie. »Das weiß ich noch nicht so genau.«

»Noch nicht?« Kinka sah sie interessiert an und stützte ihr Kinn auf einer Hand ab. »Das finde ich spannend, zumal du ja verheiratet bist.«

Kirsten schüttelte leicht den Kopf und überlegte, wie sie es Kinka am besten sagen sollte. »Ich habe gestern schon mit Jenni darüber gesprochen.«

»Worüber? Über Alex?«

»Ja, auch über Alex. Aber hauptsächlich über den Stand meiner Ehe.« Sie kratzte sich verlegen hinter dem Ohr. »Kai wird nämlich wieder Vater.«

Kinka riss die Augen vor Überraschung auf. »Oh, wow! Du bekommst Kind Nummer fünf?« Sie musterte Kirstens Bauch. »Ist mir gar nicht aufgefallen.«

»Dir konnte auch nichts auffallen, weil nicht ich, sondern Kai sein fünftes Kind bekommt. Mit seiner Sekretärin.« Kirsten wandte den Blick ab und trank einen Schluck Cappuccino. Nun war es endlich raus.

»Puh! Das haut mich gerade ein bisschen um. So ein Idiot!« Kinka fuhr sich mit einer Hand durch die Haare.

»Tja, was glaubst du, wie es mich erst umgehauen hat, als er es mir gebeichtet hat?«, schnaubte Kirsten. »Ich dachte zuerst, ich hätte mich verhört.«

»Und was willst du jetzt machen?«

»Die Scheidung einreichen, was sonst? Deswegen habe ich zuerst mit Jenni darüber gesprochen. Sie kennt sich damit ja bestens aus. Sie will mich sogar vertreten.«

»Das ist gut«, fand Kinka. »Mit Jenni kann nichts schiefgehen. Eine bessere Anwältin hättest du vermutlich nicht finden können.«

»Bestimmt nicht. Und weil die Scheidung nun in die Wege geleitet wird, treffe ich mich auch heute Abend ohne schlechtes Gewissen mit Alex. Ich finde, das habe ich mir verdient.«

»Ich finde auch. Darauf sollten wir mit einem Glas Weißwein-Schorle anstoßen.« Kinka winkte dem Kellner zu und bestellte die Getränke. »Der Weißwein geht auf mich.«

»Also.« Kinka erhob wenig später ihr Glas. »Dann auf dich, auf eine erfolgreiche Scheidung und darauf, dass es ein schöner Abend mit Alex wird.«

Kirsten lachte auf. Einen solchen Trinkspruch hätte sie vor wenigen Tagen nicht für möglich gehalten. »Darauf trinke ich gern. Und darauf, dass ich euch beiden reinen Wein eingeschenkt habe.« Sie prostete Kinka zu und lächelte dabei. Wie gut es sich anfühlte, wenn es keine Geheimnisse mehr zwischen ihr und ihren Freundinnen gab.

Kirsten war um 19 Uhr mit Alex im Lokal *Esszimmer* verabredet, das sich unter dem Dach des Hotels *Zweite Heimat* in Ording befand. Das Restaurant bestach durch ein freundlich friesisches Ambiente mit einer Einrichtung, die an den nordischen Landhausstil erinnerte. Nur wenige Tische waren noch frei.

Kirsten war überpünktlich, aber Alex wartete schon auf sie. Als er sie sah, stand er von seinem Platz auf und rückte für sie den Stuhl zurecht. »Moin, Kirsten. Schön, dass du gekommen bist«, sagte er und blickte sie mit strahlenden Augen an. »Hübsch siehst du aus.«

»Danke.« Kirsten nahm Platz. Die aufmerksame Geste mit dem Stuhl hatte ihr schon immer gut gefallen. Sie überlegte, ob es nach Alex noch mal einen Mann gegeben hatte, der dies für sie getan hatte. Kai war nie auf die Idee gekommen, den Stuhl für sie vorzuziehen, und an die Männer zwischen Alex und ihrem Noch-Ehemann erinnerte sie sich kaum, da sie vermutlich keinen besonderen Eindruck hinterlassen hatten, der überhaupt der Erinnerung wert gewesen wäre. »Danke noch einmal für die Einladung. Das ist wirklich ein sehr hübsches Restaurant. Richtig gemütlich, als würden wir in einem echten Esszimmer sitzen.«

»Da nicht für«, wehrte Alex ab. »Ich freue mich, dass du da bist und ich den Abend nicht auf dem Sofa und mit einer schlechten Fernseh-Serie verbringen muss. Du bist quasi meine Rettung.« Er zwinkerte ihr zu.

Der Kellner brachte die Speisekarten. Kirsten entschied sich für Wolfsbarsch mit buntem Gemüse und Reisnudeln.

Alex wählte den Lachs mit Katinger Kartoffeln und jungem Lauch. Dazu orderte er eine Flasche Rotwein und eine mit stillem Wasser.

»Weißt du noch, wie wir früher immer Pizza essen gegangen sind?«, fragte Kirsten.

»Oh ja. Hier in St. Peter und auch später, als ich schon an der Uni war. Das waren schöne Zeiten«, sagte er mit glänzenden Augen.

Kirsten lächelte ihn zur Antwort an.

Die Bedienung brachte den Wein und das Wasser. »Ihre Speisen brauchen noch einen kleinen Moment«, sagte der Ober, während er ihnen einschenkte.

Alex griff nach seinem Weinglas, als der Kellner wieder verschwunden war. »Dann auf einen schönen Abend.«

»Auf einen schönen Abend«, wiederholte Kirsten und probierte den Wein. »Wirklich köstlich.«

»Und wie geht es dir so?«, fragte er unvermittelt.

Im ersten Moment fühlte sich Kirsten überrumpelt von der Frage. »Im Augenblick sehr gut!«, sagte sie dann, denn genau so fühlte sie sich.

»Geht mir auch so.« Er wandte seinen Blick nicht von ihrem ab. »Aber erzähl, wie ist es dir ergangen? Was machst du beruflich, und was machen deine Eltern? Ich habe so viele Fragen an dich.«

»Um mit der einfachsten Frage zu beginnen: Meinen Eltern geht es gut. Sie sind gerade im Urlaub auf Ameland.«

»Ameland ist wunderschön! Dort war ich vor ein paar Jahren mal«, erzählte er begeistert.

Kirsten strich sich eine Haarsträhne hinters Ohr und nippte an ihrem Wein, bevor sie weitersprach. »Um es genau zu sagen, zwei meiner Kinder sind mit ihnen dort und machen Urlaub.«

»Zwei deiner Kinder?« In Alex' Augen spiegelte sich Erstaunen. »Wie viele hast du denn?«

»Vier.«

»Vier? Wow ... Das ist nicht schlecht. Dann bist du auch verheiratet?«, fragte er verhalten.

»Noch verheiratet. In den letzten Zügen sozusagen.« Kirsten bemerkte, wie sich seine Gesichtszüge entspannten.

»Anscheinend führst du ein interessantes Leben«, stellte er fest.

»Langweilig ist es jedenfalls nicht. Ich bin damals während des Studiums schwanger geworden. Mit Zwillingen. Deswegen habe ich nie zu Ende studiert«, erzählte sie.

»Bereust du es?«

Die Bedienung brachte ihr Essen.

Kirsten probierte von ihrem Fisch. »Superlecker!«

Alex nickte. »Meins auch.«

Kirsten nahm noch einen Bissen. »Um auf deine Frage zurückzukommen, ich habe mich damals bewusst für meine Kinder entschieden und musste das Studium deshalb leider abbrechen. Das wäre mit einem Kind schon schwierig geworden, aber mit Zwillingen nahezu unmöglich.«

Er schnitt ein Stück von seinem Lachs ab. »Das verstehe ich gut.«

»Aber mit dem Wissen von heute sehe ich es etwas kritischer. Durch die Krise mit meinem Mann muss ich mich mit der Frage auseinandersetzen, wie es nach meiner Scheidung finanziell weitergehen kann. Im Moment weiß ich es noch nicht. Ein abgeschlossenes Studium hätte mir in der jetzigen Lage bestimmt geholfen.«

»Das kann sein, muss aber nicht.« Sein Gesichtsausdruck war undefinierbar. Kirsten konnte nicht einschätzen, ob er mit ihrer privaten Situation klarkam.

»Und? Bist du auch verheiratet und hast Kinder?«, fragte sie stattdessen, um keine Sprachlosigkeit zwischen ihnen aufkommen zu lassen.

»Nein, keine Heirat und auch keine Kinder«, wiegelte er ab.

»Was ist denn aus deiner damaligen Mitbewohnerin geworden? Wie hieß sie doch gleich? Irgendetwas mit L«, überlegte sie und legte einen Finger an die Lippen.

Er stützte die Ellenbogen auf dem Tisch ab und faltete die Hände. »Lydia. Sie hat bloß für ein Semester bei mir gewohnt und ist danach in die USA gegangen.«

Kirsten runzelte die Stirn. »Dann wart ihr wirklich nicht zusammen?«

»Nein.« Er machte eine langsame Kopfbewegung von links nach rechts, ohne den Blick von ihr abzuwenden.

Kirsten schaute kurz auf ihren Teller. »Dann hätte ich dir vielleicht besser glauben sollen.«

»Hättest du. Definitiv.« Er trank einen Schluck Wein und schaute ihr wieder fest in die Augen. »Vielleicht hätte ich dann doch geheiratet und wäre Vater geworden.«

Kirsten schwieg, weil sie nicht wusste, was sie darauf antworten sollte. In ihrem Kopf ploppte die Frage auf, was ihn zu dieser Bemerkung bewogen hatte. Bedeutete es, dass Alex sie in den ganzen Jahren nicht vergessen hatte? Sie bekam ein schlechtes Gewissen. Wenn dem so war, hatte sie ihn womöglich damals sehr verletzt, als sie die Beziehung aufgrund einer bloßen Annahme beendet hatte.

Alex widmete sich wieder seinem Essen. »Themenwechsel. Erzähl mir lieber, ob du gleich noch ein Dessert haben möchtest.«

Der Abend war lang geworden, und sie verließen als letzte Gäste das Restaurant. Nach dem Gespräch über ihre private Situation hatten sie sich über andere Themen unterhalten und waren glücklicherweise in keine weitere Sprachlosigkeit verfallen. Es war dunkel, als Alex sie mit seinem Auto vor dem Gartentor am Muschelhaus absetzte.

»Wie schön es heute Abend mit dir war. Ich bin froh, dass wir uns wiedergetroffen haben«, sagte er beim Abschied.

Kirsten schnallte sich ab und öffnete die Tür. »Ja, das finde ich auch.« Sie stieg aus, drehte sich um und schaute zu ihm ins Auto.

»Ich melde mich bei dir«, versprach er und lächelte.

»Freu mich drauf.« Sie erwiderte sein Lächeln und schlug die Tür zu. Als er losfuhr, schaute sie dem Auto noch lange nach, bis es nicht mehr zu sehen war.

Kirsten drehte sich zum Gartentor, wollte es gerade öffnen, aber drehte sich dann spontan wieder um. Sie lief über die Straße und kletterte den Deich rauf. Einen Moment schaute sie angestrengt in die Dunkelheit. Sie musste nicht lange warten, bis in der Ferne ein Licht aufblitzte. Der Westerhever Leuchtturm schickte in regelmäßigen Abständen seine Signale durch die Nacht. Kirsten ließ sich von ihren Gedanken treiben. Wie gerne wäre sie eine Schiffskapitänin wie Kinkas Tante Hedda, schoss es ihr durch den Kopf. Dann könnte sie sich an dem Leuchtfeuer orientieren und darauf vertrauen, dass es ihr den richtigen Weg wies.

16. Kapitel

Am nächsten Tag im Muschelhaus bei diesigem Wetter

»Sie schläft noch. Tief und fest«, flüsterte Kinka und zog ihren Kopf aus dem Türspalt zurück. »Ist gestern wohl später geworden.« Sie schloss leise die Tür.

»Alte Liebe rostet nicht, oder wie sagt man so schön?« Jenni lächelte Kinka wissend an.

»Sieht so aus. Jedenfalls in diesem Fall.«

»Kirsten und Alex haben damals so gut zusammengepasst. Ich dachte damals schon, das hält ewig zwischen den beiden.«

»Das hab ich damals auch gedacht. Aber heute muss sie wohl oder übel alleine frühstücken. Wir können nicht so lange warten, bis sie wach wird. Anke und ich müssen rechtzeitig losfahren, damit wir genügend Zeit für Mutti haben. Bis Husum fahren wir eine gute Dreiviertelstunde.«

Jenni und Kinka gingen die Treppen hinunter ins Erdgeschoss.

»Wie geht es deiner Mutter eigentlich?«, fragte Jenni, als sie in der Küche angekommen waren.

»Den Umständen entsprechend gut, sagt mein Vater. Er war gestern bei ihr. Die OP scheint gut verlaufen zu sein. Aber sie kann noch keinen Besuch von Amelie und Hannes bekommen. Das würde sie zu sehr anstrengen. Für die Kinder wäre es auch kein schönes Erlebnis, ihre Oma so zu sehen. Sie macht zwar schon erste Schritte, damit ihr Bewegungsapparat und der Kreislauf wieder in Schwung kommen, doch sie sieht noch sehr schwach aus, was die Kinder nur verstören würde.« Kinka holte aus einer Schublade einen Notizblock und einen Stift. »Ich lasse Kirsten kurz einen Zettel da, dass wir schon unterwegs sind.«

Kurz danach verließen sie das Muschelhaus und stiegen in Kinkas Wagen, den sie am Straßenrand geparkt hatte.

Jenni schnallte sich an. »Ich habe mich gestern für einen Klavierbeitrag beim Abi-Treffen angemeldet.«

Kinka startete den Wagen und setzte den Blinker. »Oh, wie cool! Das freut mich aber, dass du dich dazu durchgerungen hast! Was haben Miriam und Dirk darauf geantwortet?«

»Ich freue mich auch. Ohne Frau Mays Motivation hätte ich es vermutlich nicht gemacht. Ich habe nur Dirk geschrieben, der mir jetzt ein Klavier organisieren muss. Er findet es aber trotzdem toll, dass ich spiele. Vielleicht ist es kindisch von mir, aber Miriam ist mir nach all den Jahren immer noch suspekt. Ich konnte mich einfach nicht überwinden, ihr auch zu schreiben«, gab Jenni zu.

Kinka bog rechts auf die Eiderstedter Straße ab. »Das ist gar nicht kindisch von dir. Immerhin hat sie sich kein bisschen geändert.«

Jenni runzelte die Stirn und drehte den Kopf zu ihrer Freundin. »Woher weißt du das?«, fragte sie forschend.

»Vor dem Unfall hat mich meine Mutter zum Friseur geschleift. Oder sagen wir lieber, sie hat mich so lange genötigt, sie in den Salon *Haarmonie* zu begleiten, bis ich nicht mehr Nein sagen konnte.« Kinka erzählte Jenni von ihrer Begegnung mit Miriam und von dem Versprechen, das sie ihr am Ende hatte geben müssen.

»Das ist wieder so typisch für Miriam. Berechnend wie eh und je.« Jenni schüttelte verständnislos den Kopf. »Hast du denn tatsächlich vor, dir ihren Sohn auf dem Tennisplatz anzusehen?«

»Warum denn nicht? Anke meinte zwar schon, dass er weitgehend talentfrei wäre, aber davon überzeuge ich mich lieber persönlich. Außerdem halte ich meine Versprechen. Selbst die, die ich Miriam gebe.«

»Das ehrt dich«, sagte Jenni ruhig und schaute nachdenklich aus dem Fenster. »Es passt irgendwie zu Miriam, dass sie eine übereifrige Mutti geworden ist.«

Kinka musste schmunzeln. »Du meinst, weil sie es nicht als Top-Model zu Ruhm und Ehre gebracht hat, muss ihr Sohn jetzt dran glauben?«

»Vor den Träumen einer Mutter ist wohl kein Kind gefeit…«

»Na ja, wir werden sehen, was das gibt.« Kinka fuhr auf die Auffahrt, die zu einem hübschen roten Backsteinhaus gehörte, das in einer ruhigen Seitenstraße lag. »So, wir sind da.«

Sie klingelten an der Tür und mussten nicht lange warten, bis Anke ihnen öffnete und sie hineinließ. Sie hatte bloß ein fertig geschminktes Auge. »Moin! Bin gleich so weit. Amelie und Hannes sind im Wohnzimmer. Geht ruhig rein.« Anke lief die Treppen ins obere Stockwerk hinauf.

»Na, ihr Mäuse«, begrüßte Kinka ihre Nichte und ihren Neffen. Die Kinder rannten begeistert auf sie zu und schmissen sich zuerst ihr, dann Jenni in die Arme.

»Das ist ja eine stürmische Begrüßung. Heute haben wir ganz viel Zeit zum Spielen«, versprach Jenni den beiden und wuschelte ihnen durchs Haar.

»Toll, toll!«, freute sich Amelie und hüpfte dabei auf einem Bein, wobei sie mit ihrem Gleichgewicht zu kämpfen hatte.

»Prima! Wir können mit dem Kaufladen spielen«, sagte Hannes und zeigte auf den mitten im Wohnzimmer aufgebauten Kaufmannsladen.

»Ich will aber lieber Friseur spielen«, protestierte Amelie und hielt Jenni einen Kamm unter die Nase.

»Wir können ja beides spielen. Okay?«, schlug sie vor.

Damit waren Amelie und Hannes einverstanden.

»Oder wir können auch Band spielen«, sagte Hannes und kramte ein Kinder-Keyboard aus einer Spielkiste hervor.

»Oh ja! Band!« Amelie schleppte daraufhin eine kleine Gitarre in Knallpink an und zupfte die Saiten.

»Ich glaube, euch wird es nicht langweilig werden.« Kinka tätschelte Jennis Schulter und grinste sie an.

»Da fällt mir ein, wisst ihr eigentlich, dass ich heute Nachmittag eine Klavierstunde habe?«, fragte Jenni die Kinder.

»Boah!«, staunte Amelie. »Echt?«

»Wie cool!«, fand Hannes.

»Ich muss nämlich ein Musikstück üben, das ich dann bei einem Fest auf einer Bühne vorspiele«, erzählte Jenni weiter.

Amelie und Hannes lauschten gebannt. Nur die Schritte ihrer Mutter waren zu hören, die im oberen Stockwerk hin und her rannte.

»Und wenn du dann fertig bist mit Klavierspielen, dann klatschen die Leute bestimmt ganz laut«, kombinierte Hannes schließlich.

»So laut!«, rief Amelie und klatschte fröhlich in ihre Hände.

»Noch lauter«, sagte Kinka.

»Das hoffe ich doch mal.« Jenni nickte lachend.

»Dürfen wir mitkommen?«, fragte Amelie.

»Wohin? Zu dem Fest?«

»Nein, zur Klavierstunde. Kling, kling!« Amelie imitierte mit den Händen einen Klavierspieler und wackelte dabei mit dem Kopf.

»Oh ja! Bitte! Ich möchte unbedingt mal Klavier spielen. Das wünsche ich mir schon lange«, sagte Hannes.

»Von mir aus gerne. Aber wir müssen zuerst die Mama fragen, ob sie damit einverstanden ist. Und natürlich auch Frau May, meine Klavierlehrerin.«

»Ist dir das denn auch recht, die Kinder noch länger zu haben?«, fragte Kinka.

»Das ist für mich kein Problem«, winkte Jenni ab. »Ich passe gerne länger auf die beiden Musiker hier auf.«

Schritte näherten sich vom Flur. Anke kam ins Wohnzimmer – dieses Mal mit zwei geschminkten Augen. »Also, von mir aus können wir los.«

»Dürfen wir Klavier spielen lernen?«, bestürmten Hannes und Amelie gleichzeitig ihre Mutter, bevor Jenni und Kinka sie fragen konnten.

»Bitte, bitte! Mami!«, bettelte das kleine Mädchen. »Ich will Klavier spielen.«

»Von mir aus herzlich gerne«, stimmte Anke zu, nachdem Jenni ihr lächelnd zunickte. »Wir sollten uns in der Klinik noch die Zeit nehmen, mit den Ärzten zu reden«, sagte sie an ihre Schwester gewandt, bevor sie sich wieder Jenni zuwandte. »Das hat unser Vater nämlich noch nicht gemacht. Außerdem ist heute unsere Aushilfe bis abends im Laden. Das wäre toll, wenn du die Kinder mitnehmen könntest.«

»Ich kläre das sofort mit Frau May ab.« Jenni rief die Klavierlehrerin von ihrem Handy aus an.

Zum Glück war die Frau sofort erreichbar.

»Sie ist einverstanden und freut sich auf Amelie und Hannes«, sagte Jenni nach dem Gespräch.

Anke griff nach den Autoschlüsseln, die auf dem Esstisch lagen. »Wie schön! Dann macht euch mal einen feinen Tag. Ihr müsst nicht die ganze Zeit hier im Haus bleiben.

Macht doch vor der Klavierstunde einen kleinen Ausflug, wenn ihr wollt.«

»Heute ist zwar kein Strandwetter, aber uns wird bestimmt was einfallen«, meinte Jenni und lächelte die Kinder an.

Nachdem Anke und Kinka sich verabschiedet hatten und in Richtung Husum aufgebrochen waren, fragte Jenni die Kleinen nach ihren Plänen, und sie verbrachten den Mittag und einen Teil des Nachmittags in dem mit einem Regenbogen verzierten Kinderspielhaus auf der Dorfstraße.

Amelie und Hannes tobten im Bällebad, erprobten sich an der Kletterwand und spielten zusammen mit Jenni *Der blubbernde Hexenkessel* und *König Grummelbart*. Beim Spielen mit den Kindern war Jenni ganz in ihrem Element.

Eine ältere Dame, die mit einem etwa neunjährigen Mädchen am Nachbartisch ein Gesellschaftsspiel spielte, nickte Jenni freundlich zu. »Ihre Kinder sind wirklich entzückend. Einfach herzallerliebst.«

»Oh!« Jenni stockte einen Moment und wollte den Irrtum aufklären, der Dame erzählen, dass Amelie und Hannes gar nicht ihre Kinder waren. Mit einem Seitenblick auf den Jungen und das Mädchen stellte sie fest, dass beide völlig in ihr Spiel vertieft waren. »Vielen Dank. Ja, das sind sie«, sagte sie stattdessen und genoss für einen kurzen Moment das Gefühl, als Mutter angesehen zu werden. Dabei merkte sie, dass es für sie keinen Unterschied machte, dass Amelie und Hannes nicht ihre Kinder waren. Sie beobachtete die Kinder und musste lächeln. Sie waren wirklich zuckersüß. Keine Sekunde würde sie zögern, Amelie und Hannes zu adoptieren. Jenni wurde klar, dass es für sie nicht darauf ankam, ein leibliches Kind zu haben. Sie wollte eine Familie gründen und sich um ein Kind kümmern. Es gab genug Kinder auf der Welt, die keine Familie hatten und sich nichts sehnlicher wünschten. Was würde Peter wohl dazu sagen? Mit dem Thema Adoption würde sie vermutlich auf Granit bei ihm beißen. Sie nahm sich vor, ihn nach ihrer Rückkehr vom Gegenteil zu überzeugen.

Vor dem Klavierunterricht aßen sie eine Kleinigkeit in einem Bistro, um sich zu stärken. Für die Kinder gab es Spaghetti mit Tomatensauce, Jenni wählte für sich ein Risotto. »So, nun müssen wir uns aber sputen, wenn wir pünktlich bei Frau May sein wollen«, sagte sie zu den Kindern, nachdem sie bezahlt hatte. Sie beeilten sich und fuhren mit dem Ortsbus bis zur Haltestelle am Nordsee-Internat. Von dort aus war es nicht mehr weit bis zum Haus der Klavierlehrerin.

Wie zu erwarten war, hatte Frau May Kuchen gebacken. Sogar mehrere. Als sie das Haus betraten und in den Wohnraum gingen, war der Tisch schon mit Schokoladenkuchen und einer Obsttorte gedeckt. Obwohl Amelie und Hannes zuvor Nudeln gegessen hatten, passte ein Stück Schokoladenkuchen noch in ihre Mägen. Im Gegensatz zu Jenni, die bloß ein halbes Stück Obsttorte schaffte.

»So, hier könnt ihr euch hinsetzen und alles gut beobachten«, sagte Frau May. Sie hatte für die Kinder zwei Stühle neben dem Klavier aufgestellt. Als Amelie und Hannes saßen, begannen Jenni und Frau May mit der Arbeit an dem Musikstück. Die Kinder verhielten sich mucksmäuschenstill und beobachteten fasziniert Jennis Spiel, ohne sich von ihren Plätzen zu rühren.

»Das war heute schon richtig gut«, meinte Frau May am Ende des Unterrichts und nickte Jenni zufrieden zu. »Solltest du deine Fertigkeiten weiter in diesem Tempo steigern, bist du für den Auftritt auf eurem Abi-Treffen überqualifiziert.« Die ältere Frau wirkte heute besonders gelöst und schien sich sehr über den jungen Besuch gefreut zu haben.

»Das ist wirklich sehr nett von Ihnen«, bedankte sich Jenni.

»Das ist die Wahrheit«, sagte Frau May nachdrücklich und schaute dann zu Amelie und Hannes, die sich immer noch nicht gerührt hatten. »Wollt ihr jetzt auch ein bisschen spielen?«

Und ob die Kinder wollten. Jenni räumte die Pianobank, damit Amelie und Hannes an ihrer Stelle dort Platz nehmen konnten. Frau May erklärte den Kindern ausführlich, wie ein Klavier funktioniert, zeigte ihnen die Pedale und wie sich dadurch der Klang der angeschlagenen Tasten veränderte. Jenni nahm wieder ihren Teller, auf dem die Hälfte des Obstkuchens lag. Während sie aß, beobachtete sie Amelie und Hannes, die mit roten Wangen auf die Tasten drückten und ein grollendes Donnerwetter aus den tiefen Saiten hervorlockten, ehe sie Töne wie hell funkelnde Sterne aus den kurz angeschlagenen hohen Saiten aufsteigen ließen. Am Ende der Klavierstunde strahlten beide. »Können wir wiederkommen?«, fragte Hannes. »Das hat so viel Spaß gemacht.«

»Ja! So schön war das!«, pflichtete Amelie mit glänzenden Augen ihrem großen Bruder bei.

»Wir fragen mal die Mama«, sagte Jenni.

»Wenn ihr dürft, kommt gerne wieder.« Frau May ging kurz in die Küche und drückte Jenni zum Abschied eine Tupperbox mit Schokoladenkuchen in die Hand, den sie zuvor eingepackt hatte. »Für später. Die zwei sind wirklich reizend. Könnten auch deine Kinder sein.«

»Dagegen hätte ich nichts einzuwenden«, antwortete Jenni wahrheitsgemäß und lächelte Frau May tapfer an, obwohl ihr innerlich mit einem Mal elend zumute war. Zwei solche Bemerkungen an einem Tag waren wie zwei Spitzen in einer offenen Wunde. Sie war froh, als sie mit den Kindern wieder im Bus saß und auf dem Rückweg zu Ankes Haus war.

»Ich setze dich am Muschelhaus ab und fahre dann noch mal zu meinen Eltern, um mich um den Garten zu kümmern. So wie ich meinen Vater kenne, denkt er nicht ans Gießen, wenn er von der Arbeit nach Hause kommt«, sagte Kinka.

»Ist gut. Freut mich übrigens, dass es eurer Mutter schon wieder so gut geht.« Jenni blickte aus dem Seitenfenster des

Autos und bewunderte einen reich bepflanzten Garten, an dem sie vorbeifuhren.

»Wir sind alle sehr froh, dass sie sich so schnell von der Operation erholt. Ich hoffe, dass es so weitergeht und sie nach der Reha wieder topfit ist.« Kinka hielt an einer roten Ampel. »Wie toll übrigens, dass die Kinder heute so viel Spaß hatten. Dank dir hat Frau May zwei neue Schüler gewonnen.«

»Ach was. Früher oder später wären sie wahrscheinlich eh bei ihr gelandet«, sagte Jenni in voller Überzeugung. »Du hättest mal sehen sollen, mit welchem Feuereifer sie Klavier gespielt haben. Es ist super von deiner Schwester, dass sie Amelie und Hannes für Klavierstunden angemeldet hat. Diese Entscheidung treffen nicht alle Eltern so schnell.«

Die Ampel sprang auf Grün, und Kinka gab Gas. »Anke war schon immer spontan.«

»Ich mag deine Schwester.«

»Ich auch.« Kinka lächelte Jenni an. »Leider habe ich sie in letzter Zeit viel zu wenig gesehen.«

»Das bringt wohl dein Job mit sich. Du bist doch ständig unterwegs und arbeitest auf der ganzen Welt. Ich könnte das nicht. Für ein Leben aus dem Koffer bin ich nicht gemacht. Mir reicht es schon, wenn ich meine Akten von Gericht zu Gericht tragen muss. Was steht denn als Nächstes in deinem Terminplan? New York? Oder vielleicht Sydney?«

Kinka hielt vor dem Muschelhaus an. »Das weiß ich gerade gar nicht so genau«, wich Kinka einer konkreten

Antwort aus. »Ich muss demnächst mal mit meinem Manager telefonieren, er hat meine ganzen Termine auf dem Schirm. Ohne ihn und sein Organisationstalent wäre ich hoffnungslos verloren«, sagte sie und lachte auf.

Jenni stieg aus dem Wagen. »Danke fürs Fahren.«

»Da nicht für. Was machst du heute Abend noch?«

»Peter hat zwei Mal versucht, mich auf dem Handy zu erreichen, als ich mit den Kindern unterwegs war. Ich ruf ihn gleich mal zurück, sonst denkt er, ich würde ihn ignorieren. Vielleicht quatsche ich später noch mit Kirsten ... falls sie überhaupt da ist.«

»Bestimmt. Ärzte müssen schließlich auch mal arbeiten«, kommentierte Kinka ihre Anspielung auf Alex. »Ich fahr dann mal.«

»Bis nachher.« Jenni warf die Autotür zu und kramte nach ihrem Handy in der Tasche, während sie den Wagen zurück zur Straße lenkte.

Sie öffnete das Gartentor und klickte auf Peters Namen. Er nahm das Gespräch so schnell entgegen, als hätte er das Handy die ganze Zeit über fest im Visier gehabt.

»Hallo, Peter, tut mir leid, dass ich mich jetzt erst melde. Ich war den ganzen Tag mit den Kindern von Kinkas großer Schwester unterwegs«, erklärte sie ihm.

»Du übst wohl schon, was?«, scherzte er.

»Ein bisschen schon. Amelie und Hannes sind so hinreißend. Die zwei würde ich sofort adoptieren«, wagte sie einen Vorstoß.

»Zum Glück haben sie ja eine Mutter und brauchen keine

zweite. Dann kannst du dich um unsere leiblichen Kinder kümmern.«

Jenni überquerte die Terrasse und setzte sich auf einen Stuhl. »Bei Amelie und Hannes würde es für mich keinen Unterschied machen, ob sie meine eigenen Kinder wären oder nicht. Eine Mutter kann ich für jedes Kind sein.«

»Heißt das, du willst aufgeben?« Ein angespannter Klang lag plötzlich in seiner Stimme.

»Ich will eine Familie, Peter. Mit dir. Und wie es derzeit aussieht, könnte eine Adoption unsere Situation lösen. Es ist nicht verkehrt, einen Plan B zu haben, wenn Plan A nicht funktioniert.« Ihre Stimme klang sachlich, als hielte sie ein Plädoyer vor Gericht. Peter schwieg. Sie hörte nur seinen Atem. »Peter?«

»Ja. Ich bin noch da. Mir fehlen nur gerade die Worte«, sagte er leise. »Lass uns darüber nicht am Telefon reden, sondern wenn du wieder da bist.«

»Okay.«

»Bis dann, Jenni«, sagte er knapp.

Sie wollte noch etwas erwidern, doch die Leitung war schon tot. Er hatte einfach aufgelegt. Sofort machte sich eine Schwere in ihrem Körper breit, die ihre Mundwinkel nach unten zog und ihren Hals zuschnürte. Mit einem Mal fühlte sie sich hoffnungslos und ausgelaugt.

Sie vergrub ihr Gesicht in den Händen. Warum hatte sie bloß so ein Pech? Sie spürte, wie Tränen ihre Wangen hinabliefen und ihr Körper von Schluchzern geschüttelt wurde.

»Was ist denn mit dir los?« Jemand legte eine Hand auf ihre Schulter.

Jenni blickte auf. Durch einen Schleier aus Tränen erkannte sie ihre Freundin Kirsten, die sie besorgt ansah. Sie rang nach Worten, brachte aber keine raus, weil weitere Schluchzer sie daran hinderten.

»Warte. Ich hole dir etwas zu trinken.« Kirsten ging ins Haus und kehrte alsbald mit zwei Gläsern und einer Weinflasche zurück. Sie füllte zwei Gläser und hielt Jenni eins hin. »Hier.«

Mit zitternden Händen nahm sie das Glas entgegen und trank es hastig leer. Ihr Atem wurde etwas ruhiger, doch die Tränen flossen weiterhin ohne Unterlass über ihre Wangen.

Kirsten schenkte ihr nach. »Jetzt sag doch was. Kann ich dir helfen? Ist was Schlimmes passiert?«

Jenni nickte stumm und schaute Kirsten ins Gesicht. Sie nahm ihre ganze Beherrschung zusammen. Ihre Stimme bebte. »Ich kann keine Kinder bekommen.«

17. Kapitel

Zur gleichen Zeit im Garten von Kinkas Eltern

»Hallo, Jochen? Kinka hier.« Mit der einen Hand richtete Kinka den Wasserstrahl des Gartenschlauchs auf einen Rhododendronbusch aus, mit der anderen hielt sie das Funktelefon ihrer Eltern umklammert.

»Ah, du bist es. Konnte mit der angezeigten Nummer zuerst nichts anfangen«, sagte ihr Manager.

»Ich rufe vom Festnetz meiner Eltern an. Bin im Moment an der Küste«, erklärte sie.

»Küste hört sich gut an.«

»Sogar sehr gut. Mit dem Strand von St. Peter-Ording kann es kein anderer auf der Welt aufnehmen«, schwärmte Kinka.

Jochen lachte. »Rufst du mich also an, um mich ans Meer einzuladen?«

»Nicht ganz. Aber du darfst natürlich trotzdem vorbeikommen.« Sie wanderte halb um den Busch herum, damit sie die Pflanze auch von der anderen Seite bewässern konnte. »Eigentlich wollte ich dich fragen, wie es mit meiner Auftragslage für die kommenden Monate aussieht. Ist noch was Neues für mich reingekommen?«

»Ich checke das mal eben. Moment.« Kinka hörte ein tippendes Geräusch durch das Telefon. »Leider nein. Bis auf den Auftrag bei der Sport-Firma, über den wir schon gesprochen haben«, sagte Jochen kurz darauf. »Wir stecken im berühmten Sommerloch. Wie jedes Jahr.«

»Letztes Jahr war mein Terminplaner randvoll. Zuerst bin ich zu einem Fotoshooting nach Kenia geflogen, und danach habe ich den Werbespot für den Proteinshake gedreht«, zählte sie auf. »Weißt du noch?«

»Stimmt. Aber dieses Jahr haben wir definitiv ein Sommerloch. Ich denke, zum Herbst kommt wieder was rein. Dann steht ja fast schon das Weihnachtsgeschäft an.«

Kinka schluckte. Erst im Herbst? Weihnachten? Wie sollte sie diese lange Zeit denn finanziell überbrücken? Und wer wusste schon, ob sie die Angebote überhaupt annehmen wollte, die bis dahin auf dem Tisch lagen. Sollte nicht wirklich eine lukrative Anfrage dabei sein, hatte sie ein mächtiges Problem. »Du weißt schon, dass ich Strom, Lebensmittel und Miete bezahlen muss? Wie jeder andere auch«, machte sie ihn auf die Dringlichkeit ihrer Frage aufmerksam.

»Schon klar. Und ich verspreche dir, ich werde mich kümmern«, sagte er in einem beschwichtigenden Tonfall. »Aber im Moment läuft leider nichts. Nicht nur bei dir. Vermutlich genießen alle ihren Sommerurlaub an der Küste. Warte bis September. Dann klingelt mein Telefon wieder.«

»Ich hatte gehofft, du hast bessere Nachrichten für mich«, sagte Kinka leicht frustriert. So eine Auftragsflaute hatte sie bisher noch nie erlebt.

»Falls sich noch etwas tun sollte, sag ich sofort Bescheid«, versprach Jochen.

»Danke dir.« Kinka beendete das Gespräch und fragte sich, was sie tun sollte, wenn sie ihre Ersparnisse aufgebraucht hatte. Sie hatte keinen Beruf gelernt, auf den sie im Notfall hätte zurückgreifen können. Ihr ganzes Leben lang hatte sie nur Tennis gespielt. Nachdenklich ging sie weiter um den Busch herum und schaute in den Nachbargarten. Auf der Terrasse entdeckte sie Sascha. Er saß an einem Tisch und schaute auf ein Notebook. Wahrscheinlich arbeitete er. Ihr fiel wieder auf, wie sehr er sich optisch seit ihrer gemeinsamen Jugendzeit verändert hatte. Kinka überlegte, ob er ihr auf der Straße aufgefallen wäre, wenn sie sich nicht kennen würden. Definitiv ja, kam sie zum Schluss. Die aktuelle Version von Sascha entsprach sogar genau dem Typus Mann, nach dem sie sich umdrehen würde. Er zog ihre Blicke auf sich, ohne dass sie es merkte. Verrückt, dachte sie und musste grinsen. Sascha schien ganz vertieft in seine Arbeit zu sein. Er tippte auf der Tastatur des Notebooks, ohne den Blick vom Bildschirm zu nehmen. Ob sie einfach etwas über den Zaun rufen sollte? Oder war es unhöflich, ihn bei der Arbeit zu stören?

Kinka fiel der Korb ein, den sie noch nicht zurückgegeben hatte. Sie ging zum Haus und zog dabei den Schlauch hinter sich her. Vor der Terrasse legte sie die Gartenbrause auf den Rasen und drehte die Wasserzufuhr ab. Wo hatte ihre Mutter den Korb wohl hingetan? Sie schaute in der Küche nach, in der Diele und in der Speisekammer. Schließlich fand sie ihn in einem Regal im Abstellraum. Kinka griff nach dem Korb und marschierte damit über die Wiese bis zum Gartenzaun. Dort stellte sie ihn auf dem Erdboden ab. Sascha hockte nach wie vor auf der Terrasse. Kinka zögerte kurz, bevor sie ihn rief. »Sascha!«

Er hob den Kopf und blickte sich suchend um. Sie winkte ihm zu. Als er sie am Gartenzaun entdeckte, hob er die Hand und kam über die Wiese auf sie zu. »Hi, Kinka. Da sehen wir uns ja doch noch vor der Abi-Feier«, sagte er und grinste sie schief an.

»Na klar! Wollten wir doch eh«, erinnerte sie ihn an ihre geplante Verabredung.

»Stimmt. Also, wann hast du Zeit? Morgen?«, fragte er direkt.

»Gerne, aber ich kann nur abends. Ich muss noch im Laden meiner Eltern einspringen. Meine Mutter hatte einen Unfall und liegt im Krankenhaus in Husum«, sagte sie bedrückt.

Sascha schaute sie geschockt hat. »Wie bitte? Deine Mutter hatte einen Unfall? Davon haben meine Eltern und ich ja gar nichts mitbekommen. Was ist denn passiert?«

»Es ging alles so schnell. Sie ist vom Fahrrad gestürzt und hat sich dabei einen Oberschenkelhalsbruch zugezogen. Der musste ganz schnell operiert werden, damit es zu keinen bleibenden Schäden kommt. Aber sie hat die OP gut überstanden.«

»Oje! Das hört sich übel an. Tut mir wirklich sehr leid für deine Mutter. Richte ihr doch bitte liebe Grüße von uns aus, wenn du sie das nächste Mal besuchst.«

»Das mache ich«, versprach Kinka und hob den Korb vom Boden hoch. »Den wollte ich dir eigentlich längst zurückgegeben haben.«

»Danke. Das war nicht wirklich eilig.« Sascha nahm den Korb über den Gartenzaun entgegen. Er schaute über ihre Schulter hinweg. »Ich glaube, dein Vater will was von dir.«

Kinka drehte sich zum Haus um. Ihr Vater stand in Arbeitsmontur auf der Terrasse. »Moin, Papa!«

»Moin, Herr Töns«, rief auch Sascha.

Kinkas Vater hob eine Hand zum Gruß. »Moin!«

Kinka drehte sich wieder zu Sascha. »Ich geh dann mal. Bestimmt will er was mit mir bereden.«

»Mach das. Aber was ist denn jetzt mit morgen? Soll ich dich vom Laden abholen?«

Kinka nickte. »Halb sieben?«

»Halb sieben geht klar.« Er lächelte sie an.

Kinka erwiderte sein Lächeln und spürte schon, wie es in ihrer Magengegend angenehm kribbelte. »Schön.«

»Also dann, bis morgen.«

Kinka schlenderte zurück zum Haus und konnte sich ein leichtes Lächeln nicht verkneifen.

Es war schon spät, als Kinka zurück zum Muschelhaus kam. Sie hatte sich für einen kleinen Abendspaziergang entschieden und das Auto bei ihren Eltern stehen gelassen. Im Wohnzimmer brannte Licht, als sie den kleinen Flur betrat. Jenni und Kirsten saßen nebeneinander auf dem geblümten

Sofa. Eine Weinflasche und zwei halb gefüllte Gläser standen auf dem Vitrinentisch vor ihnen. Kirsten hatte Jenni einen Arm um die Schultern gelegt und schaute betroffen. Jenni hatte geschwollene Augen und hielt ein zerknülltes Taschentuch in der Hand.

Kinka blieb im Türrahmen stehen. »Was ist denn mit euch los?«, fragte sie. »Ist was passiert?«

Kirsten nickte. »Jenni hat sich mit Peter gestritten.«

Kinka kam zu ihnen und setzte sich auf einen Sessel, der gleich neben dem Sofa stand. »Oje! Das tut mir leid. Aber ihr vertragt euch doch bestimmt wieder«, versuchte sie ihrer Freundin Mut zuzusprechen und legte eine Hand auf ihr Bein. »Was war denn los?«

»Peter will ein Kind mit mir«, sagte Jenni mit leiser Stimme und wischte sich mit dem Taschentuch Tränen aus dem Gesicht.

»Und du nicht? Wegen deiner vielen Arbeit?«, sagte Kinka, die sich an Jennis Worte kurz nach ihrer Ankunft erinnerte.

Jenni lachte bitter auf. »Ich wäre glücklich, wenn es so wäre und ich mich dagegen entschieden hätte. Die Wahrheit ist, ich kann keine Kinder bekommen, wegen meiner Hormone. Die Geschichte mit meiner Arbeit habe ich bloß vorgeschoben, damit ich nicht mit anderen über das Thema reden muss. Ich wollte mich nicht rechtfertigen.«

»Das tut mir sehr leid … ich hatte ja keine Ahnung …«, sagte Kinka betroffen. »Eine Adoption kommt nicht infrage?«

»Das habe ich auch schon vorgeschlagen«, sagte Kirsten, die ein drittes Glas auf den Tisch stellte. Sie schenkte Kinka von dem Wein ein.

»Für Peter nicht, Kinka. Er will eigene Kinder. Für mich wäre das überhaupt kein Problem. Ich glaube, ich kann ein adoptiertes Kind genauso liebhaben, als wäre es mein eigenes.«

»Und was willst du jetzt machen?« Kinka nippte an ihrem Wein.

»Ich weiß es nicht.« Ihrer Freundin stand die Ratlosigkeit ins Gesicht geschrieben. »Auf ein Wunder hoffen.«

Als Kinka später in ihrem Bett lag, fand sie keine Ruhe. Jennis Offenbarung hatte sie innerlich aufgewühlt. Sie stellte es sich schrecklich vor, ein Kind zu wollen, aber nicht die Möglichkeit zu haben, eins zu bekommen. Noch schlimmer fand sie aber, dass Jenni ihre unfreiwillige Kinderlosigkeit durch die Vorgabe von viel Arbeit getarnt hatte. Sogar vor ihr und Kirsten. Genau wie Kirsten sie zuerst hatte glauben lassen, eine glückliche Ehe zu führen, und sich hinterher herausgestellt hatte, dass sie kurz vor der Scheidung stand. Diese Unehrlichkeiten machten sie traurig, doch wenn sie ehrlich zu sich selbst war, sie selbst war keinen Deut besser. Schließlich hatte sie auch ein Geheimnis. Sie gab ebenfalls vor, jemand zu sein, der sie nicht war.

Während ihres Gesprächs im Wohnzimmer hatte Kinka überlegt, ob sie ihren Freundinnen die Wahrheit sagen sollte, wie es um ihre Karriere bestellt war. Doch es hatte sich nicht passend angefühlt. Nicht in dem Moment, da Jenni ihren Trost gebraucht hatte. Im Vergleich zu den Problemen ihrer Freundinnen konnte sie selbst ihre Situation zum Guten wenden. Sie musste nur selbst aktiv werden. Eine Arbeit würde sie schon irgendwo finden. Notfalls arbeitete sie als Tennis-Lehrerin oder machte etwas ganz anderes.

Doch wie sollten ihre Freundinnen ihre Probleme lösen? Ein untreuer Ehemann mit einer schwangeren Assistentin und ein schwerwiegendes Gesundheitsproblem, das keine Familienplanung zuließ, das waren wirkliche Probleme. Vielleicht konnte sie Jenni und Kirsten zu einem späteren Zeitpunkt die Wahrheit sagen, wenn sich die Wogen einigermaßen geglättet hatten.

Sie drehte sich auf die Seite und schloss die Augen. Das morgige Treffen mit Sascha war ein Lichtblick für sie. Sie fühlte wieder dieses leichte Kribbeln im Bauch, als sie an ihn dachte, und fragte sich, ob es ihm genauso ging. Irgendwann schlief Kinka mit einem Lächeln auf den Lippen ein.

18. Kapitel

Ganz früh im Muschelhaus bei schönstem Sonnenschein

Am nächsten Morgen stand sie zeitig auf. Kirsten und Jenni schliefen noch. Nachdem sie geduscht hatte, zog sie sich an und wieder aus und wieder an. Bis sie das passende Outfit gefunden hatte, war über eine halbe Stunde vergangen. Zum Frühstücken hatte sie nun keine Zeit mehr, wenn sie den Laden pünktlich aufmachen wollte. Sie eilte los, holte den Wagen sowie den Ladenschlüssel von ihren Eltern ab und fuhr nach Bad, wo es um diese Uhrzeit noch relativ ruhig war. Nachdem sie einen Parkplatz gefunden hatte, besorgte sie sich bei einem Bäcker einen Kaffee und ein belegtes Brötchen. Das musste bis zum Mittag reichen.

Kinka schob Ständer mit Ansichtskarten, Taschen, Sonnenbrillen, Regenschirmen und Sandspielzeug vor den Laden, der etwa auf mittlerer Höhe der Straße Im Bad und bloß einen Katzensprung von der Strandpromenade entfernt lag. Die Ruhe hielt erwartungsgemäß nicht lange vor. Weniger als eine halbe Stunde später war der Laden mit Kundschaft gefüllt. Die Leute kauften Tee und passende Tassen mit Nordsee-Motiven wie dem Westerhever

Leuchtturm oder einem Schriftzug des Ortsnamens, Regenjacken, kleine Deko-Strandkörbe oder Kappen für den Strand. Kinka faltete gerade T-Shirts und legte sie in ein Fach, als sie eine Frau mit krauser Dauerwelle ansprach, die mit einem Schirm, Strandspielzeug und einer großen Schippe bepackt war. »Entschuldigung?«

»Ja?« Kinka legte ein T-Shirt ins Regal.

»Ich habe Sie vorhin eine Weile beobachtet, weil Sie mir irgendwie bekannt vorkommen. Und ich dachte, ich frag jetzt einfach mal, weil es mir sonst keine Ruhe lässt: Kann es sein, dass Sie Kinka Töns sind, die Tennisspielerin?«

»Ja, die bin ich. Nur halte ich die Bälle heute nicht auf dem Tennis-Platz in der Luft, sondern im Souvenir-Shop. Der Laden gehört meinen Eltern. Soll ich Ihnen Ihre Sachen mal abnehmen?«, bot sie der Kundin an.

»Sehr gerne. Ach, wie sympathisch, dass Sie mal bei Ihren Eltern aushelfen«, kombinierte die Frau und folgte Kinka zur Kasse. »Das würde bestimmt nicht jeder Prominente machen.«

»Wer seine Eltern liebt, der hilft auch mal aus. Egal, ob Promi oder unbekannt.« Sie zwinkerte der Frau zu und tippte die Preise in die Kasse ein. »Das macht dann 34 Euro und 60 Cent, bitte.«

»Das ist wirklich aufregend, dass ich Sie hier treffe. So ganz unvorbereitet.« Die Frau legte einen 50-Euro-Schein auf den Tresen.

»Danke.« Kinka gab ihr lächelnd das Wechselgeld raus

und packte die gekauften Gegenstände in eine Papiertüte.
»Möchten Sie den Bon dazu?«

»Nein. Ähm ... ja. Das heißt, können Sie mir vielleicht auf der Rückseite ein Autogramm geben? Sonst glaubt mir das ja keiner.«

»Selbstverständlich. Das mache ich gerne. Für wen?« Kinka drehte den Bon um und nahm einen Kugelschreiber zur Hand.

»Für Rosi.«

Kinka übergab Rosi den Bon mit dem persönlichen Autogramm. Die Frau bedankte sich noch mehrmals bei ihr, bevor sie den Laden verließ.

Die Dame blieb an dem Tag nicht die einzige Kundin, die Kinka erkannte und um ein Autogramm bat. Die Leute waren begeistert, von einer bekannten Persönlichkeit bedient zu werden. Und für Kinka war diese Resonanz eine Wohltat, die ihr zeigte, dass sie ihren Bekanntheitsgrad gehalten hatte und die Leute sich an sie erinnerten und sie mochten. Nebenbei stellte sie sich als wahres Verkaufstalent heraus. Durch ihre freundliche Beratung nahmen die meisten Kunden mindestens ein Teil mehr mit. Von Anke kannte sie den Betrag der durchschnittlichen Einnahmen am Tag. Als sie gegen 18 Uhr den Laden schloss und das Geld in der Kasse zählte, hatte sie fast das Dreifache an Umsatz gemacht. Der Geschäftstag war so gut gelaufen wie lange nicht, stellte sie zufrieden fest. Außerdem hatte ihr die Arbeit im Laden großen Spaß gemacht, sodass sie gar nicht gemerkt hatte, wie schnell die Zeit vergangen war.

Kinka hob den Blick von ihrer Abrechnung, als es an der Ladentür klopfte. Durch das Glasfenster sah sie Sascha in den Verkaufsraum lugen. Sie lächelte erfreut und spürte, wie sich ihr Herzschlag beschleunigte. Kinka schloss die Ladentür auf. »Moin! Komm rein, ich brauche bloß noch ein paar Minuten mit der Abrechnung.«

»Moin!« Sascha strahlte sie an und drückte sie zur Begrüßung an sich, als wäre diese intime Geste zwischen ihnen das Normalste der Welt.

»Oh«, machte Kinka überrascht und erwiderte seine Umarmung. Sascha roch verdammt gut. So gut, dass Kinka am liebsten eine Weile länger in seinen Armen gelegen wäre. Er roch frisch, aber dennoch sinnlich. Eine unschlagbare Kombination.

Sascha löste die Umarmung und schaute sich um. »Meine Güte, das letzte Mal war ich vor einer Ewigkeit hier. Das ist bestimmt zwanzig Jahre her. Oder noch länger.«

Kinka verschränkte die Arme vor ihrem Oberkörper und versuchte sich nicht anmerken zu lassen, was Saschas Umarmung in ihr ausgelöst hatte. »Dann wurde es mal wieder höchste Zeit, dass du vorbeigekommen bist.«

»War längst überfällig«, stimmte Sascha grinsend zu. »Verkaufst du mir noch etwas, obwohl du längst geschlossen hast?«

Kinka nickte. »Selbstverständlich. Was soll es denn sein?«

»Mir ist heute früh meine Seehund-Tasse kaputtgegangen. Die hattest du mir damals zum Geburtstag geschenkt. Weißt du noch?«

»Natürlich weiß ich das noch.« Kinka sah ihn überrascht an. »Aber ich wusste nicht, dass die Tasse noch existiert.«

»Ich habe immer aus ihr getrunken, wenn ich meine Eltern besucht habe. Bis sie heute früh der Scherbentod ereilt hat.« Sascha ging um ein Regal herum, auf dessen Rückseite verschiedene Tassen mit Nordsee-Motiven ausgestellt waren. Er deutete auf ein Trinkgefäß. »So ähnlich sah sie aus. Aber sie war größer, und der Seehund hat freundlicher geguckt.«

»Da drüben haben wir noch ein paar andere.« Kinka ging zu einem Holzregal, das im hinteren Teil des Ladens angebracht war. Eine davon weckte eine Erinnerung in ihr. »Das ist sie doch, oder?« Sie hielt ihm eine größere Tasse mit einem freundlich schmunzelnden Seehund entgegen.

»Genau! Das ist meine Tasse«, sagte er begeistert. »Was bekommst du dafür?«

»Nichts. Die schenke ich dir«, sagte sie lächelnd und nahm Sascha die Tasse ab, um sie in Papier einzuwickeln.

»Vielen Dank! Dann geht das Abendessen aber auf mich.«

»Einverstanden«, stimmte Kinka zu. »Ich habe jedenfalls einen großen Hunger.« Sie legte die Tasse in eine Papiertüte und reichte sie ihm über den Tresen.

»Zum Glück gibt es bei *Gosch* keinen Dresscode«, sagte Kinka und spielte dabei auf ihre legere Arbeitskleidung an, die aus T-Shirt, Jeans und bequemen Stoffturnschuhen bestand.

Sascha hob seine Augenbrauen. »Ich finde, du siehst immer gut aus. Egal, was du anhast.«

»Alter Schleimer!«, foppte Kinka ihn.

»Ich doch nicht.«

Es war ein lauschiger Abend, an dem man keine Jacke brauchte. Die Wolken vom Vortag hatten sich verzogen und dem blauen Himmel wieder das Feld überlassen. Auf der Strandpromenade herrschte emsiges Treiben. Kinka und Sascha stiegen die Holztreppen des Fischrestaurants an der Buhne 1 hoch, die von zwei roten Blumenkübeln gesäumt waren, in denen rund geschnittene Buchsbäume wuchsen. Auf der windgeschützten Terrasse, gleich neben der Seebrücke, fanden sie einen freien Tisch unter einem großen Sonnenschirm. Kinka wählte Folienkartoffeln mit Shrimps und dazu einen Weißwein. Sascha entschied sich für halbe Langusten auf Schmorgemüse mit knusprigen Bratkartoffeln und einer großen Beerenschorle.

»Den Laden gab es hier früher nicht«, stellte Sascha fest. »Nur auf Sylt und in Hamburg. Kein Wunder. In den 90ern war St. Peter auch noch ziemlich verschlafen.« Kinka blickte Sascha an, und ihr fiel auf, dass er der erste Mann seit einer gefühlten Ewigkeit war, der sie wirklich interessierte.

»Ich finde, der Ort hat sich gemacht. Ich könnte mir sogar vorstellen, mir hier ein Haus zu kaufen. Das viele Reisen strengt mich auf die Dauer zu sehr an, und hier könnte ich optimal ausspannen.«

»Das ist eine gute Idee. Ich bin seit Kurzem übrigens auch Hausbesitzerin. Meine Tante Hedda hat mir das Muschelhaus vom Norderdeich vererbt«, erzählte Kinka.

Sascha zog anerkennend die Augenbrauen hoch. »Das ist nicht nur ein hübsches Haus, sondern auch eins in einer Top-Lage. Für die meisten Käufer vermutlich unbezahlbar. Unter drei Millionen auf keinen Fall«, schätzte er den Wert des Hauses. Das Essen wurde gebracht. »Das sieht wirklich lecker aus.«

Sie probierte etwas von den Folienkartoffeln mit Shrimps. »Wirklich köstlich. Meinst du, das Muschelhaus ist wirklich so viel wert?«

»Auf jeden Fall. Lass es doch mal von einem Makler schätzen.«

»Es ist eh unverkäuflich«, wiegelte Kinka seinen Vorschlag ab. »Das Haus kann nur innerhalb der Familie vererbt werden. Von daher ist sein Wert eher zweitrangig.«

»Willst du dort einziehen? Ich meine, alleine?«

»Hm, das weiß ich noch nicht genau. Also, ich meine, wenn, dann schon alleine, ja. Aber ob ich wieder ganz nach St. Peter ziehen werde, das ist noch nicht raus.« Kinka aß noch einen weiteren Happen, um nicht sprechen zu müssen. Falls Jochen ihr keine lukrativen Aufträge anbieten konnte, wäre ein Umzug nach St. Peter-Ording in der Tat eine Möglichkeit für sie.

»Ich suche auch eine Immobilie für mich alleine«, beantwortete Sascha ihre Frage, ohne dass Kinka sie hätte stellen müssen. »Es muss kein riesiges Anwesen sein, aber freistehend mit Garten, das wäre toll. Das Muschelhaus würde mir auch gefallen. Schau mal, ein Ausblick wie dieser ist unbezahlbar!« Er zeigte über die Salzwiesen zum Meer.

»Oh ja! Solche traumhaften Sonnenuntergänge habe ich bisher nur in St. Peter erlebt.« Kinka ließ ihren Blick über das grüne Meer aus Gräsern schweifen, bis hin zum Strand und den Pfahlbauten, wo die Sonne golden im Meer versank. Zusammen mit Sascha hier zu sitzen, war perfekt. Diesen Moment wollte sie für immer festhalten. Ein Glücksgefühl breitete sich in ihr aus. Sie fühlte sich geborgen, als würde ihre alte Heimat sie umarmen und willkommen heißen. Hatte sie dieses Gefühl jemals an einem anderen Ort außerhalb von St. Peter-Ording gehabt? Sie konnte sich an keinen erinnern.

»Eigentlich hat man in St. Peter-Ording alles, was man sich wünschen kann. Aber manchmal muss man erst durch die Weltgeschichte reisen, um wieder nach Hause zu kommen und genau das feststellen zu können«, sagte Sascha, als könnte er ihre Gedanken lesen. Er spießte die letzten Stücke der Bratkartoffeln auf und legte sein Besteck auf den Teller.

Nachdem auch Kinka fertig gegessen und der Kellner abgeräumt hatte, bestellte Sascha zwei Milchkaffees für sie. Später schlenderten sie gemeinsam zurück zur Erlebnis-Promenade. Über dem Platz schwebten leise Klavierklänge, die von einer leichten Brise getragen und nur durch einzelnes Möwengeschrei übertönt wurden.

»Hörst du die Musik? Woher kommt das?«, fragte Kinka und horchte angestrengt.

»Vielleicht von da vorne?« Sascha zeigte auf eine Menschenansammlung.

Sie gingen links an dem Bernsteinladen von Boy Jöns vorbei, und ein paar Schritte weiter entdeckten sie, woher die Musik kam. Die Leute standen, einige saßen sogar, um einen Klavierspieler herum, der an einem Klavier saß und spielte. Das Gesicht des Mannes zierte ein Bart, sein lockiges Haar war ungefähr schulterlang. Auf dem Kopf trug er einen Hut.

Kinkas Augen weiteten sich. »Klaviermusik unter freiem Himmel! Wunderschön.« Sie blieb neben Sascha stehen und hörte fasziniert zu.

»Das Lied kenne ich«, sagte er nach einer Weile.

Kinka nickte. »Ja, *Fields of Gold* von Sting. Ich liebe diesen Song.«

»Sollen wir uns auch hinsetzen?«, fragte Sascha. »Ich habe nur leider keine Jacke dabei, die ich als Decke zweckentfremden könnte.«

»Die brauche ich nicht. Meine Jeans ist warm genug.«

Kinka setzte sich im Schneidersitz auf die noch von der Sonne warmen Pflastersteine, Sascha hockte sich neben ihr auf den Boden. Sie lauschten schweigend der Klaviermusik. Kinka fühlte sich unbeschreiblich leicht wie die Klänge, die durch die Luft tanzten und ihre Gedanken mit sich trugen. Irgendwann spürte sie Saschas warme Hand auf ihrer. Er sagte nichts, lächelte sie nur an. Sie erwiderte sein Lächeln und spürte, dass sie viel mehr verband, als sie je für möglich gehalten hätte. Der Pianist spielte *River flows in you*. Kinka konnte ihr Glück kaum fassen.

19. Kapitel

Ein paar Minuten später am gleichen Abend im Garten vor dem Muschelhaus

»Und warum weiß ich nichts davon? Wieso muss mich erst ein Betreuer anrufen und mich darauf hinweisen, dass unsere Kinder in einem Coffeeshop einkaufen wollten?«, echauffierte sich Kai am Telefon, als wäre er der Über-Vater.

»Schön, dass du überhaupt was mitbekommst.« Kirsten lief mit ihrem Handy am Ohr auf der Terrasse auf und ab. »Beim letzten Mal konnte man dich überhaupt nicht erreichen. Wahrscheinlich warst du da mal wieder mit deinen Sekretärinnen beim Italiener«, schnaubte Kirsten. Diese Spitze konnte sie sich nicht verkneifen.

»Und was jetzt?«, fragte Kai, ohne auf das Gesagte einzugehen.

Kirsten blieb stehen und zog die Stirn in Falten. »Wie? Was jetzt? Ich hole die Kinder jedenfalls nicht in Holland ab.«

»Aber ich, oder wie?« Kais Stimme wurde lauter.

»Das wäre mal eine Maßnahme. Falls du es schon vergessen haben solltest, es sind auch deine Kinder.«

»Wie stellst du dir das eigentlich vor? Morgen früh um

sechs geht meine Maschine nach Salt Lake City«, sagte er entgeistert.

»Dann hast du ja noch ...«, sie schaute auf das Display ihres Mobiltelefons, »... knapp neun Stunden Zeit. Das schaffst du locker.«

»Kirsten, jetzt sei doch mal vernünftig!«, sagte er in einem mahnenden Ton.

»Ich soll vernünftig sein?« Sie lachte auf. »Ich war die ganzen Jahre, die wir uns kennen, vernünftig. Derjenige, der nicht vernünftig war, bist du, mein Lieber!«

»Diese Diskussion bringt uns nicht weiter. Die Kinder sollen in Holland abgeholt werden, und ich kann sie nicht abholen. Punkt.«

Kirsten atmete tief ein und langsam wieder aus. Sie setzte sich auf den Gartenstuhl neben Jenni, die das Gespräch die ganze Zeit über mitverfolgt hatte. »Weißt du was, Kai?«, sagte sie mit sachlicher Stimme und schaute dabei ihre Freundin an. »Ich habe eine gute Nachricht für dich. Du brauchst die Zwillinge nicht abzuholen.«

»Ich wusste, dass du zur Vernunft kommst«, triumphierte Kai.

»Du brauchst sie zukünftig auch nie wieder abholen«, fuhr Kirsten fort.

»Was soll das denn heißen?«

»Ich werde bei der Scheidung das alleinige Sorgerecht beantragen.« Jenni zeigte ihr den erhobenen Daumen. »Guten Flug nach Salt Lake City.« Kirsten beendete das Gespräch, ohne Kais Antwort abzuwarten.

»Wow! So kenne ich dich ja gar nicht.«

»Ich weiß auch nicht, was das gerade war.« Insgeheim war Kirsten ein bisschen stolz auf sich, so konsequent aufgetreten zu sein. »Das kam einfach aus mir raus.«

Das Telefon klingelte wieder. Kirsten schaute auf das Display, ging aber nicht ran.

»Kai?«, fragte Jenni wissend.

»Ja.«

»Das war klar. Droht man ihnen mit dem alleinigen Sorgerecht, werden die meisten Männer plötzlich flott. Ist fast immer so.«

»Mir egal. Meine Energie kann ich auch auf bessere Dinge verwenden.«

»Die da wären?«

»Zum Beispiel meine Eltern anzurufen, um ihnen die freudige Nachricht zu überbringen, dass sie ihre Enkel vom Zeltlager abholen dürfen.«

»Das wird peinlich für die Kids.«

Kirsten zuckte bloß die Achseln. »Na und? Ist doch die gerechte Strafe. Wer nicht hören will, muss fühlen. Meinen Vater wird es freuen, er wollte sie eh gerne in Holland besuchen.«

»Na, hoffentlich hält er sich von den Coffeeshops fern.« Jenni lächelte sie an. »Ich gehe dann mal auf mein Zimmer. Ich bin ziemlich geschafft heute, und mir ist etwas schlecht.«

»Okay, ich schau nachher noch bei dir vorbei.« Kirsten wartete, bis Jenni in ihrem Zimmer verschwunden war, und rief dann ihre Eltern an. Sie umriss kurz und knapp, was passiert war. Wie sie erwartet hatte, boten ihre Eltern an, die Kinder am nächsten Tag abzuholen, und freuten sich darüber, ihre Enkel noch ein paar Tage auf Ameland zu haben. »Wir haben genügend Schlafmöglichkeiten in der Wohnung«, verkündete ihre Mutter eifrig. Vor lauter Begeisterung über den anstehenden Urlaub vergaßen sie zu fragen, warum Kai die Kinder nicht abholen konnte. Kirsten war es recht, so musste sie keine unbequemen Fragen beantworten.

Nachdem sie dem Betreuer eine Nachricht geschrieben hatte, dass die Kinder von den Großeltern abgeholt werden würden, blieb ihr Blick bei der letzten Mitteilung von Alex hängen. Er hatte sich noch gar nicht bei ihr gemeldet. Seit ihrem letzten Treffen hatte sich etwas zwischen ihr und ihm verändert. Er hatte zwar nichts Konkretes gesagt, doch ihr Gefühl signalisierte ihr, dass etwas nicht stimmte. Die Alarmglocken, die sie jetzt schrillen hörte, hatte sie auch bei Kai vernommen und lange Zeit ignoriert.

War ihr Kontakt etwa eingeschlafen?

Alex sagte zwar, er habe viel in der Klinik zu tun, doch sie spürte instinktiv, dass es noch einen anderen Grund für seine Zurückhaltung geben musste. Seine Ausflüchte erinnerten sie an Jenni, die ihre Kinderlosigkeit auf die Arbeit geschoben hatte. Kirsten zögerte einen Moment, ehe sie dann eine Nachricht an ihn schrieb.

Lieber Alex,
ich hoffe, es geht dir gut, und du arbeitest nicht so viel. Ich würde mich freuen, von dir zu hören. Vielleicht können wir uns mal wiedersehen.
Liebe Grüße, Kirsten

Allzu sehr wollte sie ihm nicht auf die Pelle rücken, da sie noch von früher wusste, dass er sich daraufhin nur noch mehr zurückzog. Er konnte es auf den Tod nicht ausstehen, wenn man ihn bedrängte oder er das Gefühl hatte, eine bestimmte Erwartung auf Kommando erfüllen zu müssen. Deswegen hielt sie ihre Nachricht in einem betont lockeren, freundlichen Ton, der möglichst keinen Druck aufbauen sollte. In Wirklichkeit konnte sie seine Antwort kaum erwarten und hätte sich am liebsten gleich mit ihm getroffen. Kirsten blies die Kerze in dem Windlicht aus, das auf dem Gartentisch stand, und ging ins Haus. Als sie im ersten Stock an Jennis Zimmer vorbeikam, klopfte sie an die Tür.

»Komm rein«, hörte sie ihre Freundin sagen.

Kirsten drückte die Klinke runter und blieb im Türrahmen stehen. »Geht es dir besser?«

Jenni saß in einem Pyjama auf dem Bett. »Nee. Mir ist noch immer ein wenig kodderig. Keine Ahnung, woher das kommt. Ist Kinka inzwischen eingetrudelt?«

»Sie ist noch unterwegs.« Kirsten lehnte ihren Kopf an den Rahmen. »Übrigens, falls es dir zu viel wird mit den Geschichten über meine Kinder, dann sag das bitte.«

Jenni schüttelte den Kopf. »Das ist überhaupt kein Problem für mich. Ich höre mir gerne spannende Geschichten über deine Kinder an. Besonders wenn sie in holländischen Coffeeshops spielen.«

Kirsten verdrehte die Augen. »Die Zwillinge rauben mir noch den letzten Nerv. Bin ich froh, wenn die Pubertät vorbei ist und sie wieder normal sind.«

Jenni lächelte sie an. »Ich würde mir gerne den letzten Nerv von meinen Kindern rauben lassen, wenn ich nur welche hätte. Sei froh, dass du sie hast. Alle vier sind ein großes Geschenk. Und später werdet ihr über ihre Eskapaden lachen.«

»Da hast du recht.« In dem Moment schämte sich Kirsten ein bisschen vor Jenni. In deren Augen jammerte sie vermutlich auf ziemlich hohem Niveau. Ihre Kinder waren alle gesund, und sie würde sie um nichts auf der Welt hergeben wollen.

»Gut, dass es damals in St. Peter keinen Coffeeshop gab«, sagte sie und grinste Jenni an.

Jenni nickte wissend. »Wir wären abends aus dem Internat getürmt und hätten heimlich eine Hasch-Party bei Kerzenschein am Böhler Leuchtturm gefeiert.«

»Und wir wären dabei aufgeflogen, weil ich vom Rauchen einen Asthmaanfall bekommen hätte«, spann Kirsten die Geschichte weiter.

»Von dem du dich hoffentlich schnell erholt hättest. Schlaf schön, Kirsten!«, schloss Jenni.

»Du auch, Jenni.«

Kirsten schloss die Tür und ging in ihr Zimmer. Das Fenster war gekippt, und durch den Spalt wehte ein angenehmes Lüftchen herein. Sie ging zum Fenster und öffnete es ganz. Am Himmel funkelten schon die ersten Sterne, und der Lichtschein vom Westerhever Leuchtturm strich über das Meer und das flache Land. Sie vernahm leises Meeresrauschen und konnte die unmittelbare Nähe zur Nordsee riechen.

Ein Gefühl von Frieden überkam sie, ein diffuses Wissen darüber, dass am Ende alles gut werden würde. Die Scheidung von Kai würde nicht das Ende der Welt bedeuten, sondern der Anfang von etwas Neuem sein. Vielleicht war es der Beginn eines Lebens, das sogar besser war, als sie es sich momentan vorstellen konnte. Kirsten schaute auf ihr Handy, das sie in einer Hand hielt. Sie öffnete ihre *Whatsapp*-Nachrichten und schrieb ihren Kindern.

Ihr lieben Mäuse,
Oma, Opa und die Kleinen holen euch morgen ab.
Macht euch eine schöne Zeit auf Ameland.
Ich habe euch ganz doll lieb!
Mama

Sie lächelte und schaute wieder aus dem Fenster.

20. Kapitel

Am nächsten Morgen beim Frühstück auf der Terrasse des Muschelhauses

Jenni und Kirsten lehnten sich zu Kinka, auf deren Smartphone ein Video vom gestrigen Abend lief.

»Der Typ spielt ja toll! Wow!« Jenni hob anerkennend die Augenbrauen.

»Und er hat einfach sein Klavier auf die Promenade gerollt und dort ein Freiluftkonzert gegeben?«, wollte Kirsten wissen.

»Hat er. Sascha und ich haben dagesessen, bis es dunkel geworden ist. Nach dem Konzert habe ich mir gleich das Album bei dem Musiker gekauft.« Kinka zeigte auf eine CD, die neben einem Glas Marmelade auf dem gedeckten Frühstückstisch lag.

Jenni nahm sie in die Hand. »Joe Löhrmann«, las sie den Interpreten und schaute sich die CD von allen Seiten an. »Schaut mal«, sagte Kinka und hielt die Hände so, dass ihre Freundinnen einen guten Blick auf das Display hatten. »Gleich kommt die Stelle, an der ich Sascha gefilmt habe.«

»Wo?«, fragte Kirsten.

»Ich kann ihn auch nicht entdecken.« Jenni schaute angestrengt auf das Video.

Kinka drückte auf Pause. »Na, hier!« Sie zeigte mit dem Finger auf ihn.

»Das ist Sascha?«, fragte Kirsten ungläubig.

»Was ist denn mit dem passiert? Hat er sich operieren lassen? Wie kann aus einem Nerd wie ihm so ein Traumtyp werden? Ich fasse es nicht!« Jenni legte die CD auf den Tisch zurück und ging näher an das Display heran. »Das ist ja ein ganz anderer Mensch.«

»Ich habe auch nicht schlecht geguckt, als ich ihn im Nachbargarten meiner Eltern gesehen habe. Zuerst dachte ich, er würde Kirschen stehlen.« Kinka musste lachen.

»Ein überaus attraktiver Kirschdieb«, fügte Kirsten hinzu.

»Tja, wer hätte das gedacht.« Jenni legte eine Scheibe Brot auf ihren Teller und zog den Deckel von der Margarine. »Das Märchen vom Frosch, der sich in einen Prinzen verwandelt, scheint tatsächlich wahr zu sein. Du solltest ihn unbedingt küssen!«

Kinka schüttelte verlegen den Kopf und steckte das Handy in ihre Hosentasche. »Aber er ist tatsächlich noch genauso nett wie früher. Fast zu schön, um wahr zu sein.«

»Läuft da was zwischen euch?«, fragte Kirsten nach.

»Ich weiß es nicht«, antwortete Kinka wahrheitsgemäß. »Geküsst haben wir uns nicht, aber ich würde zu gerne herausfinden, wie er zu mir steht. Vorher brauche ich jedoch dringend ein Frühstück.«

Nachdem Kinka ihre Schwester mittags im Laden ihrer Eltern abgelöst hatte und es noch geschäftig zuging, hatte sie am Nachmittag ein wenig Luft. Die nutzte sie, um Sascha eine Nachricht zu schreiben.

Ihr war eine Idee gekommen, die ihr nicht aus dem Kopf gegangen war.

Hi Sascha,
Lust auf Krabbensalat mit Pellkartoffeln wie in alten Zeiten?
LG,
Kinka

Sie musste nicht lange auf eine Antwort warten.

Kinka, das fragst du MICH? Nicht dein Ernst!
Ich sterbe für Krabbensalat mit Pellkartoffeln!
Wann und wo treffen wir uns?
Liebe Grüße,
Sascha

Nach ihrer Schicht kaufte sie frische Krabben, Kartoffeln und die restlichen Zutaten für den Salat. Sie war um 19 Uhr mit Sascha im Haus ihrer Eltern verabredet. Sascha wollte ihr wie früher bei der Zubereitung helfen. Schon damals war dies ihr gemeinsames Lieblingsessen gewesen.

Sascha klingelte um Punkt 19 Uhr an der Haustür.

»Pünktlich wie immer«, begrüßte Kinka ihn und ließ sich

von ihm umarmen. Darauf war sie seit ihrem letzten Treffen vorbereitet.

»Ich habe Getränke mitgebracht.« Er folgte ihr in die Küche und stellte eine Tragetasche auf dem Tisch ab. »Cola und Orangenlimo für *Kalten Kaffee*.« In seinen Händen hielt er zwei Flaschen.

»Du meinst Spezi.« Kinka musste lachen. »Das habe ich seit Urzeiten nicht mehr getrunken. Ich fühle mich wie in einer Zeitmaschine.«

»Sind die Gläser noch da, wo sie immer waren?«, fragte er und zeigte auf einen Hängeschrank.

»Klar. Hat sich nichts geändert.«

Er öffnete die Schranktür und entnahm daraus zwei Trinkgefäße. »Und die alten Cola-Gläser von damals sind auch noch da. Das wird stilecht.«

»Nicht fallen lassen«, spielte Kinka auf die alte Robben-Tasse an.

»Auf keinen Fall!« Sascha mixte die Getränke zusammen und gab ihr ein Glas.

»Genauso lecker wie früher«, befand Kinka nach einem großen Schluck. »Dann lass uns mal mit den Krabben loslegen.«

Als Kinkas Vater von der Arbeit kam, schaute er in die Küche. »Ui, wird das etwa Krabbensalat?«

»Wird es!«, sagte Kinka, ohne von den Krabben aufzusehen.

»Macht ihr für mich ein Portiönchen mit?«

»Geht klar!«

Gut gelaunt verließ Kinkas Vater die Küche wieder.

Nachdem der Krabbensalat und die Pellkartoffeln fertig waren, aßen sie zu dritt auf der Terrasse.

»Deine Mutter schlägt sich so gut, dass Amelie und Hannes demnächst mit ins Krankenhaus kommen dürfen«, erzählte ihr Vater, der nach Arbeitsende in der Husumer Klinik vorbeigeschaut hatte.

»Das ist wunderbar! Ich fahre morgen wieder«, sagte Kinka.

»Freut mich für Ihre Frau, Herr Töns. Ich habe einen ganz schönen Schrecken bekommen, als ich von dem Unfall erfahren habe«, erklärte Sascha.

»Hauptsache, sie wird wieder ganz die Alte. Meckern kann sie jedenfalls schon wieder wie früher.«

Kinkas Vater verabschiedete sich nach dem Essen, um in seinem Büro noch ein paar Papiere zu bearbeiten.

Kinka und Sascha blieben auf der Terrasse zurück. Sie genossen den Abend zusammen, nippten nostalgisch am Getränk ihrer Jugend und redeten über alte Zeiten. Kinkas Vater war längst zu Bett gegangen, als Kinka das Geschirr zusammenstellte, um es in die Küche zu bringen.

»Warte, ich helfe dir«, bot Sascha an, und wie zufällig berührte er ihre Hand, als sie beide nach einer Gabel auf dem Tisch griffen. Doch statt sie zurückzunehmen, ließ er sie auf ihrer liegen. »Danke für diesen schönen Abend. Besonders für die Zeitreise in die Vergangenheit.«

Kinka spürte ihr Herz mit einem Mal schneller schlagen.

»Hab ich gerne gemacht«, sagte sie ein wenig außer Atem und traute sich nicht, ihm in die Augen zu sehen, aus Furcht, er könnte erraten, was in ihr vorging. Sie nahm eine Schüssel und einen Teller. Als sie sich an ihm vorbei ins Haus schieben wollte, hielt er sie am Arm fest. »Das Geschirr kann doch warten, oder?«

Kinka schaute ihn fragend an.

»Da ist nämlich noch etwas...«, flüsterte er leise. »Etwas, was ich schon immer tun wollte, aber mich nie getraut habe.« Er beugte sich zu ihr runter und küsste sie.

Konnte das sein, nach all den Jahren?

Kinka schloss beseelt die Augen, als ihre Lippen sich berührten. Hätte sie die Hände nicht voller Geschirr gehabt, hätte sie die Arme um seinen Nacken gelegt.

21. Kapitel

Am nächsten Tag sehr früh am Morgen im Muschelhaus

Das laute Klingeln ihres Handys übertönte den tosenden Applaus der Konzertbesucher. Sie stand vor dem Flügel in der Rudolf-Oetker-Halle und verneigte sich, um sie herum standen die Bielefelder Philharmoniker. Jenni schrak hoch und überlegte einen Augenblick, wie sie so schnell von der Konzertbühne ins Bett gekommen war. Sie rieb sich über die Augen und realisierte, dass der Konzertabend bloß ein Traum gewesen war. Dafür war das laute Klingeln ihres Handys höchst real.

Wer rief denn so früh an?

Sie schwang ihre Beine aus dem Bett und ging zur Fensterbank, auf der sie das Telefon über Nacht abgelegt hatte, weil sich neben dem Fenster eine Steckdose befand. Der Anrufer war Peter. Seit ihrem unerfreulichen letzten Telefonat hatten sie nicht mehr miteinander gesprochen.

Jenni seufzte, nahm dann das Telefongespräch an. »Guten Morgen, Peter«, meldete sie sich.

»Guten Morgen, Jenni … Hab ich dich geweckt?«, fragte er vorsichtig.

»Irgendwie schon. Was gibt es denn?« Sie stöpselte das Ladekabel aus dem Handy und setzte sich aufs Bett.

»Ich habe über unser letztes Telefonat nachgedacht«, begann er zögerlich. »Eigentlich habe ich in den letzten Tagen ständig daran gedacht, besonders letzte Nacht«, gab er zu.

Jenni strich sich mit einer Hand eine Strähne aus dem Gesicht. »Und was hast du so gedacht?«

»Ich habe eingesehen, dass ich dir Unrecht getan habe. Es war egoistisch von mir, auf eigene Kinder zu pochen. Deine Hormonstörung hast du dir schließlich nicht ausgesucht, und ich weiß ja, dass du dir genauso sehr wie ich ein Kind wünschst.«

Jenni wollte etwas erwidern, doch Peter kam ihr zuvor.

»Jedenfalls wollte ich mich bei dir entschuldigen und sagen, dass ich mir eine Adoption vorstellen könnte. Sogar sehr gut vorstellen könnte«, fügte er hinzu, um seinen Entschluss zu bekräftigen.

»Wirklich?«, fragte Jenni perplex. »Das ist wirklich eine sehr schöne Nachricht.«

»Deswegen habe ich so früh angerufen«, erklärte er. »Falls ich dich wach geklingelt haben sollte, dann tut es mir leid. Aber ich musste das einfach loswerden und konnte nicht länger warten.«

Jenni lächelte. »Mit dieser Nachricht hättest du mich auch mitten in der Nacht aus dem Bett klingeln dürfen.«

»Lass uns doch einfach in Ruhe über eine Adoption reden, wenn du wieder da bist«, schlug er vor.

»Das machen wir«, stimmte Jenni zu.

Als sie das Gespräch beendet und das Ladekabel wieder ins Handy gestöpselt hatte, lächelte sie. Sie war so froh! Peter war mit einer Adoption einverstanden! Diese gute Nachricht musste sie unbedingt später Kinka und Kirsten mitteilen. Sie schaute zum Bett, doch an Weiterschlafen war nicht mehr zu denken. Dafür war sie viel zu aufgekratzt. Peter und sie würden ein Kind adoptieren! Jenni beschloss, sich anzuziehen und zur Feier des Tages Brötchen, Croissants und eine Flasche Sekt zum Frühstück zu besorgen.

Als am Nachmittag der letzte Ton verklungen war, atmete sie erleichtert auf. Ihr Auftritt beim Abi-Jubiläum rückte immer näher. Mittlerweile konnte Jenni das Klavierstück nahezu im Schlaf spielen und fühlte sich nicht mehr wie eine blutige Anfängerin an den Tasten.

»Bravo!«, rief Frau May und klatschte in die Hände.

»Toll!« Amelie und Hannes waren von ihren Stühlen aufgesprungen und stimmten in den Applaus ein.

Jenni stand von der Piano-Bank auf, drehte sich zu ihrem Publikum und deutete eine leichte Verbeugung an.

»Das war wirklich richtig gut«, sagte Anke beeindruckt, die ihre Kinder zu Frau May begleitet hatte.

»Ich habe eben eine tolle Klavierlehrerin«, sagte Jenni und warf Frau May einen dankbaren Blick zu.

»Ach was«, winkte sie verlegen ab.

»Sind wir jetzt dran?«, fragte Amelie aufgeregt.

Frau May nickte und schaute mit leuchtenden Augen auf die Kinder, die sofort zum Klavier stürmten und sich auf die

Piano-Bank setzten. Jenni war aufgefallen, dass Frau May in letzter Zeit regelrecht aufgeblüht war. Die Gesellschaft der Kinder schien ihr gutzutun.

»Dann zeigt der Mama mal, was ihr schon gelernt habt«, forderte Jenni die beiden auf. Ankes Kinder, die inzwischen den Flohwalzer beherrschten, ließen sich das nicht zweimal sagen und hauten in die Tasten.

»Wow! Ihr seid ja richtige Klavierspieler.« Anke war von dem Können ihrer Kinder beeindruckt. »Ich möchte Amelie und Hannes gerne für den Unterricht anmelden. Das Musizieren scheint ihnen großen Spaß zu machen.«

»Das wäre mir eine große Freude«, sagte Frau May. »Zumal ich Ihre Kinder auch für talentiert halte.«

Jenni legte eine Hand auf ihren Bauch. »Entschuldigen Sie, Frau May. Dürfte ich einmal Ihre Toilette benutzen? Mir ist nicht gut.«

»Selbstverständlich. Du weißt ja, wo die Gäste-Toilette ist.«

Jenni durchquerte Frau Mays Wohnzimmer und den Flur. Sie öffnete die Tür des Gäste-WCs, das sich gleich neben dem Hauseingang befand. Hastig und keine Sekunde zu früh klappte sie den Toilettendeckel hoch. Sie erbrach sich. Als ihr Magen leer war, hob sie den Kopf hoch. Ihre Knie fühlten sich weich an. Sie war schweißgebadet und zitterte am ganzen Körper.

In Gedanken ging sie die Lebensmittel durch, die sie im Laufe des Tages zu sich genommen hatte. Doch ihr fiel nichts Verdächtiges ein. Vielleicht war ihr Magen einfach etwas gereizt, schlussfolgerte sie. Ihr fiel ein, dass sie Kaffee mit Milch getrunken und etwas Joghurt gegessen hatte. Vermutlich war es eine Laktoseintoleranz und auf den Stress der letzten Wochen zurückzuführen. Jenni klappte den Deckel zu und betätigte die Spülung. Nachdem sie sich die Hände gewaschen hatte, folgte sie den fröhlich klimpernden Klaviertönen und ging zurück zu den anderen.

22. Kapitel

Zur gleichen Zeit am Strand der Badestelle in Ording

»Ich weiß gar nicht, wie lange ich nicht mehr in einem Strandkorb gesessen habe. Herrlich!« Kirsten leckte genüsslich an einem Eis und wühlte mit ihren nackten Füßen im warmen Sand.

»Ja, so kann man es aushalten. Ich wünschte, der Sommer würde nie zu Ende gehen. In St. Peter lässt sich ein Jahrhundertsommer gut ertragen«, meinte Kinka, die neben ihr im Strandkorb saß und in einer Zeitschrift blätterte.

Die Sonne hatte ihren Zenit schon überschritten, doch auf dem weitläufigen Strand herrschte noch Hochbetrieb. Solch einen perfekten Sommertag kosteten die meisten Strandbesucher bis zum späten Nachmittag aus.

Auf der Veranda des Pfahlbaus der DLRG stand ein Mann, der durch ein Fernglas den Badebetrieb im Auge behielt. Teilnehmer eines Surf-Kurses machten erste Segelversuche im niedrigen Wasser, und weiter draußen zeigten Kite-Surfer ihr Können mit waghalsigen Sprüngen.

»Wann kommt deine Mutter eigentlich aus dem Krankenhaus?«, fragte Kirsten unvermittelt.

»Morgen Mittag schon.« Kinka blätterte eine Seite um. »Ich fahre morgen früh nach Husum, um sie abzuholen.«

»Ziemlich schnell ging das, wenn man bedenkt, dass die OP erst vor ein paar Tagen war.«

Kinka legte die Zeitschrift auf ihren Oberschenkeln ab. »Wir waren alle überrascht. Doch es scheint normal zu sein, die Patienten nicht länger als nötig stationär zu behandeln. Eine Reha kann sie ja auch gut in St. Peter machen. Am Anfang wird sie noch Gehhilfen brauchen, das ist klar.« Kinka schob sich die Sonnenbrille auf den Kopf. »Hauptsache, sie ist ab morgen wieder zu Hause, und die Dinge normalisieren sich langsam wieder. Mein Vater ist ohne meine Mutter komplett aufgeschmissen.«

»Sind das nicht alle Männer ohne uns Frauen?«, lachte Kirsten.

Kinka schüttelte den Kopf. »Stell dir vor, letztens wusste er noch nicht mal, in welchem Schrank frisches Bettzeug ist.«

»Aber er wohnt schon in dem gleichen Haus wie deine Mutter?«, witzelte Kirsten.

»Er sagt immer, er schläft dort nur. Fürs Wohnen ist meine Mutter zuständig, er kümmert sich um die Arbeit.«

»Aha, dann sind die Verhältnisse ja geklärt.« Kirsten lachte. »Aber lass uns lieber über modernere Beziehungen sprechen. Was gibt es Neues von Sascha und dir? Was ist denn jetzt mit euch? Herrschen da auch klare Verhältnisse? Ich meine, wie geht es nach dem Kuss nun weiter?«

Kinka zuckte mit den Schultern. »Weiß ich nicht.«

Kirsten sah sie an. »Wie jetzt?«

»Wir haben nach dem Kuss nicht darüber geredet.«

»Sondern?« Kirsten leckte den Rest Eis vom Holzstiel.

»Wir haben nur das Geschirr abgespült.«

Kirsten zwinkerte belustigt. »Sehr romantisch.«

»Na ja ... er ist nicht aus der Welt. Seine Eltern sind die Nachbarn meiner Eltern. Wir kennen uns schon immer. Ich gehe nachher einfach mal vorbei, und dann werden wir weitersehen.« Sie nahm die Zeitschrift wieder zur Hand.

»Aber du bist schon in ihn verknallt?«, hakte Kirsten grinsend nach.

»Irgendwie schon. Ja. Hätte ich früher nie gedacht, dass mir das mal mit Sascha passieren könnte«, meinte Kinka und blickte verlegen auf ihre Zeitschrift. »Ich meine, ausgerechnet mit Sascha. Ist ein bisschen wie in dem Lied von Klaus Lage. Tausendmal berührt, tausendmal ist nichts passiert«, zitierte sie die berühmte Textzeile.

»Aber dann hat es doch *Zoom* gemacht.«

»Ist schon alles verrückt. Ich verliebe mich in meinen Jugendfreund, du lässt dich scheiden, und Jenni adoptiert ein Kind.«

»Das freut mich so für sie, dass Peter Einsicht gezeigt hat.«

»Sie werden bestimmt eine glückliche Familie werden.«

»Stimmt. Jenni kann sich glücklich schätzen, so einen Mann an ihrer Seite zu haben. Mein Noch-Ehemann ist ja noch nicht einmal in der Lage, seine eigenen Kinder aus dem Zeltlager abzuholen.« Kirsten verdrehte die Augen.

»Sei froh, dass du deine Eltern hast. Steht dein Entschluss denn endgültig, dich von Kai scheiden zu lassen?«

»Definitiv! Ich habe zwar immer noch ein bisschen Angst davor, wie es nach der Scheidung weitergehen soll. Doch mir ist klar geworden, dass diese Angst bloß die Furcht vor dem Unbekannten ist. Im Grunde genommen konnte ich nie lernen, auf eigenen Beinen zu stehen, weil ich immer abhängig von Kai war. Keine optimale Position. Es wird höchste Zeit, das zu ändern und neue Erfahrungen zu sammeln. Denn irgendwie geht es ja immer weiter. Oder?«

»Vielleicht sogar besser als bisher«, stimmte Kinka ihr zu. »Ich finde sowieso, dass Alex viel besser zu dir passt.«

»Schon, aber ...« Kirsten schwieg.

»Aber?«

»Ich mache mir Sorgen wegen Alexander. Seit unserer letzten Begegnung habe ich ihn nicht wiedergesehen. Wir schreiben zwar Nachrichten hin und her, aber ich glaube, er geht mir aus dem Weg. Ich weiß nicht, ob wir noch eine zweite Chance haben.«

»Bestimmt!« Kinka legte eine Hand auf Kirstens Schulter. »Manchmal braucht es einfach ein wenig Geduld. Ihr habt euch viele Jahre nicht gesehen, es ist viel passiert. Gib ihm einfach Zeit.«

»Okay.«

Kinka schaute nach der Uhrzeit. »Kurz nach vier. Ich muss gleich los. Ich möchte noch eine Kleinigkeit für meine Mutter besorgen, bevor sie aus dem Krankenhaus kommt.«

»Das macht nichts, ich muss auch los. Ich habe Jenni versprochen, mit ihr zur Generalprobe ins Internat zu fahren.«

Kinka und Kirsten packten ihre Sachen zusammen. Gemeinsam gingen sie noch ein Stück über den Strand bis zur Haltestelle. Als sie ankamen, hielt gerade der Ortsbus. Sie verabschiedeten sich mit einer Umarmung. Kirsten sprang lächelnd in den Bus nach Böhl, und Kinka lief über den Deich in den Ortsteil Bad.

Die Strecke über den Seedamm war für Kinka der schönste Fußweg von Ording ins Zentrum von St. Peter-Ording. Sie genoss die wunderschöne Aussicht über blühende Salzwiesen, den leichten Wind in ihren Haaren und war dankbar dafür, an diesem Ort zu Hause sein zu können. Dachte sie an ihre Wohnung im Rheinland, tat sie dies heute mit einer gewissen Befremdung. Dieses Leben schien inzwischen so weit entfernt zu sein. Bei der Vorstellung, nach dem Sommer aus St. Peter-Ording abreisen zu müssen, überkam sie eine leichte Trauer.

Sie blieb auf dem Deich stehen und schaute einer Möwe hinterher, die scheinbar schwerelos über die Salzwiesen glitt und schließlich in den Gräsern landete. Kinka vergrub ihre Hände in den Hosentaschen ihrer Jeans-Shorts. Musste sie denn unbedingt in der Nähe von Köln leben? Gab es wirklich nicht die Möglichkeit, ihre Termine von St. Peter-Ording aus wahrzunehmen, wenn sie es geschickt organisierte?

Sie wollte sich nicht wieder für eine so lange Zeit von ihrer Familie trennen. Sie wollte ihre Eltern, Anke, Fred und die Kinder sehen, wann immer sie mochte, nicht erst dann, wenn ihr Terminkalender es zuließ. Sie wollte morgens wach werden, das Fenster öffnen und die salzige Luft des Meeres einatmen. Selbst Sascha suchte ein Haus in St. Peter-Ording, weil er an keinem anderen Ort lieber wohnte als hier. Auch wenn sie es sich nicht ganz eingestehen wollte, war seine Nähe ihr wichtig geworden. Es würde ihr viel bedeuten, die Familientradition im Muschelhaus fortzusetzen. Sie musste an Kirstens Worte denken: *Doch mir ist klar geworden, dass diese Angst bloß die Furcht vor dem Unbekannten ist.* Dies traf ebenso auf ihre Situation zu. Es gab keinen Grund, Angst davor zu haben, keine neuen Aufträge zu bekommen. Selbst, wenn es so wäre, sie würde deswegen nicht untergehen. Eine neue Gelegenheit würde sich ergeben, wenn sie bereit dazu war, die Dinge auf sich zukommen zu lassen. Der Gedanke beruhigte sie. Die Zeit war reif für Veränderungen. Kinka hob das Kinn und setzte ihren Weg fort.

In der Nähe des Souvenir-Shops ihrer Eltern lag die Buchhandlung *Bookbantje Truels*. Kinka ging hinein und schaute sich in der Abteilung mit den Frauenromanen um. Kinka kaufte einen dicken Schmöker, der in Cornwall spielte, und ein schönes Lesezeichen dazu. Mit diesem Buch konnte ihre Mutter einige schöne Lesestunden auf der Terrasse verbringen. Die Verkäuferin packte das Buch mit dem Lesezeichen in einen hübschen Stoffbeutel.

Als Kinka aus dem Laden ging, wäre sie beinahe über einen Hund gestolpert. »Ach, wir haben uns ja länger nicht mehr gesehen.«

Frau Neumann stand vor dem Schaufenster neben dem Eingang der Buchhandlung und betrachtete die ausgestellten Bücher. Pukki führte sie wie immer an einer Leine mit sich.

»Hallo, Kinka.« Sie deutete auf den Stoffbeutel in Kinkas Hand. »Hast du Bücher gekauft?«

»Ein Buch für meine Mutter. Sie kommt morgen aus dem Krankenhaus.«

»Oh, Krankenhaus? Hoffentlich nichts Schlimmes?«

»Sie hat sich bei einem Sturz vom Fahrrad einen Oberschenkelhalsbruch zugezogen. Die nächste Zeit wird sie zu Fuß nicht allzu gut unterwegs sein. Deswegen habe ich ihr das Buch hier gekauft, damit sie sich die Zeit vertreiben kann.« Kinka zog das Buch aus dem Beutel heraus, um es der Frau zu zeigen.

»Das tut mir leid für deine Mutter.« Frau Neumann überflog den Klappentext auf dem Buchrücken. »Das wäre auch was für mich. Geschichten, die in Cornwall spielen, mag ich gerne.« Sie gab Kinka das Buch zurück und lächelte sie an. »Ich glaube, ich hole mir auch gleich ein Exemplar.«

Kinka packte das Buch zurück in den Beutel.

»Wenn Sie wollen, kann ich kurz auf Pukki aufpassen, dann brauchen Sie ihn nicht anbinden. Das heißt, wenn Sie mir Pukki anvertrauen wollen«, bot Kinka an.

»Das ist nett von dir. Bei dir habe ich keinerlei Bedenken. Ich springe dann eben rein und bin gleich zurück.« Sie übergab Kinka die Leine. »Pukki, mach schön Sitz. Das Frauchen ist gleich wieder da«, sagte sie zu dem Hund.

Frau Neumann verschwand in dem Buchladen, und Pukki blieb artig neben Kinka sitzen, die ihren Blick über die Straße schweifen ließ.

Um die Uhrzeit war viel im Zentrum los. Leute kamen vom Strand oder gingen dorthin, andere kehrten in Restaurants ein, und wieder andere gönnten sich eine Shopping-Tour. Sie schaute nach rechts zum Laden ihrer Eltern. Dort herrschte offenbar reger Betrieb. Das Restaurant *Die Insel* lag schräg gegenüber auf der anderen Straßenseite. Sie beobachtete die Servicekräfte, wie sie vollbeladene Tabletts zu den Tischen schleppten. In der Gastronomie könnte sie nie arbeiten, dachte sie. Tollpatschig, wie sie war, würde sie mit Sicherheit mit einem leeren Tablett bei den Gästen ankommen, weil sämtliche Getränke und Speisen unterwegs auf dem Boden gelandet wären. Sie musste bei der Vorstellung über sich selbst lachen, als plötzlich ihr Blick an zwei Personen hängen blieb, die auf der Terrasse des Restaurants saßen.

Ihr Lächeln gefror. Was sie da sah, konnte sie nicht mit der Realität in Einklang bringen. Vor ihren Augen hielten Miriam und Sascha Händchen und schauten sich verliebt an. Kinka spürte einen Stich im Herzen, der ihr für einen Moment die Luft zum Atmen nahm.

Das durfte nicht wahr sein!

Sascha hatte sie doch geküsst!

Und nun hielt er mit einer anderen Händchen? Und dann war es ausgerechnet Miriam?

Hatte Miriam ihr nicht bei ihrem Friseurbesuch deutlich gesagt, dass sie nichts von Sascha hielt? Und wie konnte sich Sascha bloß auf diese Frau einlassen, nachdem sie ihn während der Schulzeit so schlecht behandelt hatte?

Kinka erinnerte sich noch gut daran, dass Sascha jahrelang für Miriam die Mathe-Hausaufgaben gemacht hatte, weil sie völlig talentfrei in Naturwissenschaften und er heimlich in sie verliebt gewesen war. Sie wusste dies so genau, weil er ihr damals wegen Miriam die Ohren vollgeheult hatte. Mit seiner Hilfsbereitschaft hatte er versucht, Miriam zu beeindrucken, doch das hatte sie nicht interessiert. Als er sie schließlich zu einem Kinobesuch einladen wollte, hatte er einen Korb von ihr bekommen. Und jetzt saß er mit ihr turtelnd im Restaurant? Irgendetwas lief hier gewaltig schief!

»So, da bin ich wieder.« Frau Neumann tauchte neben ihr auf. »War noch ein Exemplar da. Danke, dass du auf Pukki aufgepasst hast.«

Kinka zuckte zusammen. »Wie bitte?«, fragte sie leicht neben sich stehend.

Frau Neumann schaute sie besorgt an. »Geht es dir nicht gut? Du bist blass wie eine Wand.«

»Ich fühle mich nicht gut. Das muss der Kreislauf sein.« Kinka übergab die Leine an Frau Neumann.

»Soll ich dich zu einem Arzt begleiten?«, fragte die Dame und runzelte die Stirn.

»Nein, nein. Ist schon gut. Wird bloß eine Unterzuckerung sein. Ich kaufe mir gleich etwas zu essen, und dann kommt der Kreislauf von alleine wieder in Schwung«, zwang sie sich zu sagen.

»Sicher?«

»Machen Sie sich keine Sorgen um mich.« Sie gab Frau Neumann zum Abschied die Hand und rang sich ein Lächeln ab. Danach lief sie kopflos den Weg zurück zum Deich. Sie wollte nur weg. Weit weg von Sascha und Miriam. Weit weg von der Vergangenheit, die sie in der Gegenwart eingeholt hatte.

23. Kapitel

Zur gleichen Zeit vor dem Eingang des Nordsee-Internats

Der Bus hielt, und Kirsten stieg aus. Jenni wartete schon am Eingang der Schule.

»Da bist du ja endlich. Ich dachte schon, du hast mich vergessen«, empfing ihre Freundin sie.

»Tut mir leid. Ich weiß, ich bin zehn Minuten zu spät. Lass uns am besten gleich reingehen.«

Als sie durch den Haupteingang in die Vorhalle des Gebäudes kamen, umfing Kirsten sogleich ein vertrauter Geruch.

Sie schnupperte. »Das riecht noch wie früher. Nach dem gleichen Putzmittel.«

»Das habe ich auch gerade gedacht«, sagte Jenni. »Ist irgendwie ein komisches Gefühl, nach so vielen Jahren wieder hier zu sein.«

»Finde ich auch. Wohin müssen wir eigentlich?«

»Dirk erwartet uns und die anderen in der Aula.«

Die Tür zur Aula stand offen. Sie gingen hinein. Auf einer Bühne stand ein Klavier.

»Das Klavier ist auch noch das alte.« Jenni sah auf einen Blick, dass es sich um das gleiche Instrument handelte, das sie noch aus dem früheren Musikunterricht kannte.

»Da seid ihr ja!« Dirk kam freudestrahlend auf sie zu. Kirsten und Jenni hatten ein aktuelles Foto von ihm in der Facebook-Gruppe gesehen und wussten, dass es wirklich Dirk war. Er hatte sich stark verändert. Statt einem wilden Lockenkopf zierte nun eine Glatze sein Haupt. Was ihm heute auf dem Kopf fehlte, trug er dafür im Gesicht.

»Jenni und Kirsten? Richtig?« Er begrüßte sie mit Handschlag. »Meine Güte, ist das lange her.«

Jenni nickte. »Genau. Hi, Dirk.«

»Schön, dich zu sehen!«

»Ihr habt euch gar nicht verändert«, sagte er.

»Du schon ein bisschen. Also rein frisurentechnisch«, meinte Kirsten.

Er strich über seine Glatze. »Ja, wenn ich zum Friseur gehe, dann mittlerweile wegen meiner Barthaare.«

»Wo sind denn die anderen?«, fragte Jenni.

»Nicht da. Ich habe euch bewusst Termine zu anderen Zeiten gegeben, damit sich alle gleichzeitig am Abend wiedersehen können.«

»Na dann. Sollen wir gleich loslegen?«, fragte Jenni.

Dirk nickte. »Gerne.«

Kirsten setzte sich auf einen der Stühle, die vor der Bühne standen, während Jenni vor dem Klavier Platz nahm.

»Brauchst du noch irgendetwas?«, fragte Dirk.

»Alles gut.« Jenni klappte den Klavierdeckel hoch und fing an zu spielen.

Dirk setzte sich auf einen Stuhl neben Kirsten und nickte ihr zu. »Hört sich gut an«, sagte er leise.

Sie nickte bloß und hörte dem Klavierspiel ihrer Freundin zu.

Mit einem Mal schüttelte Jenni den Kopf und brach ihr Spiel ab. »Das Klavier ist verstimmt.«

Dirk erhob sich vom Stuhl. »Echt?«

»Echt.« Jenni spielte im Wechsel zwei Töne und dann weitere. »Sogar ziemlich stark. Hörst du, wie schief das klingt?«

»Jetzt, wo du es sagst. Was machen wir jetzt?«

»Ich fürchte, es muss neu gestimmt werden. Vielleicht können sie im Sekretariat einen Klavierstimmer bestellen. Sie kennen bestimmt jemanden«, vermutete Jenni.

»Okay, ich kümmere mich darum«, versprach Dirk. »Ich melde mich dann bei dir, sobald das Klavier gestimmt ist. Tut mir leid, dass ihr umsonst gekommen seid.«

»Sind wir ja gar nicht«, winkte Kirsten ab. »So können wir uns in der Schule in Ruhe umsehen. Einen Blick in die alten Klassenräume werfen. Jetzt, wo Ferien sind, stören wir keinen.«

»Au ja. Das machen wir«, sagte Jenni begeistert.

»Viel Spaß dabei und bis demnächst.« Dirk winkte ihnen zum Abschied. Seite an Seite schritten die Freundinnen altbekannte Flure entlang und stoppten vor einer Tür, hinter der sie ihr altes Klassenzimmer vermuteten. Vorsichtig warfen sie einen Blick ins Innere des Raums.

»Also, hier wurde tüchtig renoviert. Die alten Tische und Stühle sind weg«, sagte Jenni und klang etwas enttäuscht. »Sogar die Tafeln haben sie gegen Whiteboards ausgetauscht.«

»Nichts hält für die Ewigkeit«, kommentierte Kirsten trocken und musste plötzlich lachen, da sie an ihre eigene Situation dachte. »Das sollte mein neuer Leitspruch werden.«

Sie verließen das Schulgebäude und gingen in den Pausenhof.

Jenni stemmte ihre Hände in die Hüften. »Sieht aus wie früher. Ich gehe mal rüber zum Dünenhaus. Kommst du mit?«

»Geh nur. Ich komme nach«, sagte Kirsten.

Sie hatte etwas entdeckt.

Ihre Freundin schlenderte über den Hof, und als sie außer Sichtweite war, ging Kirsten auf eine Rasenfläche zu. Davor befand sich eine Bank, die sie meinte noch aus ihrer Schulzeit zu kennen. Dort hatten sie oft zusammen gesessen. Damals. Alex und sie. In den Pausen war dies ihr Treffpunkt gewesen. Vor der Bank ging sie in die Knie und schaute unter die Sitzfläche.

Sie hatte es gewusst.

Da war es. *Kirsten & Alex = forever love.*

Die Worte standen trotz der Jahre noch gut sichtbar auf dem Holz. Sie nahm ihr Handy aus der Tasche und verrenkte sich, um ein Foto von dem Schriftzug zu machen. Sie konnte sich noch genau an den Tag erinnern, als Alex dieses Liebesbekenntnis mit schwarzem Edding geschrieben hatte.

»Wieso schreibst du das denn auf die Unterseite von der Bank?«, hatte sie ihn gefragt.

Alex hatte unter der Bank gelegen. »Ist doch klar, damit man es noch in zwanzig Jahren lesen kann. Wenn ich es obendrauf einritze, hält das doch nicht lang bei dem Wind und Schnee hier«, hatte er gesagt und sie dabei schief angelächelt.

Kirsten setzte sich auf die Bank und legte das Handy in ihren Schoß. Sie berührte mit den Fingern sacht das Holz, als könnte sie sich dadurch mit der Vergangenheit verbinden. Offenbar hatte Alex damals hellseherische Kräfte gehabt. Es waren über zwanzig Jahre vergangen, es war die alte Bank, und die Gravur war immer noch zu erkennen. Vor allem: Es war nach wie vor relevant, und sie hatte es gelesen.

Das musste ein Zeichen sein.

Kirsten bekam eine Gänsehaut und wusste plötzlich, was zu tun war. Nein, so leicht wollte sie sich nicht geschlagen geben. Sie würde um Alex kämpfen. Entschlossen nahm sie das Handy und schaute auf das Foto. Ob Alex wusste, dass es ihre Bank noch gab? Sie musste ihn unbedingt treffen und es ihm sagen, dachte sie aufgeregt. In den letzten Tagen hatte sie gemerkt, wie wichtig er ihr nach wie vor war. Sie hatte immer noch Gefühle für ihn. Schon einmal hatte sie ihn gehen lassen, und das passierte ihr kein zweites Mal.

24. Kapitel

*Am nächsten Tag, später Mittag, im Everschop in Ording
bei blauem Himmel und einer leichten Brise*

Kinka lenkte ihren Wagen auf die Auffahrt vor ihrem Elternhaus. Sie stieg aus, nahm die Reisetasche aus dem Kofferraum und stellte sie auf dem Boden ab. Die Gehhilfen für ihre Mutter lehnte sie an das Auto und öffnete die Beifahrertür. Hilfsbereit streckte sie ihrer Mutter die Hände entgegen. »Komm, ich helfe dir beim Aussteigen.«

Kinkas Mutter ergriff ihre Hände und kletterte vorsichtig aus dem Wagen. »Ich komme mir vor wie ein Invalide. Hoffentlich guckt nicht die ganze Nachbarschaft dabei zu, wie ich mir hier einen abbreche.«

Kinka hielt ihr die Gehhilfen hin. »Und wenn schon! Ich finde, du machst das toll. Warte, ich nehme noch die Reisetasche, dann kann ich dir beim Gehen helfen.«

»Das kann ich doch machen«, kam es aus der Richtung vom Nachbargrundstück.

Sascha war gerade im Begriff, das Haus zu verlassen.

Oh nein! Sascha hatte ihr gerade noch gefehlt. Vor Kinkas Augen flackerte prompt die Szene von gestern auf. Sascha und Miriam. Händchenhaltend. Sie hatte in der letzten

Nacht kaum ein Auge zugemacht, weil sie die Bilder nicht aus dem Kopf bekommen hatte. Am liebsten wollte sie gar nicht zum Abi-Jubiläum gehen, wenn sie daran dachte, ihm zusammen mit Miriam zu begegnen. Doch das würden ihr Jenni und Kirsten nicht durchgehen lassen.

Sascha kam mit einem breiten Lächeln zu ihnen rüber. »Moin!« Sichtlich gut gelaunt schulterte er die Tasche.

»Moin, Sascha«, grüßte Kinkas Mutter. »Das ist aber wirklich nett von dir.«

»Wäre nicht nötig gewesen«, murmelte Kinka leise und ging neben ihrer Mutter her. Sie vermied es, Sascha anzusehen. Zu sehr schmerzte die Erinnerung an den gestrigen Tag und die Enttäuschung darüber, dass sie sich in ihm getäuscht und sich falsche Hoffnungen gemacht hatte. Kinka schaute konzentriert nach vorne.

»Kinka hat mir schon von Ihrem Kunststück auf dem Rad erzählt«, begann Sascha ein Gespräch mit ihrer Mutter.

Kinka merkte, wie er sie dabei von der Seite anschaute, reagierte aber nicht.

»Sie machen ja vielleicht Sachen«, schob er hinterher.

»Tja, wem sagst du das? Das hätte ich mir gerne erspart.« Sie waren an der Haustür angekommen. Von drinnen erklang lautes Gebell. »Kinka, hast du den Schlüssel dabei?«

Kinka nickte und kramte in ihrer Umhängetasche.

»Ich bin froh, dass es Ihnen wieder besser geht.« Sascha stellte die Reisetasche vor dem Eingang ab.

Kinka schloss die Tür auf, woraufhin Friedwart freudig

auf sie zuschoss. Laut kläffend sprang er an Kinkas Mutter hoch. »Ist ja gut, mein Kleiner. Die Mama ist ja wieder da.«

»Dann noch einen schönen Tag und weiterhin gute Besserung«, verabschiedete sich Sascha.

»Danke dir.« Kinkas Mutter setzte einen vorsichtigen Schritt über die Eingangsschwelle. Friedwart hatte sich noch nicht eingekriegt und wedelte noch immer heftig mit dem Schwanz.

»Falls ich bei irgendetwas helfen kann, dann sagen Sie einfach Bescheid. Kinka hat meine Handynummer«, fügte er noch hinzu. Kinkas und sein Blick trafen sich.

Er lächelte sie an, als hätte es das gestrige Treffen mit Miriam nicht gegeben. Kinka erwiderte sein Lächeln, wenngleich es sicher grimmig wirken musste. Zu ehrlicher Herzlichkeit fühlte sie sich derzeit nicht imstande, außerdem ärgerte sie sich maßlos darüber, dass er so tat, als wäre alles in bester Ordnung.

Als er zur Straße ging, winkte er ihnen zu.

Kinka schloss die Haustür von innen und stellte die Reisetasche auf die unterste Treppenstufe vom Aufgang. »Anke und die Kinder kommen auch gleich vorbei. Die Aushilfskraft hat die heutige Schicht komplett übernommen.«

»Oh, prima! Da freue ich mich aber!« Ihre Mutter nahm mit ihren Gehhilfen Kurs auf die Küche.

»Was hast du vor, Mutti?«

»Für Friedwart eine Dose aufmachen. Ganz dünn ist der arme Kerl geworden ...«

Sie wollte das Hundefutter aus dem Schrank nehmen, doch Kinka kam ihr zuvor. »Doch nicht mit deinen Krücken! Ich mach das schon.« Sie öffnete die Futterdose und gab eine großzügige Portion in einen Napf, auf den Friedwart sich sogleich stürzte.

Kinkas Mutter schüttelte den Kopf. »Ganz ausgehungert ist der Kleine.«

»Lass uns mal ins Wohnzimmer gehen«, schlug Kinka vor. »Dort kannst du dich ein bisschen ausruhen.« Sie ging vor und rückte einen Sessel zurecht.

Der Blick ihrer Mutter fiel auf das kleine Tischchen, das sich neben dem Polsterstuhl befand. »Oh, was für schöne Blumen, und ein Buch hast du mir auch besorgt. Das wäre doch nicht nötig gewesen«, freute sich ihre Mutter und setzte sich langsam in den Sessel. Die Gehhilfen lehnte sie an das Tischchen. Friedwart legte sich zu ihren Füßen und schaute sie aus treuen Augen an.

»Bloß ein kleines Willkommensgeschenk«, winkte Kinka ab. »Kann ich irgendetwas für dich tun? Möchtest du vielleicht einen Kaffee?«

»Ja, einen Kaffee möchte ich gerne trinken. Die Plörre im Krankenhaus konnte man nicht als Kaffee bezeichnen.«

Kinka löffelte Kaffeepulver in den Filter der Maschine. Noch immer brodelte es in ihr, wenn sie an Sascha dachte. Sie fühlte sich hintergangen und fragte sich, wie es überhaupt zu dem Treffen zwischen ihm und Miriam gekommen war. Darauf konnte sie sich keinen Reim machen. Sie wusste nur, dass sie mehr als Freundschaft für ihren ehemals besten Freund empfand. Kinka drückte auf den Knopf der Kaffeemaschine. Anscheinend trugen Miriam und sie noch zwanzig Jahre nach ihrem Schulabschluss den gleichen Konkurrenzkampf aus wie damals zu Teenager-Zeiten. Waren sie denn kein bisschen erwachsen geworden? Nachdenklich beobachtete sie, wie der frisch aufgebrühte Kaffee in die Glaskanne lief. Manche Dinge änderten sich wohl nie. Doch dieses Mal wollte sie nicht so einfach aufgeben und Miriam ungeschlagen das Feld überlassen. Die Schulzeit war längst vorbei, und die Regeln hatten sich verändert. Es wurde höchste Zeit, den Spieß umzudrehen. Als der Kaffee durchgelaufen war, stand ihre Entscheidung fest, Sascha und Miriam nicht aus dem Weg zu gehen. Es gab keinen Grund dazu, und Angriff war die beste Verteidigung.

Kurz nachdem Anke mit den Kindern eingetroffen war, hatte Kinka sich verabschiedet, um das Versprechen einzulösen, das sie Miriam gegeben hatte. Sie lief zunächst die Straße am Deich entlang, folgte links dem Strandweg, um kurz darauf rechts in die Dreilanden einzubiegen. Die Tennisplätze lagen geschützt vor fremden Blicken in einem kleinen Wäldchen. Kinka entdeckte eine Kindergruppe auf einem hinteren Platz, wo eine Maschine ihnen die Bälle entgegenspuckte, die von den Jungs und Mädchen der Reihe nach über das Netz geschlagen wurden. Das war bestimmt die Tennis-Camp-Truppe, in der auch Miriams Sohn Jonte spielte, kombinierte sie. Hinter dem Spielfeld suchte sie sich ein ruhiges Eckchen, von wo aus sie ungestört die Tenniskinder beobachten konnte.

»Und jetzt konzentriere dich, Jonte!«, rief ein Mann mit Schnauzer und in Tennisshorts einem kleinen Jungen zu, der als Nächster dran war. Das Kind trug eine blaue kurze Hose und ein sonnengelbes T-Shirt. Miriams Sohn schaute ängstlich auf die Maschine, die ihm einen Ball entgegenschleuderte. Er wich dem Ball zur Seite aus, holte zögerlich mit dem Schläger aus und verfehlte ihn. Ein sommersprossiges Mädchen und eins mit kinnlangen blonden Haaren kicherten.

»Der Ball beißt dich nicht!«, kommentierte der Schnauzbärtige, bei dem es sich zweifelsfrei um den Trainer handeln musste, den missglückten Schlag des Jungen.

Jonte reihte sich mit hängenden Schultern wieder in die Schlange ein und guckte unglücklich auf seine Sportschuhe. Kinka tat der Junge leid. Sie konnte sich gut vorstellen, was in ihm gerade vorging. Am liebsten wäre sie zu ihm gegangen und hätte ihm Mut zugesprochen. Als Jonte das nächste Mal an der Reihe war, drückte sie ihm die Daumen, dass er den Ball traf und weit über das Netz schlug. Aber das Drama wiederholte sich. Jonte wich dem Ball aus und berührte ihn noch nicht einmal mit dem Rahmen des Schlägers. Die beiden Mädchen kicherten noch lauter, und auch einer der Jungs stimmte in das Gelächter ein.

Der Trainer klatschte in die Hände. »Okay, gut! Das war's für heute.«

Das war Kinkas Stichwort. Sie ging auf den Trainer zu. »Moin! Ich bin Kinka Töns. Dürfte ich mal etwas mit Jonte ausprobieren?«

»Moin! Da schau an, die Tennis-Prominenz ist zurück in St. Peter«, sagte er und grinste sie an. »Versuch ruhig dein Glück mit dem Kleinen. Ich bin mit meinem Latein am Ende.« Er gab ihr seinen Schläger.

»Danke.« Sie lächelte den kleinen Jungen an. »Sollen wir mal zusammen spielen?«

Jonte lächelte sie zaghaft an, nickte und kam zu ihr.

»Wir stellen uns gegenüber auf, und ich rolle den Ball zu dir, und du rollst ihn zu mir zurück. Okay?«

»Okay.« Jonte konzentrierte sich auf den Tennisball.

Kinka rollte ihm den Ball mit dem Schläger zu, und er rollte ihn zurück. Nachdem der Ball ein paar Mal die Seiten gewechselt hatte, änderte sie ihre Position, und Jonte stellte sich darauf ein. »Prima hast du das gemacht!«, lobte sie ihn am Schluss.

Der kleine Junge schaute sie glücklich an. »Das hat Spaß gemacht!« Er lief zu einer Bank, auf der Trinkflaschen standen.

Kinka gab den Schläger an den Tennis-Lehrer zurück. »Die Gruppe hat ein ganz anderes Level«, sagte er mit wichtiger Stimme.

»Die Gruppe vielleicht, Jonte aber nicht. Der Junge braucht eine leichtere Trainingsstufe. Er ist motorisch noch nicht in der Lage, einen fliegenden Ball zurückzuschlagen«, erklärte Kinka. »Aber das ist Ihnen bestimmt längst aufgefallen.«

Der Trainer zuckte bloß die Schultern. »Dafür kann ich nichts. Dann muss seine Mutter Einzelstunden buchen.«

Damit ließ er sie stehen und ging vom Platz.

Kinka verließ kopfschüttelnd das Gelände des Tennis-Clubs. Die Kinder wurden von ihren Müttern, Vätern oder Großeltern vor dem Vereinsgebäude erwartet. In dem Gewusel entdeckte sie Jonte und daneben Miriam. Kinka schluckte, erinnerte sich aber daran, dass sie nicht vor Miriam kuschen wollte. Sie unterdrückte ihre Wut, straffte die Schultern und ging auf Miriam und ihren Sohn zu.

»Das ist die Frau, die gerade mit mir Tennis gespielt hat«, sagte Jonte begeistert und zeigte mit einem Finger auf sie.

»Ach, hallo, Kinka!«, rief Miriam mit lauter Stimme, sodass alle Umstehenden problemlos mithören konnten. »Du warst das? Hast du dir das Training meines Sohnes angeschaut?«

Kinka rang sich ein freundliches Lächeln ab. »Moin, Miriam. Hatte ich doch versprochen.«

»Und? Was sagst du? Wird das was mit Wimbledon in ein paar Jahren?« Miriam kicherte albern.

»Nicht ganz«, antwortete Kinka wahrheitsgemäß und lächelte Jonte an. »Aber bestimmt findet er ein anderes Hobby, das ihm Spaß machen wird.«

Miriam stutzte. »Wie jetzt?«

»Ich glaube, dein Sohn hat Angst vor fliegenden Bällen.« Kinka verzog den Mund. »Das ist nicht die ideale Voraussetzung für Wimbledon.«

Miriam zog die Augenbrauen zusammen. »Das glaube ich dir nicht. Jonte, das stimmt doch nicht. Oder? Du hast doch keine Angst vor den Bällen!?«

Jonte schaute unsicher zwischen seiner Mutter und Kinka hin und her. Kinka nickte ihm aufmunternd zu. »Ein bisschen schon«, gab der Junge leise zu und blickte beschämt auf den Gehweg.

Miriam schnalzte mit der Zunge. »Warum hast du mir das denn nie gesagt?«, fragte sie ihn leise, damit die noch verbliebenen Kinder und deren Verwandte nichts mehr von dem Gespräch mitbekamen.

Jonte schaute sie an. »Du hast mich nie gefragt.«

»Und ich dachte, dir macht Tennis Spaß«, bemerkte Miriam in vorwurfsvollem Ton.

»Nein.« Der Junge schüttelte den Kopf. »Ich habe das nur gemacht, weil du das wolltest.«

»Also ...« Miriam schnappte nach Luft. Sie war mit der Situation sichtlich überfordert.

Kinka beugte sich zu dem Jungen runter. »Was würde dir denn Spaß machen?«

»Klavier spielen«, kam es wie aus der Pistole geschossen.

Miriam stützte ihre Hände in die Hüften. »Das höre ich zum ersten Mal.«

»Wenigstens weißt du es jetzt«, fand Kinka. Ein lautes Klingeln ertönte.

»Mama, da drüben ...«

»Jetzt nicht, Jonte!«, schnitt Miriam ihrem Sohn das Wort ab. »Was soll ich denn jetzt machen? Er ist doch im Tennis-Camp bis zum Ende der Ferien angemeldet.«

»Ist doch egal. Es macht ihm keinen Spaß. Wenn du willst, frage ich meine Schwester mal nach der Telefonnummer von der Klavierlehrerin, zu der meine Nichte und mein Neffe gehen«, bot Kinka freundlich an, obwohl sie Miriam am liebsten wegen Sascha zur Rede gestellt und gefragt hätte, woher ihr plötzlicher Sinneswandel kam.

»Ich glaube, die Klavierlehrerin hat sogar noch Plätze in den Ferien frei. Vielleicht könnte Jonte schon bald eine Schnupperstunde bei ihr bekommen.«

Miriam verschränkte die Arme vor ihrer Brust. »Ja, von mir aus. Bringt ja nichts, wenn mein Sohn vor den Bällen auf dem Tennis-Platz davonläuft«, antwortete sie pikiert und blickte zu dem schnauzbärtigen Trainer, der sich mit der Mutter eines Schützlings unterhielt. »Das hätte der Trainer mir längst mal sagen können. Wofür bezahle ich eigentlich …«

Ein schrilles Quietschen erklang, gefolgt von Schreien und lautem Hundegebell. Miriam riss die Augen und den Mund auf. Kinka fuhr erschrocken zur Straßenseite herum. Jonte rannte auf sie zu und warf sie fast zu Boden. Ein rotes Auto war vor ihnen zum Stehen gekommen.

Der kleine Junge weinte. »Meine Güte, Jonte! Ist dir was passiert?«, fragte seine Mutter und eilte an seine Seite.

Der Junge schüttelte den Kopf, brachte aber keinen Ton raus.

Kinka entdeckte einen Eiswagen auf der anderen Straßenseite. »Wolltest du ein Eis kaufen?« Sie vermutete, dass der Junge über die Straße laufen wollte und sich vor dem Auto erschreckt hatte.

Jonte nickte und wischte sich mit einer Hand Tränen aus dem Gesicht.

Schmerzerfülltes Stöhnen erklang, und das Gebell war nun ohrenbetäubend laut. Um das Auto herum hatte sich plötzlich eine Menschentraube versammelt. Kinka sah den Fahrer des Wagens neben einer Person knien, die auf dem Asphalt lag. Kinka hielt Jonte an der Hand, sie konnte nicht erkennen, ob es sich bei dem Angefahrenen um einen Mann oder eine Frau handelte.

Plötzlich stieß Miriam einen erstickten Schrei aus und rannte dann auf die Fahrbahn. »Mutti!«

Kinka wurde flau im Bauch. Hatte Jonte etwa mit ansehen müssen, wie seine eigene Oma angefahren wurde? Kein Wunder, dass der Junge so durcheinander war. »Hast du die Oma am Eiswagen stehen gesehen?«

»Nein.« Der Junge schaute sie mit großen Augen an. »Ist die Frau tot?«

Kinka wuschelte aufmunternd durch Jontes Haar. »Bestimmt nicht.« Sie musste sich Klarheit über die Situation verschaffen, konnte dem Jungen aber nicht den Anblick seiner angefahrenen Oma zumuten. Kinka schaute sich um und entdeckte den Tennis-Trainer, der unweit von ihnen stand und einen langen Hals machte. »Geh mal einen Moment zu deinem Tennislehrer. Ich hole dich gleich wieder ab.«

»Ist gut.« Jonte dampfte zu seinem Trainer ab.

Kinka schob sich durch die Menge. Miriam kniete neben einer Frau, der ein winselnder Hund das Gesicht ableckte. Der Hund kam ihr bekannt vor. »Pukki?« Kinka ging noch ein paar Schritte näher heran. Sie erkannte die angefahrene Person. »Meine Güte, Frau Neumann!« Sie ergriff die Hand der Dame und warf der in Tränen aufgelösten Miriam einen verwirrten Blick zu.

Der Fahrer kam mit einer Decke angerannt, die er über Frau Neumann legte. »Der Krankenwagen ist unterwegs. Müsste gleich da sein. So etwas ist mir noch nie passiert.« Das Gesicht des Mannes war kalkweiß, er stand sichtbar unter Schock.

»Gleich ist Hilfe da, Mutti.« Miriam hielt Frau Neumanns andere Hand.

»Der Junge«, stammelte die Frau und stöhnte wieder.

»Alles gut, Mutti.« Miriam war völlig durch den Wind.

Warum nannte sie Frau Neumann Mutti?

Miriams Mutter war doch Frau Hein.

Kinka versuchte, einen klaren Gedanken zu fassen. »Was ist denn eigentlich passiert?«, fragte sie den Fahrer.

Er fuhr sich konfus durch die Haare und schüttelte den Kopf. »Ich weiß auch nicht. Es ging so schnell. Das Kind ist einfach auf die Fahrbahn gelaufen, und dann war plötzlich die Frau da … Ich konnte nicht rechtzeitig bremsen. Sie hat den Jungen von der Fahrbahn geschubst, und dann hat es geknallt.«

»Sie hat Jonte das Leben gerettet«, schluchzte Miriam.

Bevor Kinka etwas darauf erwidern konnte, trafen ein Krankenwagen und ein Polizeiauto am Unfallort ein. Die Polizisten befragten den Fahrer des Autos zum Unfallhergang, die Sanitäter kümmerten sich um Frau Neumann.

»Wir müssen Sie mit ins Krankenhaus nehmen. Ihr rechtes Bein scheint gebrochen zu sein«, sagte einer der Sanitäter zu Frau Neumann.

Die Frau stöhnte. »Das geht nicht. Ich habe einen Hund, um den ich mich kümmern muss.« Pukki leckte ihre Hand.

»Machen Sie sich keine Sorgen, Frau Neumann. Ich kümmere mich um Pukki«, beschwichtigte Kinka die Dame. »Fahren Sie ruhig ins Krankenhaus. Ich hinterlasse bei den Besitzern vom Campingplatz meine Handynummer. Sie können mich anrufen, wenn Sie wieder aus dem Krankenhaus sind.«

»Danke«, brachte Frau Neumann mit schwacher Stimme hervor, als sie von den Sanitätern auf eine Trage gelegt und zum Krankenwagen geschoben wurde.

»Nimm Jonte bitte auch mit, und sage im Friseurladen Bescheid. Ich fahre mit ins Krankenhaus«, rief Miriam ihr zu, die hinter der Trage herlief. Sie stieg in den Krankenwagen ein, bevor Kinka etwas erwidern konnte.

Amelie, Hannes und Jonte spielten mit Friedwart und Pukki im Garten.

»Danke, dass du dich um Jonte gekümmert hast«, sagte Frau Hein. Sie saß mit Kinka, Anke und deren Mutter im Wohnzimmer. Frau Hein war gleich zum Haus von Kinkas Eltern gekommen, als sie am Telefon erfahren hatte, was vorgefallen war.

»Da nicht für. Das war selbstverständlich.«

»Möchten Sie noch eine Tasse Kaffee?«, fragte Anke.

»Eine halbe bitte. Den Schock muss ich erst einmal verdauen. Nicht auszudenken, wenn dem Jungen etwas passiert wäre.« Sie goss ein paar Tropfen Kondensmilch in ihren Kaffee.

»Frau Neumann hat Jonte noch rechtzeitig von der Fahrbahn geschubst«, erzählte Kinka.

»Die Frau ist ein wahrer Schutzengel«, meinte Kinkas Mutter.

Frau Hein seufzte. »Ja, so eine gute Frau. Hoffentlich ist es kein komplizierter Beinbruch.«

»Frau Neumann ist im Krankenhaus bestimmt in den besten Händen. Aber um Miriam mache ich mir Sorgen … Ich weiß gar nicht, wie ich es sagen soll.«

Frau Hein sah sie fragend an. »Warum? Was ist mit Miriam?«

»Das mag sich vielleicht etwas komisch anhören, aber ich glaube, sie ist ein bisschen durcheinander«, begann Kinka umständlich. »Miriam hat Frau Neumann Mutti genannt.«

Frau Hein lehnte sich auf ihrem Stuhl zurück und blickte einen Moment an die Decke. »Ich fürchte, es ist an der Zeit, etwas aufzuklären.« Sie faltete ihre Hände auf ihrem Schoß und schaute in die Runde. »Miriam ist nicht durcheinander. Frau Neumann ist wirklich ihre Mutter. Ihre leibliche Mutter. Wir haben Miriam damals als kleines Baby adoptiert, bevor wir nach St. Peter gezogen sind und den Salon eröffnet haben. Deswegen ist jeder davon ausgegangen, dass Miriam unser leibliches Kind ist.«

Kinka fehlten die Worte.

»Wir haben die ganzen Jahre über Kontakt zu Frau Neumann gehabt, ihr Fotos von Miriam geschickt und sie über ihr Leben auf dem Laufenden gehalten. Ihre Mutter hat sie nicht freiwillig abgegeben. Sie war viele Jahre schwer krank und selber auf Hilfe angewiesen. Deswegen hätte sie nicht für ein Kind sorgen können. Wir haben alle Geburtstags- und Weihnachtskarten von ihr aufgehoben, die sie uns geschickt hat, um sie eines Tages Miriam zu übergeben, wenn sie alt genug war, um ihr zu sagen, dass sie adoptiert ist. Wir dachten, dass wir es Miriam sagen könnten, wenn sie vierzehn oder fünfzehn wäre. Doch an ihrem 12. Geburtstag habe ich nicht rechtzeitig die Post abfangen können, und ihr ist die Geburtstagskarte ihrer Mutter in die Hände gefallen. Die Zeit danach war für uns alle sehr schwierig.«

Kinka versuchte sich in die Situation ihrer damaligen Freundin hineinzuversetzen, und plötzlich fiel der Groschen bei ihr. Das war also des Rätsels Lösung für Miriams plötzlichen Wandel gewesen.

Als sie später zurück im Muschelhaus war, berichtete sie Jenni und Kirsten von dem Unfall und der Geschichte, die Frau Hein ihnen erzählt hatte. Pukki hatte sie bei ihren Eltern gelassen, weil er sich in Friedwarts Gesellschaft scheinbar pudelwohl fühlte. Die drei Freundinnen saßen bei einem Glas Wein zusammen im Wohnzimmer.

»Nachdem Miriam herausgefunden hatte, dass ihre Eltern gar nicht ihre Eltern sind, hat sie total rebelliert. Sie hat sich nichts mehr sagen lassen von ihnen und es sogar abgelehnt, Mama und Papa zu ihnen zu sagen. Als sie sich nach einer Zeit beruhigt hatte, hat sie ihre ganze Ablehnung ihrer leiblichen Mutter entgegengebracht. Bis heute hat Frau Neumann vergeblich versucht, ein vernünftiges Verhältnis zu Miriam aufzubauen, obwohl die Heins es immer unterstützt haben«, schloss Kinka ihren Bericht.

»Das ist ja ein Ding! Jetzt tut sie mir fast ein bisschen leid«, sagte Kirsten.

»Mir auch. Es muss für sie ein regelrechtes Trauma gewesen sein, plötzlich eine Geburtstagskarte von ihrer wahren Mutter zu lesen. Wahrscheinlich ist von jetzt auf gleich ihre kleine Welt in sich zusammengefallen, und sie wusste nicht anders damit umzugehen, als jeden von sich zu stoßen, der ihr wichtig war«, schlussfolgerte Jenni.

»Wahrscheinlich wollte sie deswegen immer die Beste und Schönste von uns allen sein, weil ihr das eine Form von Sicherheit gegeben hat, die sie in ihrer Familie nicht mehr spüren konnte. Obwohl Heins sie nie weggegeben hätten. Ich kann ihr noch nicht einmal mehr richtig böse sein wegen Sascha.«

»Wer mir auch leidtut, ist Frau Neumann. So wie du erzählst, hat sie sehr darunter gelitten, dass Miriam kein Vertrauen zu ihr fassen konnte«, meinte Kirsten.

»Wollen wir hoffen, dass sie nach dem Unfall anders denkt«, merkte Jenni an.

»Mir hat Frau Neumann so leidgetan, weil sie so traurig wegen ihrer Tochter war. Ich wäre nie im Traum darauf gekommen, dass es sich dabei um Miriam handelt.«

»Willst du Miriam darauf ansprechen?«, fragte Jenni.

Kinka schüttelte heftig den Kopf. »Auf keinen Fall. Entweder sie erzählt es mir von sich aus oder gar nicht. Die Chance dazu hätte sie jetzt.«

Kirsten hob ihr Glas. »Ich finde, wir sollten jetzt darauf trinken, dass nichts Schlimmeres passiert ist – und auf Miriam und ihre Mutter. Mögen sie doch noch einen Weg zueinander finden!«, sagte Kirsten.

»Auf die beiden und ein schönes baldiges Abi-Treffen am Samstag«, machte Jenni auf die Tatsache aufmerksam, dass das Fest kurz bevorstand.

»Auf unsere schöne Zeit in St. Peter«, fügte Kirsten ergänzend hinzu. »Und darauf, dass wir unser Happyend bekommen.«

Die Freundinnen stießen an, und Kinka wunderte sich immer noch darüber, wie eine Information das gesamte Bild eines Menschen ändern konnte. Ihr Groll auf Miriam war verflogen. Sie wünschte, sie könnte auch ihre Wut auf Sascha überwinden.

25. Kapitel

Samstagabend im Muschelhaus kurz vor der großen Feier

Kirsten klopfte an Jennis Zimmertür. »Bist du so weit?«

»Gleich«, erklang Jennis Stimme dahinter.

»Was heißt gleich?«, hakte Kirsten nach, die *gleich* für einen äußerst dehnbaren Begriff hielt.

»Das Taxi kommt in zehn Minuten«, fügte Kinka hinzu.

Die Tür schwang auf, und Jenni erschien im Flur. »Geht das so?«, fragte sie unsicher und deutete an sich herab, ehe sie sich einmal um die eigene Achse drehte. Zu einem schlichten schwarzen Kleid, das bis zur Mitte ihrer Waden reichte, trug sie flache Schuhe und eine passende Bolero-Jacke.

»Du siehst toll aus!«, sagte Kirsten anerkennend. »Richtig edel.«

»Eben wie eine erfolgreiche Pianistin, die gleich einen wichtigen Auftritt hat«, ergänzte Kinka.

»Danke. Ihr seht aber auch toll aus. Das helle Sommerkleid steht dir hervorragend, Kinka. Die Farbe passt gut zu deinem Teint«, lobte Jenni. »Bei deiner Figur könntest du sogar bauchfrei tragen.«

»Danke, danke.« Kinka machte eine präsentierende

Handbewegung zu ihrer Freundin wie ein Fernsehmoderator, der einen neuen Gast vorstellte. »Und keiner kann Marineblau so gut tragen wie du, liebe Kirsten. Der Rock und das Oberteil sind wie für dich gemacht und passen perfekt zu deinen Augen. Ich hoffe, dein Doktor kommt heute zu eurer Verabredung. Er wird von dir hingerissen sein!«

Kirsten lachte. »Danke für die Blumen, ich hoffe, Alex sieht das genauso. Jedenfalls hat er dieses Wochenende frei und versprochen zu kommen. Die Chancen stehen also nicht so schlecht.«

Eine Viertelstunde später hielt das Taxi vor dem Nordsee-Internat. Jenni bezahlte den Fahrer und gab ein großzügiges Trinkgeld. Zu dritt liefen sie auf den Eingang der Schule zu.

»Mir ist richtig feierlich zumute«, sagte Kirsten und blieb vor dem Einlass der Schule stehen.

»Jetzt werde bloß nicht sentimental. Ich habe keine Taschentücher eingesteckt«, bemerkte Kinka, die die emotionale Seite ihrer Freundin kannte.

»Kommt, los.« Kinka zog Kirsten und Jenni entschlossen hinter sich her ins Schulgebäude. »Ich möchte zwanzig Jahre Abitur mit euch feiern.«

Aus der Aula schallte ihnen *Euro-Dance* von Doctor Alban entgegen. Dirk nahm sie am Eingang der Halle in Empfang. »Toll, dass ihr da seid!« Er hakte ihre Namen auf einer Liste ab, die er in eine Kladde gesteckt hatte. »Jenni, dich muss ich gleich entführen. Das Programm fängt ja in einer halben Stunde an, und du musst noch wissen, wie alles abläuft.«

»Geht klar.« Jenni verschwand mit Dirk hinter dem Vorhang der Bühne.

»Sollen wir uns unter das Volk mischen?«, fragte Kinka und ließ ihren Blick durch den Raum gleiten.

Kirsten nickte. An der provisorisch aufgebauten Bar legten sie einen Stopp ein. Kirsten bestellte zwei Gläser Sekt mit Orangensaft.

»Guck mal, da vorne! Ist das nicht die Reichert?« Kinka schaute in die Richtung einer älteren Dame mit grauer Kurzhaarfrisur.

»Stimmt! Wie verrückt, dass unsere alte Bio-Lehrerin zu unserer Feier kommt. Hat sie nicht immer gesagt, unser Kurs sei der schlechteste, den sie je gehabt habe?«, erinnerte sich Kirsten. »Ich dachte damals schon, sie streicht die Tage bis zu unserem Abitur im Kalender ab.«

Kinka spähte an Kirsten vorbei. »Und da vorne steht doch unser Professor Wunderlich. Wie war noch mal sein richtiger Name? In Physik bin ich jedenfalls nie durchgestiegen. Ich weiß bis heute nicht, wie ein Strom-Kreis funktioniert.«

Kirsten musste lachen. »Wenn Herr Wunderlich noch mal an dir scheitert, halte ich Augen und Ohren offen, ob einer unserer ehemaligen Mitschüler zufällig Elektriker geworden ist. Dann verkuppele ich euch.«

»Untersteh dich!«, drohte Kinka mit dem Zeigefinger.

So ging es noch eine Weile weiter. Sie unterhielten sich

mit alten Klassenkameraden, umarmten einige, tauschten Erinnerungen aus und staunten darüber, was aus ihnen geworden war.

»Hast du Miriam schon irgendwo gesehen?«, wollte Kirsten von Kinka wissen.

»Bis jetzt noch nicht. Vielleicht kommt sie absichtlich zu spät, um einen Wirbel um ihre Person zu machen«, vermutete Kinka ganz ohne ironischen Unterton. Mittlerweile wusste sie, was sie von Miriams Verhalten denken sollte und dass die Frau es nicht einfach hatte.

Als der erste Beitrag des Abendprogramms angesagt wurde, blickten alle gebannt auf die Bühne. Der ehemalige Direktor hielt eine Ansprache, und danach trat die nächste Generation in Form eines Schülerchors auf. Darauf folgte wieder eine kurze Rede von der ehemaligen Stufensprecherin, die in kleinen Anekdoten an ihre gemeinsame Schulzeit erinnerte und damit einigen Zuhörern höfliche Lacher entlockte.

Derweil hielt Kirsten den Eingang der Aula im Blick. Sie hatte einen Plan. Aber wann kam Alex endlich?

Zunächst betrat eine schlanke ältere Dame den Veranstaltungsraum. »Schau mal, da vorne ist Frau May, Jennis Klavierlehrerin. Ich habe sie sofort wiedererkannt.«

»Wollen wir sie begrüßen?«, fragte Kinka.

»Das machen wir!«, stimmte Kirsten zu. »Ich nehme ihr ein Glas Orangensaft mit.«

Sie stellten sich der Klavierlehrerin als Jennis Freundinnen vor. Kirsten reichte ihr das Glas. »Schön, dass Sie gekommen sind. Darüber wird sich Jenni freuen.«

»Vielen Dank, das ist wirklich sehr aufmerksam«, sagte Frau May fröhlich, nippte an dem Getränk und versuchte dann umständlich mit dem Glas in der Hand zu klatschen, als die ehemalige Stufensprecherin unter höflichem Beifall die Bühne verließ.

Dann richteten sich alle Scheinwerfer auf das Klavier.

Einen Augenblick später tauchte Dirk im Scheinwerferlicht auf und kündigte Jennis Klavierbeitrag an. Jenni betrat die Bühne und setzte sich auf den Klavierhocker.

In dem grellen Lichtschein wirkte sie noch blasser, als sie es ohnehin war, fiel Kirsten auf. Jenni schloss einen Moment die Augen, um sich zu sammeln. Ihre Konzentration schien sich auf die Anwesenden zu übertragen, denn in der Aula war es ganz still. Mit ihren Fingerspitzen berührte sie die Tasten, und erste Klänge erfüllten den Raum, die sich ineinander verwoben und immer neue, überraschende Harmonien bildeten. Jenni lehnte sich beim Spielen mehrmals leicht nach vorne, als würde sie sich ganz in die Musik fallen lassen.

Kirsten staunte, wie viel Ausdruck und Wärme ihre Freundin in die Interpretation des Stückes legen konnte. Sie warf einen Blick auf Jennis Klavierlehrerin, die das Spiel mit glänzenden Augen verfolgte. Ihr war anzusehen, wie stolz und glücklich sie war, ihre zurückgekehrte Schülerin wieder auf der Bühne zu sehen. Als der letzte Ton verklungen war, brandete Applaus auf. Einige Leute pfiffen sogar, andere tupften sich Tränen der Rührung aus den Augen. Jenni verbeugte sich, ihre Wangen leuchteten rosig.

Kirsten schaute wieder zum Eingang der Aula.

Da entdeckte sie ihn.

»Alex ist da«, raunte sie Kinka zu.

»Geh nur zu ihm.« Ihre Freundin gab ihr einen freundlichen Schubs, um ihr Mut zuzusprechen.

Kirsten trank den Rest ihres Sekts aus und ging auf ihn zu. Als sie auf der Höhe der Bar war, trafen sich ihre Blicke. Alex kam zu ihr. »Schön, dass du da bist.«

Kirsten fehlten die Worte. Wie sollte sie ihn begrüßen?

»Gut, dass ich dich gefunden habe.« Er umarmte sie. »Im Vergleich zu meinem letzten Abi-Treffen ist ja einiges los hier. Damals waren bloß eine Handvoll Leute da.«

»Ich glaube, fast die ganze Stufe ist gekommen. Außerdem auch einige Lehrer.« Sie schaute ihn von der Seite an und meinte in dem Moment, seine zwanzig Jahre jüngere Version vor sich zu sehen.

Er legte den Kopf schief und sah sie an. »Warum lächelst du so?«

»Ich möchte dir was zeigen.« Sie zog ihn aus der Aula.

»Du machst es aber spannend«, sagte er, als sie den Pausenhof erreicht hatten. »Auf einen Abendspaziergang war ich gar nicht vorbereitet.«

Kirsten ließ sich nicht beirren und hielt Kurs auf ihr Ziel. Sie steuerte auf die Rasenfläche zu und blieb vor der Bank stehen. »So, da wären wir.«

Alex blickte sich abwartend um.

»Weißt du, wo wir sind?«, wollte Kirsten von ihm wissen.

»Auf dem Pausenhof?«, antwortete er.

»Nein, ich meine, wo wir *hier* sind.« Sie betonte das Wort *hier* und deutete dabei auf die Bank vor ihnen.

»Hier haben wir früher zusammen gesessen, oder? In den guten alten Zeiten.« Er hockte sich auf die Bank und lächelte.

Sie setzte sich neben ihn. »Weißt du«, fing sie an. »Mir ist klar, es ist viel passiert, seitdem wir das letzte Mal hier saßen. Du bist Arzt geworden. Ich habe geheiratet und vier Kinder zur Welt gebracht. Du bist beruflich nach St. Peter-Ording zurückgekehrt. Ich bin wegen des Abi-Treffens zurückgekommen und um über meine Scheidung nachzudenken. Und nun sitzen wir wieder hier.« Sie schwieg einen Moment, bevor sie weitersprach. Innerlich bebte sie vor Aufregung. Wie würde Alex gleich reagieren? Sie hoffte inständig, dass er ihrer gemeinsamen Vergangenheit die gleiche Wichtigkeit beimaß wie sie. »Ich war vor ein paar Tagen schon mal hier und habe etwas entdeckt.«

»Was denn?«

»Schau mal unter die Sitzfläche der Bank.« Sie schaltete die Taschenlampenfunktion ihres Handys an, weil die Abenddämmerung bereits eingesetzt hatte, und reichte es ihm mit leicht zittrigen Händen. Würde er sich erinnern?

Alex stand auf und kniete sich vor die Bank. Sein Kopf verschwand mit dem Lichtkegel unter der hölzernen Sitzfläche. »Das ist unglaublich.« Langsam erhob er sich wieder und setzte sich neben sie, den Blick starr nach vorne gerichtet. »So gut lesbar, als wäre kein Tag seitdem vergangen.«

»Es fühlt sich auch so an, als wäre kein Tag vergangen«, sagte sie leise. »Es ist auf einmal alles wieder da. Als hätten wir die Zeit über zwanzig Jahre zurückgedreht.« Sie schaute ihn an, und Alex erwiderte ihren Blick. »Alex, ich muss die ganze Zeit an dich denken. Und ich habe gerade heftiges Herzklopfen, weil ich dir meine Gefühle gestehe.«

Alex hatte ihr zugehört, ohne sie zu unterbrechen. Er nahm ihre Hand und lächelte sie erleichtert an. »Du kannst dir nicht vorstellen, wie sehr ich mir gewünscht habe, das aus deinem Mund zu hören.«

»Ja?«, fragte Kirsten ungläubig.

»Als ich dich in der Eisdiele wiedergesehen habe, waren plötzlich alle Gefühle wieder da, als wären sie nie weg gewesen. Das war ziemlich verrückt.«

Kirstens Gedanken überschlugen sich. »Aber wieso hast du dich dann nach unserem Treffen von mir zurückgezogen?«

»Ich hatte Angst. Ich wollte mir keine falschen Hoffnungen machen, schließlich bist du verheiratet und hast vier Kinder. So etwas wirft man nicht einfach weg, bloß weil man eine verflossene Liebe wiedertrifft.«

»Mein Entschluss steht fest. Ich werde mich von meinem Mann trennen. Allerdings nicht von meinen Kindern. Die bleiben bei mir«, sagte sie entschieden.

»Das ist auch gut so.« Er blickte sie liebevoll an. »Meinst du, deine Kinder würden mich mögen?«

»Daran habe ich keinen Zweifel.«

»Das hört sich perfekt an.« Er strich ihr eine Strähne aus dem Gesicht und küsste sie. »Lass uns noch eine Weile auf unserer Bank sitzen bleiben«, flüsterte er, als sich ihre Lippen voneinander lösten.

»Ja, am liebsten für immer«, sagte sie glücklich und legte ihren Kopf an seine Schulter.

26. Kapitel

Zur gleichen Zeit in der Aula des Nordsee-Internats

»Das war wirklich ein grandioser Auftritt, Jenni«, rief Melanie, eine ehemalige Mitschülerin, über die laute Musik hinweg.

Kinka und Jenni standen mit ein paar Leuten in der Aula zusammen. Aus den Boxen dröhnte *What is love* von Haddaway, während die flackernde Diskobeleuchtung die Menschen auf der Tanzfläche in bunte Lichter tauchte.

Jenni beugte sich zu Melanie. »Vielen Dank. Ich war so aufgeregt. Richtige Bauchschmerzen hatte ich, weil ich solche Angst hatte, mich zu verspielen.«

»Ich habe keinen falschen Ton gehört«, mischte sich Kinka ein. »Und Frau May auch nicht. Du hättest mal sehen sollen, wie stolz sie geguckt hat, als du gespielt hast.« Kinka setzte eine verträumte Miene auf und lachte dann. »Schade, dass sie schon gegangen ist.«

»Ich fand es so schön, dass sie überhaupt gekommen ist«, merkte Jenni an. »Die Übungen mit ihr haben sich wirklich gelohnt. Ich überlege ernsthaft, ob ich mir ein Klavier für zu Hause anschaffen soll.«

»Das solltest du auf jeden Fall!« Kinka ließ ihren Blick

über die Anwesenden gleiten. Sie hielt Ausschau nach Sascha, doch sie konnte ihn nirgends entdecken.

»Wo ist eigentlich Kirsten?«, wollte Jenni wissen.

»Mit Alex draußen«, flüsterte ihr Kinka ins Ohr. Melanie und die anderen mussten nicht alles wissen.

Jenni grinste. »Das kann dauern.«

»Wisst ihr was? Ich hole uns noch was zu trinken«, schlug Kinka vor und ging zur Bar, nachdem sie sich die Getränkewünsche der anderen eingeprägt hatte.

Während sie auf die Getränke wartete, sah sie aus den Augenwinkeln, dass Miriam sich neben sie gestellt hatte. »Hallo, Miriam«, grüßte sie ihre ehemals beste Freundin, die sie offenbar nicht bemerkt hatte. Seit dem Unfall waren sie sich nicht mehr über den Weg gelaufen.

»Ach, Kinka. Ich habe dich gar nicht gesehen«, sagte Miriam überrascht und warf ihr offenes Haar mit einer Hand über die Schulter nach hinten. »Mächtig was los, oder?« Wie zu erwarten war, sah sie wie aus dem Ei gepellt aus, war perfekt geschminkt und gestylt. Ihr Kleid musste ein Designer-Stück sein, das vermutlich ein kleines Vermögen gekostet hatte. Dadurch, dass Kinka in Miriams Familiengeschichte eingeweiht war, sah sie ihren Hang zum Perfektionismus nun mit anderen Augen und konnte sogar etwas wie Verständnis dafür aufbringen.

»Die Feier habt ihr richtig gut organisiert, du und Dirk«, lobte Kinka. »Ich glaube, es sind sogar fast alle aus unserer ehemaligen Stufe gekommen.«

»Ja, Dennis konnte leider nicht kommen, weil er eine Geschäftsreise nicht absagen konnte. Aber Job ist Job.« Miriam bestellte ihr Getränk bei einer jungen Frau.

Ein lässiger Typ schob Kinkas Bestellung über den Tresen. »Wie geht es eigentlich Frau Neumann?«, fragte Kinka vorsichtig, wobei sie es bewusst vermied, die Frau als Miriams Mutter zu bezeichnen.

»Sie musste operiert werden und hat nun einen Gips.« Miriam wich Kinkas Blick aus, während sie sprach. »Sie lässt dich übrigens grüßen, und ich soll mich in ihrem Namen noch einmal bei dir bedanken, dass ihr euch um Pukki kümmert. Ich habe ja gar keine Erfahrung mit Hunden ...«

»Pukki ist bei uns in besten Händen. Er versteht sich gut mit Friedwart, und meine Eltern haben ihn auch ins Herz geschlossen. Frau Neumann braucht sich keine Sorgen zu machen.«

Miriam wirkte ein wenig verlegen. »Du weißt ja jetzt über meine Familiengeschichte Bescheid und so ...«

»Deine Mutter hat uns von deiner Adoption erzählt.« Sie lächelte Miriam aufmunternd an. »Weiß Jonte schon, dass er eine zweite Oma hat?«

Miriam nickte. »Ich habe es ihm erzählt und erklärt, wie das damals mit der Adoption gelaufen ist. Er hatte damit überhaupt keine Probleme. Jetzt bringt er seiner neuen Oma jedes Mal eine Blume mit, wenn wir sie im Krankenhaus besuchen.«

»Ich finde es wirklich prima, dass du deiner leiblichen Mutter die Chance gibst, dir endlich näherzukommen. Ich habe sie zufällig beim Gassigehen getroffen. Mehrmals sogar. Durch die Hunde sind wir ins Gespräch gekommen. Ich glaube, dass sie eine gute Mutter und Oma sein wird«, sagte Kinka überzeugt.

»Das wird sie bestimmt.« Miriam lächelte sie an. Fast wirkte sie ein wenig schüchtern.

Miriam schaute über Kinkas Schulter und griff nach ihrem Getränk, das schon auf dem Tresen stand. »Sorry, aber ich muss los. Ich habe da vorne jemanden entdeckt. Wir sehen uns bestimmt später noch einmal.« Miriam setzte ihr perfektes Lächeln auf und rauschte von dannen.

Kinka schaute ihr hinterher und beobachtete, wie sie sich zu einer Gruppe Männer gesellte, die sie schon zu Schulzeiten umgarnt hatten. Ein wenig erleichtert stellte Kinka die Becher mit den Getränken auf ein kleines Tablett und ging zurück zu den anderen. Sie blickte noch ein letztes Mal zu Miriam und sah, wie kein Geringerer als René seinen Arm um sie legte. Zu Schulzeiten war er ein richtiger Traumtyp gewesen, deswegen hatte sie sich auch in ihn verliebt. Mittlerweile war er für Kinka aber weit entfernt davon. Was vielleicht auch an dem anderen Traumtyp lag, der ihr nicht mehr aus dem Kopf ging.

Als Miriam wenig später mit ihrem Ex-Freund und damaligen Stufenschwarm aus der Aula verschwand, war Kinka fast ein bisschen froh darüber, dass sich manche Dinge wirklich nicht änderten. Aber wo blieb Sascha?

Inzwischen glich die Aula einer großen Tanzfläche. Die Fensterscheiben waren beschlagen. Alle feierten ausgelassen. »Ich geh mal an die frische Luft«, rief Kinka über die Beats von *Mr. Vain* ihrer Freundin zu.

Sie verließ die Aula und folgte dem Flur, bis sie den Schuleingang erreicht hatte, und trat aus dem Gebäude. Angenehme Sommerluft umfing sie mit einer salzigen Nuance, wie es typisch für St. Peter-Ording war. Einige Leute hatten die Idee schon vor ihr gehabt. Ein paar Ehemalige rauchten, andere telefonierten oder schrieben Nachrichten mit ihren Handys.

Kinka ging Richtung Straße und entdeckte dort Sascha. Er stand auf dem Bürgersteig und unterhielt sich mit dem alten Physik-Lehrer. Sie zögerte einen Augenblick, ging dann aber auf die beiden Männer zu. Schließlich war Herr Wunderlich auch ihr Physik-Lehrer gewesen.

»Guten Abend, Herr ... Rudolf.« Gerade war ihr noch der richtige Name eingefallen. Damals war der Spitzname des Professors am Nordsee-Internat in aller Munde gewesen. Sogar ihre Mutter hatte ihn einmal am Elternsprechtag mit Professor Wunderlich angesprochen, weil Kinka ihn immer so genannt hatte.

»Guten Abend.« Der alte Lehrer gab ihr die Hand.

Sascha schaute sie freundlich an.

»Kinka Töns, richtig?«, fragte Herr Rudolf.

»Richtig. Dass Sie sich noch an mich erinnern können.« Kinka war überrascht.

Der Lehrer schmunzelte. »Du warst die, die nicht verstanden hat, wie ein Stromkreis funktioniert. So etwas prägt sich ein.«

»Physik war zwar nie meine Stärke, aber es fängt langsam an, mich zu interessieren«, räumte Kinka ein, um die Wogen ein wenig zu glätten.

»Ich muss nun leider gehen, sonst gibt meine Frau eine Vermisstenanzeige raus. Vor einer Stunde wollte ich schon zu Hause sein. Es war schön, euch wiedergesehen zu haben.« Herr Rudolf verabschiedete sich von ihnen und ließ Kinka und Sascha alleine stehen.

Sascha schaute dem Mann nach. »Cooler Typ, der alte Wunderlich. Von ihm habe ich damals eine Menge gelernt.«

Kinka hob die Schultern. »Ich nicht.«

Er schaute sie an. »Wusstest du eigentlich, dass er mir damals nach dem Unterricht physikalische Experimente vorgeführt hat, weil ich so ein neugieriges Kerlchen war?«

»Nö. Hast du nie erzählt.«

Sascha schüttelte den Kopf. »Ich hätte nicht gedacht, ihn noch mal wiederzusehen.«

Das war Kinkas Stichwort. »Apropos Wiedersehen … Ich habe dich zusammen mit Miriam auf der *Insel*-Terrasse gesehen.«

Obwohl sie es möglichst beiläufig gesagt hatte, blickte er sie erschrocken an, als fühlte er sich auf frischer Tat ertappt. »Ach, ich war beim Friseur, und sie hat mir die Haare geschnitten. Danach habe ich sie auf ein Glas Wein eingeladen.«

Kinka verzog den Mund und rang sich ein schiefes Lächeln ab. »Das hat ja ganz schön gefunkt zwischen euch.« Ihre Stimme klang ungewollt vorwurfsvoll.

Sascha räusperte sich umständlich. »Nein. Natürlich nicht.«

Doch diese Antwort reichte Kinka nicht aus. Es war ihr unangenehm, ihn so zu bedrängen, aber sie hatte sich vorgenommen, um ihn zu kämpfen. Sie wollte eine Antwort von ihm, wie auch immer sie ausfallen möge. »Läuft da was zwischen euch?«

»So ein Quatsch«, winkte Sascha ab.

Kinka konnte es nicht fassen. Hatte sie sich derart geirrt? »Aber ihr habt so vertraut miteinander gewirkt, wie ihr da saßt.«

Er schüttelte den Kopf. »Natürlich war ich ein kleines bisschen von Miriams plötzlichem Interesse geschmeichelt«, gab er zu. »Du weißt doch, wie viele Jahre ich ihr damals hinterhergelaufen bin. Doch ich habe schnell gemerkt, wie wenig uns verbindet. Das musst du mir glauben!«

»Das glaube ich dir. Ich habe nur die ganze Zeit nicht verstanden, was ich davon halten sollte. Und als du einfach abgetaucht bist ...«

»Bin ich nicht«, widersprach er ihr. »Ich habe versucht, Kontakt zu dir aufzubauen, aber dann hast du mir die kalte Schulter gezeigt, als ich die Tasche deiner Mutter getragen habe. Deswegen habe ich dich in Ruhe gelassen. Ich dachte, du hast genug mit deiner Mutter zu tun und keinen Kopf für die Sache zwischen uns. Mit Miriam habe ich das gar nicht in Verbindung gebracht.« Er nahm Kinkas Hand. »Aber dafür habe ich gemerkt, dass mich umso mehr mit dir verbindet.« Sascha schaute sie bittend an. »Kannst du mir verzeihen?«

Kinka presste die Lippen aufeinander und seufzte. »Du weißt genau, dass ich dir nicht böse sein kann.«

»Das ist gut, denn ...« Er schaute auf ihre Hand, die er immer noch hielt.

»Denn?«, fragte Kinka.

»Denn am Ende ist für mich aus unserer Freundschaft mehr geworden. Ich habe mich in dich verliebt.« Sascha lächelte sie zögerlich an. »Was sagst du dazu?«

Auf Kinkas Gesicht breitete sich ein Lächeln aus. »Ich fühle genauso für dich.« Überglücklich fiel sie ihm um den Hals.

Sascha stand von der Bank auf und zog sie hoch in seine Arme. »Das ist die beste Nachricht seit Langem.«

Ihre Gesichter waren nur wenige Zentimeter voneinander entfernt. Der Moment wurde von leisen Klängen von Sinead O'Connors *Nothing compares 2 U* untermalt, das der DJ in der Aula aufgelegt hatte. Sascha strich sanft über ihre Wangen. Gleich würde er sie küssen, dachte Kinka.

Doch ein Geräusch ließ sie auseinanderfahren.

Hektische Stimmen erklangen, die sich ihnen näherten. Aus der Ferne ertönte das Schrillen einer Sirene. Kinka und Sascha blickten sich ratlos an, und nur wenige Sekunden später tauchte ein Krankenwagen auf, der vor der Schule mit Blaulicht parkte. Sanitäter stiegen aus und liefen mit einer Trage in das Internatsgebäude.

»Ist was passiert?«, fragte Kirsten atemlos, als sie zusammen mit Alex bei Sascha und Kinka ankam.

»Wir wissen es nicht«, sagte Kinka.

Sascha legte einen Arm um sie. »Vielleicht hat jemand einen über den Durst getrunken«, vermutete er.

»Ich gehe mal rein und gucke, ob ich die Sanis unterstützen kann.« Alex lief ins Schulgebäude.

Um den Krankenwagen versammelten sich immer mehr Schaulustige. Als die Sanitäter mit der Trage aus dem Internat kamen, machten die Leute lange Hälse.

Kinka entdeckte zunächst Melanie, die neben der Trage herging, und dann fiel ihr Blick auf die Person, die zum Krankenwagen gebracht wurde. »Meine Güte, das ist Jenni!« Sie und Kirsten eilten zum Krankenwagen, wo Alex den Sanitätern zur Hand ging.

»Was ist passiert?«, fragte Kirsten ihn, als Jenni in den Krankenwagen geschoben wurde.

»Wir wissen es noch nicht genau. Sie ist plötzlich ohnmächtig geworden. Ich fahre mit ins Krankenhaus. Dort werden wir sie untersuchen.« Er stieg in den Rettungswagen ein. »Ihr könnt nachkommen. Wird aber eine Weile dauern, bis wir mit den Untersuchungen durch sind.«

Die Wagentüren wurden geschlossen, und der Krankentransport rollte, begleitet von Sirenengeheul und Blaulicht, davon.

27. Kapitel

Ungefähr drei Stunden später im Krankenhaus

Kinka schaute auf die Uhr, die im Warteraum der Ambulanz an der Wand hing. »Jenni wird nun schon seit über zwei Stunden untersucht. Ich mache mir langsam echt Sorgen.«

»Weißt du noch, dass sie neulich über Übelkeit geklagt hat?«, fragte Kirsten.

»Stimmt. Wir hätten sie zum Arzt schicken müssen und nicht so leichtfertig damit umgehen sollen.«

»Macht euch mal nicht verrückt. Vielleicht ist es ganz harmlos«, versuchte Sascha sie zu beruhigen, der Kinka und Kirsten zum Krankenhaus begleitet hatte.

»Und wenn nicht?«, fragte Kinka ihn.

»Das mag ich mir gar nicht vorstellen.« Kirsten vergrub ihr Gesicht in ihren Händen.

Die Tür vom Behandlungsraum flog auf, und Alex, mit einem weißen Kittel bekleidet, kam auf sie zu. Kinka und Kirsten sprangen von ihren Sitzen auf.

»Was ist mit Jenni?«, fragte Kirsten aufgeregt.

»Sie bekommt gerade eine Infusion für ihren Kreislauf. Ihr könnt gleich zu ihr«, beschwichtigte er sie.

»Aber was hat sie denn nun? Bloß Kreislaufprobleme?«, wollte Kinka wissen. »Und woher kam diese Übelkeit?«

»Das soll sie euch lieber persönlich sagen. Ihr wisst doch, ich bin an die ärztliche Schweigepflicht gebunden«, erklärte Alex und machte dabei ein ernstes Gesicht. »Ich rufe euch, wenn sie so weit ist.« Er verschwand wieder im Behandlungsraum.

»Die Warterei macht mich noch verrückt«, sagte Kinka eine Dreiviertelstunde später. Sie lief im Wartezimmer auf und ab.

»Mich auch«, stimmte Kirsten ihr zu.

»Guckt mal, wer da kommt.« Sascha zeigte auf eine vertraute Person, die plötzlich im Wartezimmer aufgetaucht war.

»Jenni!«, riefen Kinka und Kirsten gleichzeitig. Sie bestürmten ihre Freundin.

»Was ist denn los?«, fragte Kinka besorgt. »Du weinst ja.«

»Setz dich erst einmal hin«, forderte Kirsten sie auf und kramte nach einem Taschentuch in ihrer Tasche.

»Ich weine doch gar nicht.« Jenni tupfte sich die Tränen ab.

»Natürlich weinst du!«, widersprach Kinka.

»Aber nein. Das sind Freudentränen.« Sie strahlte Kinka und Kirsten an, die sich keinen Reim auf die ganze Sache machen konnten. »Ich bin schwanger!«

»Nein!«

»Das gibt's doch nicht!«

»Doch! Im dritten Monat sogar schon. Meiner Ärztin oder dem Labor muss ein Fehler unterlaufen sein. Wahrscheinlich sind Blutproben vertauscht worden.«

Alex erschien wieder im Wartezimmer. »So macht mir meine Arbeit Spaß.« Er händigte Jenni Unterlagen aus. »Das sind die Befunde zur Weiterbehandlung. Du kannst dann gehen. Nochmals herzlichen Glückwunsch!«

»Schade, dass unsere gemeinsame Zeit im Muschelhaus so gut wie vorbei ist.« Kinka hatte ein Windlicht auf den Tisch der Terrasse gestellt und sich eine Strickjacke übergezogen.

»Du meinst, jetzt, wo es gerade spannend wird?« Kirsten nickte wissend.

»Ich kann es immer noch nicht fassen«, sagte Jenni zum wiederholten Mal und legte sich die Hände auf den Bauch. »Könnt ihr mich mal kneifen? Ich habe Angst, dass ich das alles nur träume.«

»Aber sicher doch.« Kinka zwickte Jenni beherzt in den Arm.

»Autsch!« Jenni lachte.

»Rufst du Peter gleich noch an?«, erkundigte sich Kirsten und griff nach der Tasse Tee, die vor ihr auf dem Tisch stand.

»Nein. Dass ich schwanger bin, sage ich ihm morgen persönlich, wenn ich wieder in Bielefeld bin. Ich freue mich schon diebisch darauf, sein Gesicht zu sehen! Mit dieser freudigen Nachricht im Gepäck fällt mir der Abschied von St. Peter-Ording zumindest etwas leichter.«

»Es ist ja nicht für immer«, warf Kinka ein. »Ihr seid im Muschelhaus zu jeder Zeit willkommen.«

»Sei vorsichtig, ich nehme dich sonst beim Wort.« Kirsten schaute zum Himmel hinauf und seufzte. »An den Anblick dieses Sternenhimmels könnte ich mich gewöhnen.«

»Wie soll es denn jetzt bei dir weitergehen?«, fragte Kinka sie.

»Ich werde die Scheidung einreichen. Das steht für mich fest. Zum Glück habe ich eine tolle Rechtsanwältin an meiner Seite.« Kirsten fasste nach Jennis Hand und drückte sie. »Wenn sich mein Leben verändert, macht mir das keine Angst mehr. Ich freue mich sogar darauf! Ich kann mir sogar vorstellen, meinen Abschluss nachzuholen und mich wieder an der Uni einzuschreiben.«

»Das finde ich gut! Für einen Abschluss ist es nie zu spät«, pflichtete Jenni ihr bei. »Damit machst du dich unabhängig und frei.«

»Genau, das ist mir heute wichtiger denn je. Dabei habe ich mich gerade zum zweiten Mal in meine erste große Liebe verliebt. Alex und ich sind entschlossen, uns nicht noch einmal aus den Augen zu verlieren. Natürlich werden wir viel Fahrerei haben, um uns zu sehen. Doch wenn wir glücklich zusammen sind, ist es das auf jeden Fall wert.«

»Und wie soll es für dich weitergehen, Kinka? Hast du demnächst wieder ein Date mit dem roten Teppich?«, erkundigte sich Jenni.

»Nein. Es gibt noch genau eine Veranstaltung für eine

Sport-Firma, die ich zugesagt habe. Ehrlich gesagt, stecke ich tief in einer beruflichen Krise. Ich habe darüber nicht mit euch gesprochen, weil mir mein Problem im Gegensatz zu euren so banal vorgekommen ist. Aber mir ist klar geworden, dass auch mein Leben sich ändern wird. Die Erbschaft war der erste Schritt in einen neuen Lebensabschnitt. Ich habe mich dazu entschlossen, ganz in St. Peter-Ording zu bleiben. Hier zu leben und zu arbeiten.« Die Entscheidung fühlte sich ganz und gar richtig an für Kinka. Jetzt sogar noch mehr, da sie ihren Plan vor ihren Freundinnen ausgesprochen hatte. »Meine Familie freut sich, wenn ich im Laden mithelfe, und mir hat es auch so viel Spaß gemacht, mit den Kunden zu sprechen. Mir kommt das alles hier gar nicht mehr klein oder langweilig vor. St. Peter-Ording war der Ort, an dem ich eigentlich schon immer das große Glück hatte, ohne es zu sehen. Deswegen konnte ich es auch nirgendwo anders auf der Welt finden.« Kinka dachte an ihre Familie und das schöne Gefühl, zu Hause zu sein. Ihre Freundschaft zu Sascha kam ihr in den Sinn, die sich am Ende in eine Liebe verwandelt hatte, die noch ganz neu und aufregend war.

»Und was ist mit dir und Sascha? Seid ihr jetzt ein Paar?«, fragte Kirsten, als hätte sie ihre Gedanken gelesen.

»Das haben wir noch nicht besprochen.« Kinka dachte einen Moment nach. »Vielleicht sind wir es auch schon und müssen darüber nicht reden.«

Die Freundinnen schwiegen und ließen die friedvolle Stimmung der Nacht auf sich wirken.

»Da! Eine Sternschnuppe!«, rief Kirsten. »Schnell! Wünscht euch was!«

Kinka lächelte und schloss die Augen. Sie war dankbar für ihr Leben und wünschte sich, dass es genauso blieb.

Epilog

Ungefähr ein Jahr später im Garten vom Muschelhaus

Kinka schob einen Rasenmäher durch den Garten. Die warmen Sonnenstrahlen hatten sie schon früh aus dem Haus gelockt. Vor ein paar Tagen hatte es noch geregnet, und durch das schöne Wetter heute und die verhältnismäßig hohen Temperaturen wuchs das Gras wie Unkraut. In diesem Jahr würde es wieder einen Jahrhundertsommer geben. Sie stellte den Mäher ab und löste den angebauten Korb, um ihn zu leeren.

Vor dem mit Rosen und Efeu bewachsenen Gartentor stand der Postbote mit seinem Fahrrad.

»Moin, Herr Wittig!«, rief sie und ging zu ihm. »Ist das nicht wieder ein herrlicher Tag?«

»Herrlich ist gar kein Ausdruck. Da macht die Arbeit richtig Spaß.« Er entnahm seiner Tasche vorsortierte Post. »Ich habe hier ein paar Sendungen für Sie.« Er drückte ihr einen Stapel Briefe und zwei Kataloge in die Hand.

»Dankeschön. Hoffentlich nicht so viele Rechnungen.« Sie zwinkerte ihm zu.

»Heute bin ich ausschließlich für die guten Nachrichten zuständig.« Er lachte und schwang sich wieder auf sein Rad.

Kinka blieb am Gartentor stehen und wollte gerade die Sendungen durchsehen, als eine Frauenstimme und ein Hundebellen sie aufschreckten.

»Moin, Frau Neumann. Hallo, Jonte, hallo, Pukki.«

»Hallo«, sagte der Junge.

»Heute ist hier ja richtig was los.« Kinka streichelte den Hund. »Gehen Sie und Jonte wieder die zweite morgendliche Gassirunde?«

»Ganz genau. Danach besuchen wir Friedwart. Seitdem er im letzten Jahr bei euch war, hält Pukki es ja keinen Tag ohne den Hund deiner Eltern aus«, sagte Frau Neumann vergnügt.

»Und zum Mittag gibt es ein Eis, hat die Oma mir versprochen«, verkündete Jonte. »Aber nichts der Mama sagen.«

»Geht klar. Ich verrate nichts. Wie klappt denn dein Klavierunterricht?«, erkundigte sich Kinka.

»Ich kann schon ganz viele Lieder spielen, und vielleicht darf ich zu Weihnachten auch in der Kirche etwas vortragen«, erzählte er stolz.

»Dann sag mir vorher unbedingt Bescheid, damit ich für dich klatschen kann«, sagte Kinka.

Frau Neumann und Jonte winkten ihr zum Abschied zu.

Lächelnd schaute Kinka ihnen hinterher, Oma und Enkel, Hand in Hand, wie sie mit dem Hund den Norderdeich entlangliefen. Was sich doch alles innerhalb eines Jahres geändert hatte. Frau Neumann war mit Pukki in eine kleine Wohnung gezogen und hatte den langersehnten Familienanschluss bei den Heins gefunden. Zwischen ihr und Miriam hatte sich ein Mutter-Tochter-Verhältnis entwickelt. Kirsten hatte ihre Scheidung eingereicht und ein Fernstudium angefangen. Die Wochenenden, an denen die Kinder bei ihren Eltern waren, verbrachte sie in St. Peter-Ording bei Alex, was Kinka besonders freute, da sie ihre Freundin so häufig sehen konnte.

Kinka schaute wieder auf die Post und sortierte sie, während sie zum Haus ging. Vor dem Tisch auf der Terrasse blieb sie stehen. Drei Briefe waren für Sascha und zwei für sie.

Ein Brief von Jenni war darunter.

Seit dem Abi-Jubiläum hatte es kein weiteres Treffen mit ihrer Freundin gegeben. Dafür war Jenni viel zu sehr mit ihrem Kind beschäftigt. Ungeduldig öffnete Kinka das Kuvert und zog einen Brief, ein Foto und eine CD hervor, als sie plötzlich von hinten umarmt wurde.

»Bist du schon lange wach?«, fragte Sascha in ihr Ohr.

»Natürlich. Was glaubst du denn? Die Hälfte des Rasens habe ich schon gemäht. Kann ja nicht jeder so wie du bis in die Puppen schlafen.«

»Bis in die Puppen? Es ist gerade erst kurz vor zehn. Außerdem sollst du dich doch schonen«, protestierte er sanft.

»Du tust so, als wäre ich krank.«

»Ich meine es nur gut. Was hast du denn da?«

»Ich wollte gerade nachsehen, da bist du gekommen.« Sie entfaltete den Brief und las das Geschriebene laut vor.

Liebe Kinka und lieber Sascha,
nun ist es endlich so weit, die CD ist da!
Frisch aus dem Presswerk schicke ich euch ein Exemplar mit meinen besten Klavier-Kompositionen für Babys.
Ich hoffe, ihr mögt die Lieder genauso gerne wie Mia. Sie schläft meistens schon beim ersten Lied friedlich ein.
Wir schicken euch ganz liebe Grüße aus Bielefeld,
Mia, Jenni und Peter

Kinka schaute auf das Foto, auf dem Jenni mit ihrer Familie abgebildet war. »Ist die kleine Mia nicht zuckersüß?«, fragte Kinka.

»Absolut! Richtig zum Verlieben mit ihren blonden Löckchen. Ich kann es kaum erwarten, bis es bei uns so weit ist.«

Kinka betrachtete das Album, ehe sie es Sascha zeigte. »Schau mal, der Titel der CD.«

»*Happiness comes in waves*«, murmelte er in ihrer Halsbeuge und streichelte ihren kugelrunden Bauch.

»Das Glück kommt in Wellen.«

Kinka schloss die Augen und spürte den leichten Wind in ihrem Gesicht, der über den Deich wehte. Sie schmiegte sich glücklich an Sascha und konnte nicht fassen, wie schön ihr Leben war.

– ENDE –

Danke!

Ein großes Dankeschön geht an das Team der Agentur Schlück und an HarperCollins Germany, ohne die es meine St.-Peter-Ording-Romane nicht in den Buchhandlungen geben würde.

Vielen Dank an Eva Wallbaum für das Lektorat, wodurch die Geschichte rund um das Muschelhaus noch schöner geworden ist.

Wie immer danke ich meiner Familie und meinen Freunden für ihre Unterstützung und Motivation.

Ein riesiges Dankeschön geht natürlich an meine Leser! Danke für die ganzen Fotos, eure Nachrichten, Kommentare, Likes und Begeisterung für meine Geschichten. Ohne euch hätte ich nie diesen siebten St. Peter-Ording-Roman geschrieben!

Wir sehen uns. Irgendwo. Aber ganz bestimmt am schönsten Strand der Welt – in St. Peter-Ording.

Tanja Janz im Februar 2019

Informationen zu unserem Verlagsprogramm, Anmeldung zum Newsletter und vieles mehr finden Sie unter:

www.harpercollins.de